Rheinstadion

Band 8 der Düssel - Krimis

von

Jörg Marenski

ISBN 9783741227516
Originalausgabe 2016
Copyright © 2016 by Jörg Marenski
Umschlaggestaltung: Jörg Marenski
Motiv: Multifunktionsarena Düsseldorf Stockum
Fotos: Jörg Marenski
Printed in Germany
Herstellung und Verlag:
BoD Books on Demand, Norderstedt

Vorwort

Zunächst einmal das Wichtigste: ich bin weder Fußballfan noch Fußballkenner. Daher steht es mir in keinem Fall zu, über die Art und Weise der Begeisterung für diesen Sport ein Urteil abzugeben. Dies überlasse ich den vielen Tausenden von „Bundestrainern", über die unser Land verfügt.

Im Rahmen der Buchrecherche habe ich zum ersten Mal in meinem Leben ein Ligaspiel besucht ... und jetzt kann ich die Begeisterung zumindest nachvollziehen, die von echten Fans Besitz ergreift. Die Show, Choreographie und Fantasie bei den Chören und „Schlachtgesängen" haben ihre eigene Faszination, die mir ein Kribbeln verursacht – wenn auch mit dem unguten Gefühl: was passiert, wenn diese Stimmung umkippt? RHEINSTADION ist also beileibe kein Fußball-Krimi. Der Sport liefert nur den Rahmen für ein fiktives, aber leider realitätsnahes Szenario.

Sie sehen, verehrte Leserinnen und Leser, Fortuna Düsseldorf und Dynamo Dresden spielen in diesem Roman nur deshalb eine Rolle, weil die Düssel-Krimis nun einmal in Düsseldorf spielen ... und ich das traumhafte „Elbflorenz" sehr gerne mag. Beide Vereine positionieren sich sehr klar gegen Rassismus und Gewalt – was aber Unverbesserliche nicht daran hindert, trotzdem ihren Irrsinn weiter zu verfolgen.

Daher der Hinweis: Die in diesem Roman verwendeten Personen und Geschehnisse sind fiktiv und stehen in keinem Zusammenhang mit lebenden oder toten Personen. Es wurde jedoch auf historische, technische und sportliche Fakten zurückgegriffen. In diesem Zusammenhang gilt mein Dank für die fachliche Beratung und Unterstützung: Sven Mühlenbeck (Vorstand Fortuna Düsseldorf), Stefan Felix (Behindertenbeauftragter Fortuna Düsseldorf), Uli Barth (Lech Tec Drohnentechnologie), Jörn Weigel („Papa" der TONI-Comics), Ulrich Stoll und Erich Schmidt-Eenboom für ihre Veröffentlichungen zu den „Stay Behind"-Organisationen, Nicola Stratmann und Katja Herweg vom Tulip Inn Düsseldorf, Familie Özdemir für die „sprachliche" Beratung ☺, Martin Prescher für „biochemischen Input", Anna Zimmermann für das Lektorat, Eva Kupitz für „veränderte Blickwinkel", Reinhard Mey und Beate Klarsfeld für die Erinnerung an die „Kinder von Izieu" und ganz besonders meiner Frau Petra, die mir den Rücken für meine literarischen Eskapaden freihält.

Kapitel 1

Der Sitzungssaal leerte sich schneller als erwartet. Die Damen und Herren strebten zu ihren Tischen in das Restaurant des Hotels *Tulip Inn*, das sich an die Düsseldorfer Multifunktionsarena schmiegte. Die Diskussionen auf dem kurzen Weg waren angeregt, denn sowohl die Themen der Tagung als auch das zu erwartende Abendereignis sorgten für reichlich Gesprächsstoff.

Der Versicherungskonzern hatte sich wirklich nicht lumpen lassen. Das abgelaufene Geschäftsjahr war das erfolgreichste in der über hundertjährigen Unternehmensgeschichte der ASSURANCE GENÈVE gewesen. Sämtliche Leiter der größten deutschen Niederlassungen waren mit ihren Partnern oder Partnerinnen für eine Woche nach Düsseldorf eingeladen worden. Die Versicherungsmakler erwartete ein umfangreiches Programm aus Fachvorträgen und Diskussionen mit internationalen Spezialisten aus den Bereichen Marketing, PR und Vertrieb. Für die Begleitungen war ein spektakuläres Rahmenprogramm organisiert worden, darunter eine eigene Modenschau auf der Königsallee, in den Räumen der Firma Swarovski. Alle Teilnehmer dachten, der Hubschrauber-Nachtflug über die Rheinmetropole sei nicht zu toppen gewesen. Aber die Organisatoren hatten exzellent recherchiert und sich auch über die Hobbies ihrer Gäste informiert. Daher kam es auch zu der klischeebehafteten Entscheidung, ein Fußballspiel live anzusehen. Dies führte in logischer Konsequenz auch zur Wahl des Hotels. Ursprünglich war das Hyatt Regency im

Hafen das Objekt der Wahl gewesen, aber die außergewöhnliche Lage des *Tulip Inn* als Bestandteil der Arena hatte den Ausschlag gegeben.

Die beauftragten Eventmanager hatten fast 250 Zimmer des Hotels gebucht und somit das Haus für die ganze Woche fast völlig im Griff. Heute Abend fand das Rückspiel der Fortuna Düsseldorf gegen Dynamo Dresden statt. Gut, es war nur die zweite Liga, aber beide Clubs waren Traditionsvereine mit einer äußerst kreativen Fan-Base. Es versprach also ein turbulenter Abend mit einigen Showeffekten zu werden. Die ASSURANCE GENÈVE hatte sich für diesen einen Abend als Hauptsponsor angeboten. Dafür war auf der Rasenfläche das Logo der Versicherungsgruppe, ein Adler mit einem Schlüssel und einem Blitz in den Fängen, abgebildet worden. Cheerleaderinnen in Unternehmenstrikots heizten auf dem Spielfeld bereits das hereinströmende Publikum an. Aus der Soundanlage des Stadions wummerten die einpeitschenden Titel der Toten Hosen.

Das Hotelpersonal hatte die Tische des Restaurants in den Unternehmensfarben dekoriert und führte die Gäste zu den für ihre Region vorgesehenen Tischen. Deniz Ansary und Jakob Kaldeweit von der Niederlassung in Hamburg hatten aufgrund ihrer Spitzenplätze im Umsatzranking auch hier die besten Plätze ergattert – direkt an den Fenstern, die den uneingeschränkten Blick auf das Spielfeld freigaben. Beide Männer rückten ihren Frauen strahlend die Stühle an den Tisch und nahmen dann selbst Platz. „Mann, Jakob, was für eine Woche! Und zum krönenden Abschluss noch ein Spiel. Gut, für einen Saurier wie dich ist das vielleicht nix Besonderes, aber die Atmosphäre hat schon was. Und dann erst DIESE geile Location!" Deniz spielte mit dem

„Saurier" auf das Maskottchen des Lieblingsvereins seines Freundes an, des HSV. Der Deutschtürke war selbst eingefleischter Werder Bremen Fan, ein Sakrileg für einen Bewohner Hamburgs. Deniz und Jakob hatten sich im Rahmen ihres BWL-Studiums kennengelernt und nach dessen erfolgreichem Abschluss gemeinsam eine Versicherungsagentur gegründet. Mit großem Engagement und kaum Eigenkapital hatten sie sich ins Geschäft gestürzt und mit ihrer freundlichen, aber auch hartnäckigen Art schnell den Kundenkreis erweitert. Jahr für Jahr waren sie im Unternehmensranking aufgestiegen und gehörten zwischenzeitlich zu den Top-Sellern.

Ihre Ehepartner Francesca und Samira, die auch Deniz' Schwester war, hatten das Flair der hippen Modestadt genossen. Sie hatten einen Vormittag zum Shoppen genutzt und die Zimmer im Hotel mit einer Vielzahl von Taschen und Kartons aufgefüllt. Ihre Gatten hatten am Abend zwar mit den Augen gerollt, aber nach einer privaten Modenschau, zu der auch einige gewagte Dessous gehörten, waren sie völlig besänftigt gewesen. Lediglich hinsichtlich eines Abendkleides und einer Kombination, welche die beiden Damen im Rahmen der Modenschau entdeckt hatten, bestand noch dringender Diskussionsbedarf. Die Vier konnten sich glücklich schätzen. Sie harmonierten sowohl beruflich als auch privat und die Ehefrauen waren ein Herz und eine Seele. Sie hatten zudem gemeinsam eine Boutique für Kindermoden in Hamburg Poppenbüttel eröffnet. Sie machten kein Hehl daraus, dass sie sich als Glückskinder empfanden.

Ein Sommelier war an den Tisch getreten und hatte den Gästen Empfehlungen zu den vor ihnen liegenden Speisekarten gegeben. Als bekennender Moslem trank Deniz keinen Alkohol und verzichtete. Samira war eher unkonventionell und bestellte sich mit Francesca und Jakob eine Flasche des sündhaft teuren Château Petrus. Dann begann die exzellente Menufolge: gebeizter schottischer Wildlachs mit Sevruga-Kaviar, gefolgt von Langostini-Ravioli auf Rieslingschaum. Deniz bestellte sich als Hauptgericht Wagyu Beef mit Gemüsen, während seine Tischgenossen Fischvariationen wählten. Es war eigentlich eine Schande und mangelnder Respekt vor der Qualität des Essens und der Leistung der Küche, aber insbesondere die Männer aßen mit ungeheurem Tempo. Sie wollten sich keine Sekunde des anstehenden Spiels an diesem außergewöhnlichen Ort entgehen lassen. Jakob und Deniz verzichteten daher auf ein Dessert, orderten nur Espressi und Whisky und drehten ihre Stühle unhöflicherweise in Richtung des Stadions. Ihre Gattinnen starrten verärgert auf die Rücken ihrer Männer, verständigten sich mit Blicken und schoben dann ihre Stühle direkt neben die der Herren.

Leider nutzten den beiden Paaren die direkt an der Terrasse gelegenen Tische nichts, da absolute Fußball-Enthusiasten ihr Menu in Rekordzeit verschlungen und die Freifläche der Terrasse vor dem Restaurant okkupiert hatten. Mindestens 20 Personen versperrten die Aussicht total.

Francesca, Samira, Deniz und Jakob drängten sich in die Menschengruppe und betrachteten das übliche Gewusel auf den Logen, Tribünen und Stehrängen. Vereinzelte Schlachtgesänge erklangen, gewürzt mit Schmährufen und Pöbel-Transparenten gegen die jeweils gegnerische Mannschaft. Der Gesang aus

Tausenden von Kehlen war zwar von enormer Lautstärke, aber die Texte waren kaum zu verstehen. Nur einmal, nach einer Durchsage des Stadionsprechers, war es leise genug, dass ein Beitrag auf der Hoteltribüne zu verstehen war. Die Düsseldorfer Ultras befanden sich links von der Terrasse und skandierten ein neues Lied, das von einem bislang unbekannten Autoren stammte und über die Stadtgrenzen hinaus bekannt geworden war (Melodie des Titels „Alles aus Liebe" von der Band Illegal 2001):

Als ich ein junger Mann war,

sah ich die Fortuna.

Und spätestens nach dem Anpfiff,

da war es mir längst klar:

Ich liebte diese Stimmung,

die Spieler voller Herz,

die bedingungslose Treue,

daheim und auch auswärts.

Kaum war ich dann zu Hause,

war mein armes Sparschwein dran,

und mit nem Fünfziger von Oma,

stand ich für die Jahreskarte an.

Ich tu das alles nur aus Liebe,

für meine Fortuna,

egal, in welcher Liga,

ich bin immer für sie da!

Als Antwort wurden im Gästeblock Bengalos angezündet, die die Kopfseite der Arena in rot gleißendes Licht tauchten. Samira zuckte zusammen. Sie war in Ostanatolien geboren und aufgewachsen und hatte als Kind PKK-Attentate und Gegenmaßnahmen der Regierung auf dramatische Weise miterlebt. Feierten andere Menschen in Deutschland ausgelassen das Neue Jahr mit Raketen und Böllern, verbrachte sie die Nacht im Bett unter der Decke, weggeschossen mit Schlafmitteln. Jakob bemerkte die Anspannung seiner Frau erst, als sich ihre Krallen in seinen Unterarm bohrten. Mitfühlend legte er den Arm um sie und signalisierte dem Freund und Geschäftspartner, dass er mit Samira bis zum Spielbeginn ins Restaurant zurückkehren würde.

Die Arena war inzwischen bis auf den letzten Platz gefüllt und eigentlich müsste jeden Augenblick das Vorgeplänkel beginnen. Doch bevor der Stadionsprecher mit der Ankündigung des Aufwärmens der Mannschaften anfing, erhoben sich vielstimmige „Aaahs" und „Ooohs". Unzählige Menschen reckten die Hände zum Himmel und zeigten auf ein seltsames Gebilde, das sich über dem geöffneten Stadiondach herabsenkte. Noch war es nicht genau zu erkennen, aber es ähnelte der Form nach einer Art Smiley aus Punkten. Schnell sank das Objekt tiefer und bald war es für jedermann identifizierbar. Es handelte sich um eine Gruppe von zwölf großen Gyrocoptern, die jetzt eine Art Ballett am Himmel aufführten. Man hörte Klatschen, Pfeifen und Johlen. Francesca näherte sich dem Ohr ihres Mannes: „Sag mal, Schatz, was soll das darstellen?" „Keine Ahnung, vermutlich ein Marketing-Gag. Aber sicher nicht von unserer Firma, sonst wäre schon längst das Logo sichtbar." Dann reichte er seiner Frau ein kleines Taschenfernglas, das sie dankbar annahm. „Boah, schau mal. Die Dinger haben alle was unten drunter. Bestimmt Kameras! Vielleicht kommen wir ja sogar ins Fernsehen!" Sie hängte sich das Fernglas um den Hals und begann, wie viele Andere auch, die Arme hochzureißen und wild zu winken.

„Och, Mist, warum fliegen die Dinger jetzt bloß da hinten hin?" Francesca wies mit einer Hand auf das gegenüberliegende Ende der Arena. Die Gyrocopter hatten sich umgruppiert und jetzt kreisten elf der Fluggeräte um eine Maschine in deren Mitte. Diese Formation schwebte nun auf den Block zu, in dem sich die Fans der Dresdener Mannschaft befanden. Bierdosen flogen in die Luft, Feuerwerkskörper wurden abgefeuert, aber keines der Geschosse erreichte die Flugobjekte.

Unmittelbar unter dem Dach schwebend, beendeten sie ihren Tanz und hielten still in der Luft. Deniz bemerkte, dass Sicherheitspersonal hastig in Richtung des Gegnerblocks rannte. Die folgenden Ereignisse überschlugen sich.

Später befragte Zeugen hätten beschworen, dass die sich in der Folge ereignenden Explosionen nur eine einzige große gewesen seien. Tatsache war aber, dass die fliegenden Bomben - und nichts Anderes waren diese Geräte - im Abstand von Sekundenbruchteilen explodierten. Zusätzlich zum Sprengstoff waren die Drohnen mit einer kleinen Menge von Metallsplittern bestückt, die die zerstörende Wirkung der Explosion noch erhöhen sollten. Da Sprengstoff und Splitter an der Unterseite befestigt gewesen waren, hatte sich die Sprengwirkung überwiegend nach unten hin entfaltet. Trotzdem raste die Druckwelle durch den ganzen Innenraum der Spielstätte und verletzte und tötete zahlreiche Menschen auf ihrem Weg der Vernichtung.

Die Mitarbeiter des Versicherungskonzerns, die das Geschehen fassungslos von der Terrasse aus beobachtet hatten, hatten Glück. Für sie bestanden die Folgen der Sprengung nur noch aus einem heftigen Windstoß. Was jedoch eine grauenerregende Erfahrung darstellte, war das immer lauter werdende Schreien der Verletzten und der in Panik fortrennenden Menschen. Die Menschenmassen wogten wie ein Tsunami über Stufen, Geländer und Ausgänge. Dabei musste man feststellen, dass die Sicherheitskonzepte zwar auf dem Papier ganz gut aussahen, der Realität aber nicht standhielten.

Es dauerte mehrere Minuten, bis der Stadionsprecher eine Durchsage machen konnte, die dann durch Anweisungen der Polizei und der Rettungskräfte ergänzt wurde. Nicht, dass es etwas genutzt hätte! Der Horror, der die Zuschauer fest im Griff hatte, machte sofortiges, rationales Handeln unmöglich, und die für eine solche Situation nur theoretisch geschulten Sicherheitskräfte führten einen aussichtslosen Kampf angesichts der hysterischen Massen. Die Sportstätte war schließlich mit 49.000 Plätzen komplett ausverkauft. Die Szenarien für ein reibungsloses Räumen der Arena waren x-fach geprobt worden und waren zur Zufriedenheit der Sicherheitsberater und der Polizei abgelaufen, aber hier, an diesem Tag, in dieser Stunde, quoll ein Schwarm teils blutender, schreiender, panischer Menschen in jede Richtung, die scheinbare Rettung verhieß.

Schneller hingegen wurde das Restaurant des *Tulip Inn* geräumt, das zumindest von Sach- und Personenschäden verschont geblieben war. Das Personal war ebenfalls trainiert, blieb aber von den Ereignissen nicht unberührt. Die beiden Paare, die sich so auf das Spiel gefreut hatten, wurden wie alle anderen Versicherungsmitarbeiter mit sanftem Druck über die Fluchttreppen aus dem Gebäude geführt. Jeder Versuch, in die eigenen Zimmer zu gelangen, um die privaten Dinge zu retten, wurde mit Nachdruck unterbunden. So versammelte sich eine Menschenmenge vor dem Eingang des Hotels, wogte dort hin und her, verscheucht von den immer wieder herbeirasenden Rettungs- und Polizeifahrzeugen, die über die Arenastraße an den Ort des Geschehens zu kommen versuchten. Eine kleine Gruppe uniformierter Polizisten drängte nun die gesamte Personengruppe aus dem Hotel auf die Flächen der Bahnsteige der Rheinbahn. Hier konnten sie ohne Gefahr das weitere Geschehen abwarten und sich per Handy mit Verwandten und Freunden in Verbindung setzen. Das Erlebte war einfach zu schrecklich, um es allein verarbeiten zu können.

Francesca und Samira waren auf den Boden gesunken und tippten mit fahrigen Fingern Whatsapp-Nachrichten in ihre Handys. Ihre Männer hatten sich ihrer Jacketts entledigt und sie den Frauen um die Schultern gelegt. Jakobs Hände zitterten, als er versuchte, für Deniz und sich eine Zigarette aus der Marlboro Packung zu klopfen. Neben ihnen standen Kollegen aus Süddeutschland, die sie erst durch die Veranstaltungswoche kennengelernt hatten. „Hast du auch eine für mich?" Wortlos reichte ihm Jakob die

Schachtel. Der Andere dankte mit einem Nicken, zündete sie direkt an und nahm einen tiefen Zug. „Da denkt man, sowas passiert immer ganz woanders, ganz weit weg … in Paris, London oder Brüssel … und dann erwischt es dich, mitten im Leben … und du bist fassungslos und fragst: *warum ich*?" Deniz brauste auf: „WARUM DU? Besser wäre wohl: *zum Glück nicht du*! Oder wärst du gerne an Stelle der armen Schweine, die da drinnen blutend liegen oder um Hilfe schreien?" Sein Gegenüber zuckte zusammen und ließ eingeschüchtert den Kopf hängen. Deniz straffte seinen Rücken. „Jakob, bleib du bei den Frauen. Ich bin ausgebildeter Ersthelfer. Vielleicht kann ich irgendwas tun. Kümmere du dich um sie. Wir bleiben über das Handy in Kontakt." Francesca rappelte sich vom Boden auf. „NEIN, du gehst nicht weg! Du DARFST mich jetzt nicht alleine lassen. Willst du etwa in diesen Wahnsinn zurück? Was, wenn du da drin bist und das Dach bricht ein? WIR KRIEGEN EIN KIND, hast du das vergessen? Was soll ich ihm sagen, wenn dir da was wegen irgendwelchen Fremden passiert?"

In diesem Augenblick raste ein privater Van an ihnen vorbei, dem ein Polizeiwagen vorwegfuhr. Durch die Scheiben konnte man die Körper zweier blutüberströmter Kinder sehen, die von einer hockenden Person in Arztkleidung versorgt wurden. Deniz sah seine Frau an. „Und was willst du der Mutter von DEN BEIDEN sagen?" Francesca ließ die Schultern sinken, nickte und umarmte ihren Mann unter Tränen. Er verabschiedete sich von seiner Schwester Samira und seinem Schwager mit einem Wangenkuss und eilte dann zu einem Rettungswagen, wo er seine Hilfe anbot. Ihm wurde sofort ein Kittel gereicht und er eilte mit den Männern und Frauen in das vom Qualm umwaberte Stadion.

Samira nahm ihre Schwägerin in die Arme und versuchte, Trost zu spenden. Tief in ihrem Inneren wusste sie, dass ihr Bruder gar nicht anders hatte handeln können. So war er schon immer gewesen. Aufgewachsen in dem Problemviertel Hamburg Wilhelmsburg, war es ihm gelungen, sich aus Bandenkriegen rauszuhalten. Nicht, weil er feige war, oh nein ... es war eher seine ihm angeborene Fähigkeit, beruhigend auf Menschen einzuwirken und sie positiv zu beeinflussen. Er war bei Bandenstreitigkeiten als Schlichter gerufen worden und hatte selbst bei der lokalen Polizeidirektion einen guten Namen. Nur einmal, EIN Mal, war er ausgerastet und hatte einen Mann krankenhausreif geschlagen. Die Familie Ansary wohnte damals in einem Hochhaus am Berta-Kröger-Platz, und eines Nachts war es zu einem Tumult gekommen. Ein betrunkener Mann hatte seine Frau mit einem Gürtel prügelnd durchs Treppenhaus getrieben, nachdem sie ihn dabei erwischt hatte, wie er sich an der fünfjährigen Tochter verging. Deniz hatte zuvor schon mehrere Gerüchte gehört, aber jetzt ging er dazwischen. Nachdem die Nachbarin unter Tränen ihre Anschuldigungen wiederholt hatte, wandte sich Deniz dem Mann zu, der natürlich alles bestritt. Seine offene Hose und sein heraushängendes Glied hatten eine andere Sprache gesprochen. Als dann noch das betreffende Kind weinend in den Flur kam, mit nackten Beinen, die Innenseite der Oberschenkel blutverschmiert, war der „Gerechte", wie er genannt wurde, ausgetickt und hatte den Täter zusammengeschlagen und dann die Treppe hinabgestoßen. Dieser hatte sich dabei schwerste Verletzungen zugezogen und musste Monate im Krankenhaus und in der Reha verbringen, aber Deniz war nicht zur Rechenschaft gezogen worden. In dem Haus herrschte ein eiserner Kodex des Schweigens und selbst die hinzugezogenen Polizeibeamten ignorierten Unstimmigkeiten in den Schilderungen der Tatzeugen.

Ein Beamter hatte Deniz Wochen nach dem Vorfall auf der Straße getroffen, ihn beiseite genommen und ihm eine private Visitenkarte überreicht mit den Worten: „Lass dich nie wieder bei so einer Sache wie in der Nacht damals erwischen. Und für den Fall, dass du uns mal brauchst, hier meine private Handynummer. Tag und Nacht, aber NUR FÜR DICH! Und jetzt schwirr ab, du „Gerechter"!"

Deniz hatte von dem Angebot Gott sei Dank nie Gebrauch machen müssen, aber es war wie eine Auszeichnung gewesen. Man hatte ihn bemerkt, seine Leistungen wahrgenommen und gewürdigt. Also schien seine Art gar nicht so falsch zu sein. Er hatte ein außerordentlich gutes Verhältnis zu seinem Klassenlehrer gehabt, der ihm insgeheim Nachhilfe in allen schwachen Fächern gegeben hatte, damit er die Qualifikation für den Wechsel aufs Gymnasium schaffte. Dieser hatte ihn auch bei der Wahl seiner Leistungskurse und seines Studiums beraten.

Diese Gabe der besonders ausgeprägten Empathie war vermutlich auch der Grund für seinen enormen beruflichen Erfolg. Nie hatte sich einer seiner Kunden über den Tisch gezogen gefühlt, wenn er bei Ansary eine Versicherung abgeschlossen hatte. Schnell war Deniz dem Problemviertel in Hamburgs Mitte entwachsen und hatte für seine Familie ein Mehrfamilienhaus in der Nähe der Poppenbütteler Schleuse gemietet. Hier wohnte er nun mit Mutter und den drei Geschwistern. Als Ältester hatte er naturgemäß die Rolle des Vaters übernommen, nachdem dieser an Krebs gestorben war. Er war jedoch kein Patriarch wie sein „Dada", sondern eher der Versorger und Ansprechpartner für die Sorgen des Alltags.

Francesca hatte ihn auf einem Studentenball kennengelernt, den ihre Fachschaft ausgerichtet hatte. Deniz hatte Samira als Begleitung mitgenommen und stand mit seinem Studienkollegen Jakob etwas ratlos an der Bar. Die Mädels hatten sich auf der Toilette mit Schminkutensilien ausgeholfen und waren sich auf Anhieb sympathisch gewesen. In den Saal der 80er-Jahre-Party zurückgekehrt, stellte Samira ihrer neuen Freundin ihren Bruder und ihren Freund vor. Die Deutsch-Italienerin war sofort Hals über Kopf in den attraktiven Südländer verschossen gewesenund hatte ihm noch am selben Abend ihre Handynummer gegeben. Von so viel Forschheit überrascht, hatte Deniz zunächst mit einem Anruf gezögert. Dann war es Samira zu bunt geworden und sie hatte die Sache in die eigene Hand genommen.

Zwei Jahre später feierte man eine Doppelhochzeit, bei der Samira nachts, leicht angeschickert, immer wieder betont hatte, dass aus den beiden nie was geworden wäre, wenn sie nicht Parlamentär d'amour gespielt hätte. Die Vier verstanden sich so gut, dass sie nach ersten geschäftlichen Erfolgen beschlossen hatten, das Nachbargrundstück in Poppenbüttel ebenfalls zu kaufen und aus dem bereits vorhandenen Mehrfamilienhaus durch geschickten An- und Umbau ein kombiniertes Büro- und Wohnhaus für die gesamten Familienangehörigen zu gestalten. So lebte mittlerweile der gesamte Clan, der aus 25 Personen bestand, in dem modernen, mehrgeschossigen Haus, in dem sich neben dem Maklerbüro auch noch eine Bäckerei, eine gynäkologische Praxis und eben der Kindermodeladen befanden – samt und sonders bewirtschaftet durch Mitglieder dieser multikulturellen Interessengemeinschaft.

Jakob hatte sich in der lokalen Politik engagiert und war durch seine kühnen Sozialreform-Projekte mittlerweile zum

Schreckgespenst der etablierten Gesellschaft geworden. So ergänzte man sich trotz oder gerade wegen all dieser Unterschiedlichkeiten bestens und es bestand berechtigte Hoffnung auf eine rosige Zukunft.

All diese Dinge ließ Francesca vor ihrem geistigen Auge Revue passieren und langsam beruhigte sie sich wieder, auch durch die aufopfernde Fürsorge ihrer Schwägerin und besten Freundin. „Lass mal, Sami, ich bin ja doch nur eine hormongesteuerte Verrückte, die sich nicht mehr unter Kontrolle hat." Samira streichelte ihr lächelnd die Wange und Jakob nahm die beiden Frauen tröstend in den Arm.

Deniz war mittlerweile zusammen mit den Rettungskräften ins Innere der Arena vorgedrungen und Sicherheitskräfte hatten sie zum Block 21 geführt, wo die meisten Verletzten und Toten lagen. Deniz ließ sich von dem leitenden Arzt vor Ort Anweisungen geben, wie er am besten helfen könne. Er versorgte notfallmäßig blutende Wunden mit Druckverbänden, spülte mit einer Flüssigkeit die entzündeten Augen einer Frau aus, beruhigte ein vor Angst schreiendes Mädchen, dessen linker Unterschenkel abgetrennt worden war, bis sie von Sanitätern abgeholt werden konnte.

Dann beugte er sich zu einem Mann nieder, der bäuchlings auf einer der Stufen unmittelbar vor dem Geländer oberhalb eines Haupt-Fluchtweges lag. Er legte dem Mann vorsichtig die Hand auf die Schulter und sprach ihn an: „Können Sie mich verstehen? Sind Sie verletzt? Brauchen Sie Hilfe?" Der Mann stöhnte und versuchte, sich umzudrehen. Deniz half ihm dabei und richtete ihn dann in eine sitzende Position auf. Der Fan des Dresdener Fußballclubs, als solcher durch eine Vielzahl von Fanartikeln unverkennbar, stammelte etwas Unverständliches und rieb sich dann über die Stirn. Auf ihr klaffte eine lange Platzwunde. Deniz registrierte das ebenso wie die blutende Verletzung am linken Oberarm des Mannes. Wieder äußerte dieser etwas, was sein Helfer nicht verstand. Er konnte jedoch sehen, dass dieser Verletzte völlig verwirrt und desorientiert war. Sein Blick war glasig und seine Augen zuckten angstvoll hin und her über das nun leere Spielfeld der Arena. Dann kamen die ersten verständlichen Worte über seine Lippen, allerdings mit starkem sächsischem Dialekt. „Das waren doch diese Mokkalöffel, dieses Salafistenpack. Plattmachen sollte man die alle, wie damals bei Adolf." In diesem Augenblick sah er zu seinem Ersthelfer hoch, der sich anschickte, das Hemd des Verletzten aufzuschneiden und die Armwunde notdürftig zu reinigen. Über das Gesicht des Dresdener Fans huschte so etwas wie ein Erkennen und mit seiner unverletzten rechten Hand fuhr er herab zu seinen Stiefeln. Dort hatte er unbemerkt ein Springmesser mit ins Stadion geschmuggelt, das er jetzt hervorzog, aufschnappen ließ und Deniz mitten in die Brust stieß. Mit fassungslosem Erstaunen fiel Deniz Ansary zurück, blickte auf seine Brust, in der das Messer noch steckte, und sein sich langsam rot verfärbendes Hemd und er flüsterte: „Aber warum? Ich wollte dir doch nur helfen!" Dann sackte er in sich zusammen. „MIR HELFEN? Nachdem du und dein Dreckspack DAS ALLES angerichtet haben? ICH SCHEIß AUF DEINE HILFE, DU KÜMMELTÜRKE!" Da erst wurden die anderen Rettungskräfte auf den Vorfall aufmerksam und rangen den Fußballfan nieder.

Deniz Ansary war der letzte Mensch, der an diesem Tag im Düsseldorfer Fußballstadion starb ... aber er würde nicht der Letzte sein, der den Vorkommnissen dieses Tages zum Opfer fallen würde.

Kapitel 2

„Kannst du mir erklären, was der von mir will?" Ratlos sah ich über den Schreibtisch meinen Kollegen und Freund Josef „Jupp" Schmitz an. Auf dem Bildschirm meines PC's war der Text einer Email zu lesen. *„Polizeipräsident Hanno Auer bittet Sie, Herrn Oberle, am heutigen Tag um 19.30 Uhr zu einem Dienstgespräch in sein Büro. Kremerius, Verwaltungsangestellte"*. Josef gähnte mich an. Unser Tag war lang und anstrengend gewesen. Jede Menge Verhöre, Berichte schreiben und ein Außentermin. Sicher, nichts Besonderes, aber das muss ja nun auch gemacht werden.

„Keine Ahnung, Micha, hast du vielleicht Silberbesteck geklaut?" Hämisch wurde ich angegrinst, aber bevor ich die Stichelei erwidern konnte, hörten wir ein PING aus Jupps PC, welches das Eintreffen einer Email bekanntgab. Schmitz öffnete die Nachricht, überflog sie und schaute mich dann reichlich verwirrt an. „Ich hab die gleiche bekommen!" Nun wurde die Sache immer rätselhafter. „Komm, eine halbe Stunde haben wir noch. Lass uns noch einen Kaffee machen und gemeinsam überlegen, was da los sein kann." Ich erhob mich, warf unseren Tassenautomaten an und holte für uns unser „Lebenselixier".

Die halbe Stunde hatte nicht ausgereicht, um dem Geheimnis auf die Spur zu kommen. Schmitz war mittlerweile richtig sauer geworden. „Reichlich knapp, diese Einladung. Und dann noch so spät. Wir hätten doch auch was vorhaben können. Man ist ja schließlich auch noch Privatmensch und nicht nur Staatsdiener." Ich zuckte mit den Schultern und wir machten uns auf den Weg zum Büro unseres obersten Chefs. Frau Kremerius begrüßte uns freundlich und wies uns direkt ins Zimmer von Auer, der sich sofort erhob, uns mit Handschlag begrüßte und uns bat, Platz an einem Besprechungstisch zu nehmen. Den angebotenen Kaffee schlugen wir aus.

„Tja, meine Herren, Sie werden sich sicher fragen, was ich von Ihnen will. Gehen wir also direkt in medias res. Es steht nun leider unumstößlich fest, dass Herr Richter nicht mehr in den aktiven Dienst zurückkehren wird. Sobald seine Reha-Maßnahmen abgeschlossen sind, wird er der Polizei als Fachlehrer zur Verfügung stehen. Damit stellt sich nun die Frage der endgültigen Nachfolge. Es ist ja auch kein Zustand, dass seit Monaten ein Kollege aus Köln abgeordnet ist." Schmitz grinste: „Wieso? Et hett noch immer joot jejange, wenn mer Kölner de Sach inne Hand jenomme han." Auer konnte sich ein Grinsen nicht verkneifen. „Ganz schön mutig, Herr Schmitz. Sie sitzen hier allein mit zwei Düsseldorfern im Raum und ..." „Dat bin isch och, wann och onger Zwang!" „So, jetzt aber mal Spaß beiseite. Sie beide, Herr Schmitz und Herr Oberle, sind aus mehreren Gründen beide qualifiziert. Dienstalter, Dienstgrad, Erfahrung, Weiterbildung, Leistungsspiegel ... alles in etwa deckungsgleich. Sie kennen den Laden aus dem ff und genießen den Respekt der Kollegen. Ich möchte daher einen ungewöhnlichen Weg gehen. Ich möchte, dass Sie ausmachen, wer von Ihnen künftig die Leitung des Dezernats übernehmen wird."

Wir waren baff. Auch wenn es nun klar war, dass Richter ausfallen würde, kam es mir wie ein Verrat vor, ihn jetzt beerben zu wollen. Ähnlich dachte wohl auch Jupp, der sich unangenehm berührt im Stuhl wandte.

Richter war vor einigen Monaten einem Anschlag einer Kinderschänderbande zum Opfer gefallen. Man hatte ihn auf der Autobahn abgedrängt und er war mit schwersten Verletzungen ins Krankenhaus gekommen. Wochenlang stand nicht fest, ob er überleben würde. Während der Reha hatten wir ihn mehrfach besucht und seine Frau unterstützt, sobald sie uns darum bat.

„Danke zunächst für das Vertrauen, Herr Auer, aber dieses Angebot kommt doch etwas überraschend. Klar, man hätte es sich an fünf Fingern abzählen können, aber wir sind so in der alltäglichen Praxis verwurzelt, dass solch ein Gedanke nie recht aufkam. Wie schnell wollen Sie denn Bescheid wissen?" Auer kratzte sich an seinem Kinnbart. „Nun, ich möchte die Sache jetzt nicht mehr auf die lange Bank schieben. Sagen wir, ich gebe Ihnen eine Woche Bedenkzeit?" Jupp und ich sahen uns kurz an und nickten dann unisono. „Gut, dann wäre das geklärt und …"

In diesem Augenblick klingelten drei Handys nahezu gleichzeitig. Mit einem Nicken stimmte der Präsident zu, dass wir unsere Gespräche annahmen, während er seinen Hörer abhob. Die Inhalte der Telefonate hatten den gleichen Hintergrund.

„Meine Herren, DAS hat jetzt Vorrang. Verdammt, muss es denn immer UNSERE Stadt sein? Ich will mir das selbst ansehen, nehmen Sie mich bitte mit!" Man hatte uns informiert, dass es während des Spiels der Fortuna gegen Dynamo Dresden zu einem Bombenattentat gekommen sei. Es musste mit einer Vielzahl von Toten und Verletzten gerechnet werden. Auer folgte uns in unser Büro, wo wir unsere Schlüssel holten und lief mit uns gemeinsam im Laufschritt zu unserem Wagen. Dabei bemerkte ich, dass mein linkes Bein wieder Zicken machte. Ich würde vor Ort also zur Sicherheit wieder meinen Stock als Gehhilfe benutzen müssen.

Wir rasten mit einer Vielzahl von anderen Rettungs- und Dienstfahrzeugen in Richtung der Mehrzweckarena im Düsseldorfer Norden, die ich immer noch konsequent „RHEINSTADION" nannte. Wer hat denn schon Lust, sich alle paar Jahre einen neuen Sponsorennamen zu merken? Mir kam der ungelenke Name für die „Mitsubishi-Electric-Halle" auch nie über die Lippen – sie war und blieb für mich die „Philipshalle" (ebenso wie für manche Radiomoderatoren von Antenne Düsseldorf, die sich gelegentlich wortreich für diesen sprachlichen Lapsus bei den Werbung schaltenden Firmen entschuldigen mussten). Während der Fahrt wurde Auer mehrfach auf seinem Handy angerufen, darunter auch vom diensthabenden Oberstaatsanwalt. Wir bekamen natürlich nur Fragmente des Gespräches mit, zumal ich mich als Fahrer extrem konzentrieren musste – auf den Straßen war die Hölle los. Dann steckte Auer sein Handy weg und sagte: „Tja, war ja eigentlich nicht anders zu erwarten. Sprengstoff, öffentliche Veranstaltung ... da wird immer sofort ein terroristischer Hintergrund angenommen. Mir wurde eben mitgeteilt, dass der Generalbundesanwalt die Ermittlungen an sich gezogen und das BKA eingeschaltet hat. Das war's dann für uns, meine Herren, wir dürfen nur Handlanger spielen. Aber wer weiß, wozu das gut ist. Die haben ja ganz andere Möglichkeiten als wir." Jupp wollte zu einer erbosten Erwiderung ansetzen, aber da schaltete ich das Radio an. Auf Antenne Düsseldorf hörten wir die aktuellsten Medieninfos:

Am frühen Abend ist es in der Arena im Rahmen eines Spiels der Fortuna zu einem Bombenattentat gekommen. Unsere Kollegin Randi

Blöcker von center.tv ist vor Ort und hat bereits mit mehreren Personen sprechen können. Randi, welche näheren Infos hast du für unsere Hörer? Unmittelbar vor Spielbeginn sahen die Zuschauer des Spiels Fortuna gegen Dresden eine Gruppe von Drohnen durch das Stadion hereinfliegen. Nachdem diese ein kurzes Ballett am Himmel aufgeführt hatten, näherten sich die Fluggeräte dem nordöstlichen Block. Dort explodierten sie und verletzten und töteten eine bislang noch unbekannte Zahl von Menschen. Ich war leider noch nicht in der Lage, mit einem Vertreter der Polizei oder der Rettungsdienste zu reden, aber diverse Tatzeugen berichteten mir übereinstimmend, dass es sich um mehrere Personen gehandelt haben soll. Dass es ein politisch motivierter Anschlag war, ist ebenfalls unbestätigt, aber dieses Gerücht kursiert natürlich hartnäckig.

Wir waren über das Joseph-Beuys-Ufer und die Rotterdamer Straße gekommen und jagten nun in den Kreisverkehr, der sich unmittelbar am Stadion und dem Hotel *Tulip Inn* befand. Uniformierte Kollegen winkten uns durch und wir hielten direkt neben dem Stadion an. Sofort eilte ein Mann in Zivil auf uns zu. Ich kannte ihn nicht, aber Auer begrüßte ihn und stellte uns vor. „Dies sind die Kollegen Oberle und Schmitz vom KK 11, Herr Sieversen ist Leiter des Staatsschutzes. So, Herr Sieversen, ich nehme an, Sie haben die Infos auch schon bekommen? Wann treffen denn die Herrschaften aus Karlsruhe und Wiesbaden ein?" Sieversen war weniger angepisst als wir. Scheinbar war er es in seinem Job gewohnt, dass ihm andere Dienste und Behörden ins Handwerk pfuschten und er hatte sich eine entsprechend dicke Haut zugelegt. „Klar, ich war vermutlich der Erste, der es vom leitenden Oberstaatsanwalt erfuhr. Die Beauftragte des Generalbundesanwaltes kenne ich, eine Dr. Elly Martin. Beinhart, aber fair. Bin schon mal mit ihr aneinandergeraten, aber sie trägt nichts nach. Das Team vom BKA kenne ich nicht, ich habe nur gehört, die sollen ihren besten Mann schicken, einen Sören Bredow." „Dann wollen wir uns mal die Sache vor Ort ansehen. Können wir rein oder stören wir die Leute vom KTI?" Das kriminaltechnische Institut des LKA NRW unterstützte unsere direkten Kollegen der KTU, die personell für eine solche Riesenaktion einfach unterbesetzt gewesen wären. Sieversen nickte und führte uns über Treppenaufgänge, deren Labyrinth er schon vor dem Zwischenfall gekannt haben musste, in die Nähe des Tatortes.

Wir betraten das Innere des Stadions durch ein riesiges Tor in Höhe des Spielfeldes. Dort bewegten sich nur noch vereinzelt Menschen. Der Rasen war stellenweise von den Reifen der Rettungsfahrzeuge umgepflügt worden. Wie Narben zogen sich braune Mäander durch das satte Grün der Spielfläche. Dann drehten wir uns um und erblickten ein ... ja, was eigentlich? Es war Katastrophe, Untergang, Krieg, Schlachtfeld – all diese Synonyme gingen mir durch den Kopf. Aber wirklich treffend war keiner der Begriffe. Klar, im Rahmen meines Jobs hatte ich schon genug schlimme Dinge gesehen, sodass mir kaum ein menschlicher Abgrund fremd war. Nur hatte diese Tat Dimensionen, die jegliches Vorstellungsvermögen übertrafen.

Es war erschreckend still. Man sah nur wenige Menschen, die sich noch um Verletzte kümmerten. Die meisten Opfer waren bereits versorgt und abtransportiert – ebenso wie die Menschen, für die jede Hilfe zu spät gekommen war. Dafür war die Fläche gespickt voll mit Markern der Kriminaltechniker, mit denen sie Spurenfundstellen markiert hatten. Dann kam eine in einen weißen Schutzanzug gekleidete Person auf uns zu. Sie hob ihre

Schutzbrille und den Mundschutz hoch und wir erkannten eine Frau in den Dreißigern. „Tun Sie mir bitte einen Gefallen. Gehen Sie auf die Rasenfläche und warten Sie ab, bis ich Ihnen ein Signal gebe. Dann können Sie gerne den Tatort begehen. Wir müssen jetzt dringend den Flächenscan machen." Auers fragender Blick wurde mit hochgezogenen Augenbrauen beantwortet. „Das müssten Sie doch mitbekommen haben. Wir setzen seit einer Woche die neuen, hochauflösenden 3D-Scanner ein, um auch im Nachgang den Tatort virtuell untersuchen zu können. Bitte ziehen Sie sich jetzt zurück. Und bitte in keinem Fall in die hinteren Durchgänge, dort suchen die Kollegen der Hundestaffel noch nach eventuellen weiteren Bomben."

Ich hatte im Vorübergehen aufgeschnappt, dass Zeugen von explodierenden Flugkörpern gesprochen hatten. Daher war mir die Suche nach Bomben unverständlich, aber vermutlich wollte der Einsatzleiter auf Nummer Sicher gehen. Auer hielt sein Handy ans Ohr, sprach ein paar knappe Sätze und wandte sich dann an uns. „Ich treffe mich jetzt mit dem leitenden Oberstaatsanwalt. Vermutlich wird er mir mitteilen, wann und wo die Übergabe der Verantwortlichkeit stattfinden wird. Ich denke, Sie beide wissen eh gut genug, was jetzt zu tun ist. Lassen Sie uns das Feld für die BKA-Kollegen vorbereiten. Man soll schließlich nicht sagen, wir hätten keine Ahnung von unserem Job. Wir sind schließlich nicht in Duisburg." Diese Anspielung auf die Love Parade-Katastrophe vor einigen Jahren war unnötig gewesen, verdeutlichte uns aber nochmals das Ausmaß der Tragödie.

Wir orientierten uns an den weißen Schutzanzügen, die die Mitarbeiter der Kriminaltechnik trugen. Zwischen ihnen entdeckten wir auch einige Personen in blauen Overalls, das untrügliche

Zeichen dafür, dass auch Mitarbeiter der Rechtsmedizin bereits vor Ort waren. Langsam und vorsichtig stiegen wir die vom Schutt übersäten Stufen im Block 21 hoch, als wir von einer ärgerlichen Stimme zurechtgewiesen wurden. „Sagt mal, ihr Doofis, seit wann macht ihr euren Job? Schon mal was von kontaminierter Spurenlage gehört?" Der leicht adipöse Techniker erhob sich aus seiner hockenden Haltung, ging zu seinem Rollkoffer mit seinem Handwerkszeug und warf jedem von uns ein verschweißtes Kunststoffpäckchen zu. Entschuldigend winkten wir, öffneten das Präsent und entnahmen ihm einen Overall, Überzieher für unsere Schuhe, Latexhandschuhe sowie eine Einweg-Atemschutzmaske.

Nachdem wir uns wie die Spezialisten kostümiert hatten, sprachen wir den eben noch verärgerten Leiter der Techniker an. „Können wir euch helfen? Sagt uns, was wir machen sollen." Er blickte uns zweifelnd an, atmete einmal schwer ein und führte dann aus: „Als ob man unseren Job so einfach mal eben nebenbei machen könnte. Na ja, aber der gute Wille allein zählt ja auch schon. Wir haben die Fläche hier parzelliert. Habt ihr eure Handys dabei, nutzt ihr App unseres Intranets?" Wir bejahten die Frage. „Gut, dann schicke ich euch die Matrix, nach der wir vorgehen und den Tatort untersuchen. Ihr beiden kümmert euch um die Parzelle AE 13 … das ist dort oben", dabei wies er mit dem ausgestreckten Arm in Richtung der obersten Reihen des Blocks, „und da fotografiert ihr alle Asservate zusammen mit diesen Relativmarkern, die uns die Abmessungen und Proportionen des Objektes verdeutlichen. Numerieren nicht vergessen, immer die Nummer der Parzelle voranstellen und dann immer in der Reihenfolge bleiben. Alles Gefundene bitte in die Excel-Tabelle eintragen und an mich weiterleiten, sobald ihr fertig seid. Bitte nicht falsch verstehen, aber wir werden nach euch nochmal einen Fachmann darüber gucken lassen."

„Da oben? In den obersten Reihen?" Jupp sah unseren Auftraggeber ungläubig an. „Da ist doch fast gar nichts!" „Eben ... drum ... da richtet ihr am wenigsten Schaden an", erwiderte der Technik-Moppel grinsend. Angepisst machten wir uns auf den Weg nach oben, als wir erneut angesprochen wurden. „Schön, dass ihr euch produktiv beteiligt, Kollegen." Der Sprecher zog seine Atemmaske herab und wir erkannten Ruprecht Vollmer, den Rechtsmediziner, mit dem Jupp und auch ich privat eng befreundet waren. „Wie hast du uns denn in der Verkleidung so schnell erkannt, Ruprecht?" Schmitz reichte Vollmer die Hand. „Deinen dicken Hintern, Micha, erkenne ich immer, selbst wenn du einen Raumanzug tragen würdest. Ist das hier nicht eine Tragödie? Welch unvorstellbares Leid bringen diese Leute über ihre Mitmenschen? Ich bin gespannt, wie unsere Politiker reagieren werden. Vermutlich wieder mit der Forderung nach schärferen Gesetzen und dem satten zufriedenen Gesichtsausdruck, dass die Vorratsdatenspeicherung doch ihre Berechtigung habe. Als ob das Eine mit dem Anderen zwangsläufig etwas zu tun haben muss! So, ich mache mal weiter meinen blutigen Job. Wir sehen uns!" Damit kehrte er in die von ihm untersuchte Parzelle zurück und setzte seine Arbeit fort.

In diesem Moment klingelte mein Handy. Das Sekretariat von Präsident Auer war am Apparat. „Kremerius hier, Herr Auer bittet Sie und Herrn Schmitz, den verantwortlichen Beamten des BKA auf dem Fußballplatz nördlich vom Stadion in Empfang zu nehmen. Er und sein Team werden in der nächsten halben Stunde dort mit Hubschraubern landen. Wir werden zunächst ein provisorisches

Lagezentrum für die SoKo im Hotel einrichten. Wie es dann weitergeht, soll dieser Herr Bredow selbst entscheiden." Wir bestätigten den Auftrag, entledigten uns unserer Schutzkleidung und machten uns auf den Weg zu dem besagten Fußballfeld ...

... und stellten fest, dass dort bereits drei Hubschrauber der Bundespolizei standen, in denen jeweils sechs Personen mit Ausrüstung Platz fanden. Alle Helikopter waren bis auf die Piloten leer. Wir fragten etwas konsterniert nach und man teilte uns mit, dass das komplette BKA-Team bereits auf dem Weg in das Hotel in der Arena sei. Ziemlich verärgert machten wir uns ebenfalls auf den Weg, wobei wir uns aber Zeit ließen und uns an einem tatsächlich noch besetzten Getränkewagen auf der Arenastraße eine kalte Limonade holten.

Wir fuhren in die erste Etage des *Tulip Inn* und traten aus dem Aufzug. Unser Blick ging hin zur Rezeption, die von Anzugträgern umlagert war, welche wilde Diskussionen mit den Hotelangestellten führten. Eine uniformierte Kollegin war ebenfalls von Menschen umlagert, die sie mit Fragen nach dem Warum und Wie bestürmten. Ich hob den Arm mit dem Dienstausweis, winkte damit und erhaschte so ihre Aufmerksamkeit. „Die Sitzung mit dem BKA ist wo?" Statt einer Antwort winkte sie nur in Richtung des Ganges hinter uns und wir überließen die Beamtin ihrem Schicksal.

Am Ende eines längeren Korridors war eine Tür zu einem Sitzungssaal geöffnet, den wir nun betraten. Ein vierschrötiger Mann mit einer unmissverständlichen Ausbuchtung unter seiner Jacke in Höhe der linken Achsel wollte uns aufhalten, aber wir zeigten unsere Dienstausweise. Stumm nickte er mit dem Kopf in

Richtung Saalende, wo ein Viereck aus Tischen aufgebaut worden war, an dem ca. 30 Personen Platz finden konnten. Sieversen winkte uns zu sich und stellte uns Dr. Elly Martin vor. „Guten Tag, meine Herren. Danke, dass Sie sich sofort zur Verfügung gestellt haben. Ich weiß um die Befindlichkeiten, die so eine Situation in der Regel auslöst. Nehmen Sie es bitte nicht persönlich, es ist kein Zweifel an Ihrer Qualifikation. Aber so sind nun mal die Spielregeln. Ich darf Ihnen jetzt die Damen und Herren meines Teams vorstellen, denen Sie zuarbeiten werden." Glückwunsch, die ersten konzilianten Worte wurden direkt im nächsten Halbsatz zunichte gemacht. Das konnte ja was geben! Jupps Gesicht hatte sich verfinstert und er übersah überdeutlich die ihm dargebotene Hand der Juristin. Sie zuckte mit den Schultern und wies auf einen sehr groß gewachsenen Mann, der in einer Ecke des Raumes ein Gespräch mit einer Frau führte. „Dies ist der Leiter der Sonderkommission „Arena", Sören Bredow. Sie werden alle Aufgaben von ihm persönlich zugewiesen bekommen und Sie werden auch nur ihm direkt berichten. Die weitere Abstimmung der Ergebnisse und Maßnahmen erfolgt dann im inneren Ermittlerkreis …". Ich warf ein: „ … zu dem WIR natürlich gehören!" Sie sah mich irritiert an. „Natürlich nicht, Herr Oberle. Aber ich dachte, zumindest DAS wäre Ihnen inzwischen klar."

Der hoch aufgeschossene Mann hatte sein Gespräch wohl beendet und sich zu uns umgedreht. Mit seltsam staksigen Schritten kam er um die Tische herum auf uns zu. Mein Gott, was für eine Erscheinung! Über zwei Meter groß, breitschultrig wie ein Bodybuilder, kahler Schädel, 3-Tage-Bart … ja, und dieser Gang. Woran erinnerte mich das nur? Jupp brachte es ungewollt auf den Punkt: „Meine Fresse, dä Kähl jeht wie sunne Robocop us Hollywood!" Wirklich, genau so wirkte der steife, abgehackte Gang unseres Gegenübers. Alles an ihm wirkte überdimensioniert: die Schultern zu breit, die Hände zu groß, das Gangbild mechanisch. Als er dann vor uns stand und uns wie ein Grundschullehrer seine Erstklässler taxierte, vernahm ich bei jeder seiner Körperbewegungen ein kaum hörbares Summen. Sein Blick wanderte von mir zu Jupp und zurück. Dann seufzte er: „Na, von mir aus. Mal sehen, was das mit Ihnen gibt!" Schmitz plusterte sich auf: „Hörens, do Schwaatlapp, mer send och nitt jerade ehsch von de Klippscholl jekumme. Wat jlövs do eejenslech, wer mir ..." Ich unterbrach meinen Freund, bevor er sich um Kopf und Kragen redete. „Herr Bredow, ich denke, dass wir Sie mit unserer Kenntnis der lokalen Gegebenheiten gut unterstützen können. Allerdings kann ich nicht erkennen, wozu Ihre herablassende Art dienen soll." Bredow fixierte mich mit emotionslosem Gesicht. „Hab ich mir fast gedacht, dass Sie sich in unsere Ermittlungstechniken nicht reindenken können. Ich kann Ihnen aber sagen, womit Sie sich nützlich machen können. Organisieren Sie mir doch einfach einen starken Kaffee, kein Zucker, dreimal Milch ... natürlich nur, sofern Ihnen Ihre Intelligenz dabei nicht im Wege steht!"

Wir waren gerade von Seiten unserer Staatsanwaltschaft ja schon Einiges an Arroganz gewohnt, aber DAS toppte einfach alles bisher Dagewesene. Wir standen sprachlos im Raum, während Bredow sich bereits umgewandt hatte und seine Aufmerksamkeit einer Kriminaltechnikerin schenkte. Dr. Martin schien unseren Disput bemerkt zu haben und gesellte sich wieder zu uns. „Nehmen Sie es ihm nicht übel. Er ist zwar unser bester Ermittler mit überragenden Fähigkeiten als Profiler, aber seine empathischen Qualitäten ... nun, sagen wir einmal, er ist in DER Beziehung eher zurückgeblieben." Jupp plusterte sich wieder auf. „Zeröckjebleewe? Isch sach ehne, dä Kähl is enfach en arrojantes

Fottloch!" Die Juristin legte die Stirn in Falten. „Wie bitte? Ich habe Sie nicht ganz verstanden, Herr Schmitz. Wissen Sie, ich hab's nicht so mit den Dialekten." Ich mischte mich ein. „Mein Kollege und ich sind einen solch unprofessionellen Umgang nicht gewohnt und ich denke, Bredows Ton ist auch völlig unangebracht. Verhält der Mann sich denn immer so? Falls ja, dann wundert es mich, dass Sie überhaupt noch jemand finden, der mit ihm zusammenarbeitet." Dr. Martin lächelte. „Es stimmt schon, ich muss meist darauf achten, dass ich ihm einen adäquaten Gegenpart an die Seite gebe. Nur aufgrund der Kurzfristigkeit des Einsatzes war mir eine entsprechende Personalauswahl nicht möglich. Bitte glauben Sie mir, Bredow ist einsame Spitze in seinem Job. Aber sein Verhalten ist auch aus seiner Geschichte geboren. Kommen Sie, ich organisiere uns einen Kaffee und ich gebe Ihnen ein kleines Briefing." Wir erwarteten jetzt, dass wir erneut den Auftrag zum Kaffeeholen bekommen würden, aber weit gefehlt. Sie ging vor die Tür und kehrte mit einem Tablett voller Tassen, einer großen Kanne und einer Schale Kekse zurück.

Sie deckte einen der Tische ein und bat uns, Platz zu nehmen. Dann begann sie: „Sören Bredow hat eine wechselvolle Geschichte im Staatsdienst hinter sich. Er begann seine Ausbildung als Schutzpolizist in Frankfurt und fiel bereits nach kurzer Zeit wegen seiner überaus korrekten Art auf. Das brachte ihm auf einer Wache Probleme ein, in der seine Kollegen eine Art internes Bonussystem etabliert hatten, indem sie sich Vergünstigungen von Ladenbesitzern aus ihrem Bezirk erschlichen. Bredow machte nicht mit und stattdessen die Sache bei der Dienstaufsicht bekannt. Das verschaffte ihm logischerweise nicht nur Freunde. Bald wurde eine Versetzung notwendig. Er schaffte die Aufnahmeprüfungen bei den

Spezialkräften und stieg in den Folgejahren zum Leiter eines Teams auf. Vor 15 Jahren dann hatten er und seine Leute den Auftrag, bei einem Staatsbesuch den Schutz eines arabischen Scheichs zu übernehmen. Eine Gruppe von Anarchisten aus seinem Heimatland wollte den Scheich und seine Familie entführen, um gefangene Gesinnungsgenossen freizupressen und Geldmittel für den bewaffneten Widerstand zu bekommen. Bredow verlor bei dem Angriff drei seiner Männer, da die Gegner schwer bewaffnet gewesen und mit äußerster Brutalität vorgegangen waren. Mit einem Raketenwerfer hatten sie das Begleitfahrzeug von Sheikh Abdul-Sami Al Maktoum außer Gefecht gesetzt und dabei sämtliche Bodyguards getötet. Bredow gelang es, selbst angeschossen, die Frau des Potentaten und dessen Sohn, den Erbprinzen, in Sicherheit zu bringen. Als er auch den Scheich der Gefahr entreißen wollte, wurde dieser von den letzten beiden überlebenden Angreifern unter Feuer genommen. Unser Kollege warf sich in die Schussbahn und eines der Geschosse drang unterhalb der Schutzweste in seine Bauchhöhle ein, durchschlug die Leber, während ein weiteres Projektil einen Halswirbel traf. Durch diese Aktion konnte sich Al Maktoum einer Waffe bemächtigen und die beiden Terroristen selbst ausschalten." Dr. Martin nahm einen Schluck Kaffee, bevor sie ihren Bericht fortsetzte. Wir lauschten gespannt. „Der Araber war ein Mann von Ehre und fühlte eine tiefe Schuld gegenüber Bredow. Er ließ unserem Mann die beste Behandlung zukommen, die für Geld zu bekommen war. Sören Bredow wurde in Spezialkliniken in den Vereinigten Staaten geflogen und weltweit anerkannte Spezialisten in den Bereichen Neurologie und Mikrochirurgie wurden hinzugezogen. Aber es gibt nun einmal Fälle, bei denen auch die höchste ärztliche Kunst an ihre Grenzen stößt. Bredows Rückenmark war irreparabel zerstört und er würde vom Hals abwärts gelähmt bleiben. Al Maktoum wollte das nicht akzeptieren und musste von Bredow selbst in seinem Eifer gestoppt werden. Endlich beugte sich der Scheich dem Unabwendbaren, beauftragte aber einen seiner Sekretäre damit, weltweit nach den besten Hilfsmitteln für Gelähmte zu suchen. Für Bredow ließ er ein Haus behindertengerecht mit allen Schikanen ausbauen und stellte allein vier Personen zu Bredows freier Verfügung ein. Das Emirat hatte beste Kontakte in die USA und zum dortigen Militär, und bei einem informellen Besuch wurde dem Scheich ein neues Konzept zur Leistungssteigerung der kämpfenden Truppe vorgestellt. Haben Sie mal den Film „Alien" gesehen? Ich glaube, die Hauptdarstellerin ist da in eine Art Gestell geklettert, das durch ihre eigenen Körperbewegungen gesteuert wurde – allerdings mit der nahezu zehnfachen Kraft und Ausdauer. Man nannte diese Dinger Exoskelette und Al Maktoum setzte Himmel und Hölle in Bewegung, um an der Weiterentwicklung solcher Geräte beteiligt zu werden. Schließlich war ein solches Gerät testreif und wurde für Bredow angepasst. Sie haben doch sicher seine etwas steifen Bewegungen bemerkt? Sie, Herr Schmitz, haben vorhin den Vergleich zu Robocop gezogen ... was an sich gar nicht so falsch ist. Unter seiner Kleidung trägt er ein Titangestell mit Servomotoren, die über Schnittstellen in seiner Wirbelsäule mit seinem Körper verbunden sind. In seinem Schädel sind Chips implantiert, die wie Neurotransmitter Nervenimpulse auslösen und somit seine Bewegungen steuern können. Es dauerte fast drei Jahre, bis Bredow das Ding perfekt beherrschte, aber er hatte nie aufgegeben. Inzwischen hatte er ein Studium der Psychologie abgeschlossen und mehrere Seminare im Bereich Profiling absolviert. Vor sechs Jahren dann beantragte er, seinen Dienst wieder aufnehmen zu dürfen, jetzt aber beim BKA als Ermittler und Profiler. Wieder setzte sich Al Maktoum für ihn ein und nach nur vier Monaten trat Bredow seinen Job in Wiesbaden an. Und wir haben es niemals bereut. Allerdings ist mit den Jahren der Behinderung eine gewisse Verbitterung bei Bredow eingetreten und er reagiert aggressiv auf jede Form von Mitleid oder, wie er sagt, 'Gefühlsduselei'. So steht er sich leider manchmal selbst im Weg." Sie hob ihre Tasse an die Lippen und sah uns über den Rand erwartungsvoll an. Was sie nicht wissen konnte: Bredows Lebensgeschichte war der meinen nicht ganz unähnlich. Auch ich hatte mir bei dem Versuch, das Leben eines Anderen zu retten, eine Kugel eingefangen, was in der Folge meine Schmerzmittelabhängigkeit und meine zeitweiligen Aussetzer zur Folge hatte.

Jupp und ich schwankten jedoch, das tragische Schicksal des Kollegen als Rechtfertigung für sein Verhalten zu akzeptieren. Aber es machte uns seine Ausgangssituation ein wenig klarer und wir konnten vielleicht einen gewissen Modus vivendi finden. Elly Martin erhob sich. „Ich würde ungern auf Ihre Unterstützung verzichten, meine Herren, aber Bredow ist und bleibt Leiter der SoKo 'Arena'. Wenn Sie damit nicht klarkommen können, muss ich Sie leider von den weiteren Ermittlungen ausschließen. Und es nützt auch gar nichts, wenn Sie bei Problemen mit Bredow zu MIR kommen sollten. Wir sind nicht im Kindergarten und es werden zu Recht schnelle Ergebnisse von uns erwartet." Sie bot uns ihre Hand und wir schlugen zögernd ein.

Wir gingen auf Bredow zu und warteten ab, bis er sein Gespräch beendet hatte. Ich begann: „So, jetzt nochmal alles auf Anfang, Herr Bredow, wir ...". „Auf Anfang? Alles klar, wo ist dann mein Kaffee?" Der BKA-Mann sah uns abwartend an und wir wogen ab, ob wir ihm kollektiv eine reinhauen oder aber besser aus der SoKo aussteigen sollten. Bredow nahm uns die Entscheidung ab. „Kommen Sie mit, schauen sie sich an, was wir bisher haben." Damit wies er auf einige Whiteboards, die mit Notizen, Fotos und Diagrammen übersät waren.

Wir betrachteten in den nächsten Stunden Videos der Kameras, die in der Arena verteilt waren. Dann lasen wir erste Zeugenaussagen und versuchten uns ein Bild zu machen. Klar schien bislang nur Eines zu sein: Die Explosion war von den Drohnen ausgegangen. Und das war auch so ziemlich alles, was bislang feststand. Wer die Sprengung ausgelöst hatte, ob die Person im Stadion gewesen war oder ob die Dinger ferngesteuert waren ... all das waren offene Fragen, die es zu klären galt. Zwischendurch bemerkten wir immer wieder den geringschätzigen Blick, den uns Bredow zuwarf. Das machte uns eine objektive Zusammenarbeit zwar schwer, aber wenn wir uns zusammenrissen, dann wurde uns schnell klar, wie professionell der Kerl und sein Team arbeiteten. Gut, mit all dem technischen Schnickschnack ausgestattet zu sein, machte die Arbeit deutlich leichter, aber das war es nicht allein. So gestand ich mir im Stillen ein, dass mich der Kerl beeindruckte. Aber das hätte ich freiwillig zu diesem Zeitpunkt niemals zugegeben!

Da betrat eine junge Angestellte des Hotels den Sitzungssaal und blickte sich unsicher um. Bredow stand in ihrer Nähe. Schüchtern sprach sie ihn an. Auf einmal lernten wir eine andere Seite des Mannes kennen. Er lächelte, sprach sanft, freundlich und ruhig und reichte ihr zum Abschied sogar die Hand. Die junge Frau lächelte ebenfalls und errötete leicht. Was war das denn jetzt? Machte der nun auf einmal einen auf Charmebolzen?

Als er sich umdrehte, war jede Freundlichkeit aus seinem Gesicht verschwunden. Er zog die Augenbrauen hoch, als wollte er fragen: *Was ist, Jungs? Keine Arbeit?* Begleitet wurde dieser Blick von einer Handbewegung, die uns bedeuten sollte, zu ihm zu kommen. Natürlich ignorierten wir ihn. Wenige Sekunden später erklang ein gellender Pfiff. Mit unerwartet lauter Stimme rief der SoKo-Leiter: „Bitte alle mal an den Konferenztisch! Briefing!" Wir gruppierten uns um den Tisch und Bredow fragte jedes Teammitglied einzeln nach seinen Ermittlungsergebnissen. Uns sparte er sich bis zuletzt auf. „So, und nun zu den Feststellungen unserer Kollegen des hiesigen KK 11. Was können Sie zu unser aller Erleuchtung beitragen?" Jupp sah mich erstaunt an. Ich übernahm den Part des Sprechers. „Bislang gar nichts, da wir ohne konkreten Ermittlungsauftrag gearbeitet haben. Insofern haben wir ergebnisoffen alle uns vorliegenden Fakten gesichtet. Wir halten jedoch einen verfassungsfeindlichen Hintergrund für unwahrscheinlich, da die vorhandenen Videos eindeutig belegen, dass die gegnerische Fan-Kurve direkt und gezielt von den Fluggeräten angesteuert wurde. Daher glauben wir ..." Bredow unterbrach mich: „Und Sie wollen uns jetzt also weismachen, dass die ganze Aktion von irgendwelchen irregeleiteten Fortuna-Fans initiiert worden sein soll? Ganz erstaunlich, meine Herren ... sagen Sie, machen Sie Ihren Job eigentlich schon lange oder helfen Sie im Moment nur im KK 11 aus?" Kurze Pause. „Naja, wie dem auch sei, wir sollten den Ermittlungsansatz der Herren Oberle und Schmitz zwar nicht ganz verwerfen, aber wir sollten ihm nicht oberste Priorität einräumen. Jemand anderer Ansicht?" Jupp plusterte sich wieder auf: „Welcher Ansatz? Wir haben doch lediglich gesagt, dass wir nicht glauben, dass wir Terroristen ...". „*Glaube*, Herr Schmitz, ist kein Kriterium, nach dem wir beim BKA urteilen. Das mag vielleicht hier in der Provinz relevant sein, wir hingegen halten uns da eher an Fakten, Erfahrung und empirische Werte. Sei es, wie es sei, ich denke, wir konzentrieren uns auf die weitere Sichtung und die Befragung von Zeugen. Wir können heute Nacht mit den ersten Ergebnissen des KTI (Kriminaltechnisches Institut) des LKA NRW rechnen, welches von unseren eigenen Leuten unterstützt wird. Und jetzt etwas in eigener Sache, insbesondere für die neu hinzugekommenen Kollegen (er betonte diese Formulierung mit einem süffisanten Unterton): es versteht sich von selbst, dass keine, ich wiederhole, KEINE Information weitergegeben wird. Weder an eigene Dienststellen noch an die Medien. Sämtliche Anfragen werden an den Kollegen Weber (der Genannte gab sich durch Handheben zu erkennen) weitergeleitet und von ihm gesammelt. Statements erfolgen ausschließlich im Rahmen von bedarfsweisen Pressekonferenzen. Wir hingegen werden uns ab sofort alle sechs Stunden zum Briefing zusammenfinden. Ich habe für Sie alle Zimmer hier im Hotel gebucht. Informieren Sie entsprechend Ihre Familien. Stellen Sie sich auf einige Tage mit wenig Schlaf und viel Arbeit ein. Wer es nicht anders schafft, kann sich gerne ab und zu ein paar Stunden aufs Ohr hauen, aber machen Sie bitte nicht über Gebühr davon Gebrauch. Wenn von Ihrer Seite sonst nichts mehr ist?", er blickte fragend in die Runde, „dann frisch auf ans Werk. Wir haben ein paar echt miese Typen zu erwischen!"

Abgekanzelt wie die letzten Deppen saßen wir am Tisch, während sich die Versammlung auflöste. Dr. Martin stand auf einmal hinter uns. „So, meine Herren, wie steht es mit Ihnen? Bleiben Sie dabei oder muss ich mich nach Ersatz für Sie umhören?" Jupp sprach für uns beide. „Frau Dr. Martin, wir werden Sie unsere Entscheidung MORGEN wissen lassen. JETZT werden wir nach Hause fahren, unsere Angelegenheiten dort und mit unserem

Dienstvorgesetzten regeln und Ihnen dann Bescheid geben. Guten Abend, Frau Dr. Martin." Sie sah uns mit schief gelegtem Kopf an, nickte und wandte sich grußlos um. Jupp und ich gingen schweigend zu unserem Wagen und fuhren in Richtung Präsidium.

Kapitel 3

Die Fahrt nach Hamm verlief eher schweigsam. Wir hingen unseren Gedanken nach und verarbeiteten die Erlebnisse mit dem BKA'ler, jeder auf seine Art. Als ich vor dem Haus hielt, das Jupp mit seiner Lebensgefährtin, seiner Schwester und deren Tochter bewohnte, kamen wir um eine Aussprache nicht herum. Ich begann: „Also, wie siehst du das, Alter? Machen wir den Zirkus mit oder lassen wir jemand Anders den Vortritt? Eines muss uns beiden aber klar sein: Lehnen wir ab, sinken unser beider Chancen auf den Leitungsposten ... sofern wir ihn überhaupt wollen." Ich versuchte, damit Jupp aus der Reserve zu locken. Die Ereignisse des Tages hatten uns keinen Raum für ein Gespräch hinsichtlich des Angebotes unseres Chefs gelassen, aber auch das war ein zeitnah zu klärendes Problem. Jupp räusperte sich. „Im Moment bin ich viel zu aufgebracht, um mir Gedanken über den Direktorenposten zu machen. Dies wäre also für mich kein Fakt, das ich in meine Überlegungen einbeziehen würde. Ich habe eher das Problem abzuwägen, wie lange es dauert, dem Arschloch in die Schnauze zu hauen, behindert oder nicht. Wenn den bislang keiner gebremst hat, aus Rücksicht oder Ehrfurcht vor seinen Fähigkeiten, wird es höchste Zeit, dass jemand das tut. Und vielleicht sind wir genau die Richtigen dafür." Ich wiegte nachdenklich den Kopf. „Ich kann dich gut verstehen, aber was würden wir gewinnen? Kurze Befriedigung und dafür einen zerstörten Ruf als Polizisten. Wie wäre es, wenn wir ihn mit seinen eigenen Waffen schlagen? Besser sein als er, IHN vorführen, SEINE Fehler öffentlich machen. Damit kriegt man solche Narzisse am besten klein." „Oder sie werden hinterhältig und stellen dir eine Falle. Ganz ehrlich, Micha, ich weiß es wirklich nicht. Vielleicht sollten wir eine Nacht darüber schlafen. Willst du mit uns essen? Jutta hat Spargel aufgetaut und will heute Steaks mit gebratenem Spargel machen. Da ist bestimmt genug für dich übrig." „Danke dir, aber Sarah wollte heute mit mir einen gemütlichen Couchabend verbringen. Ein anderes Mal gerne."

Wir reichten uns die Hand und ich fuhr los nach Hassels. Beim Klang eines Stückes der Toten Hosen ging mir der Tag durch den Kopf. Welch ein Desaster! Unsere Stadt traf es immer wieder mal richtig dicke, aber eine Katastrophe solchen Ausmaßes, die hatte es zuletzt im Weltkrieg gegeben. Es war noch nicht absehbar, wie viele Menschen ihr Leben verloren oder deren Verletzungen Träume, Wünsche und Hoffnungen zerstört hatten. Als besonders tragisch empfand ich das Schicksal eines jungen Mannes aus Hamburg, der helfen wollte und von einem verwirrten, aggressiven Fan NACH dem Desaster getötet worden war. „An Tagen wie diesen" passte daher sowas von gar nicht zu meiner Stimmung.

Ich erwischte einen der letzten Parkplätze in der Nähe meiner Wohnung in Hassels. Im Flur traf ich einen neu eingezogenen Nachbarn, einen Pfarrer, und hielt ein kurzes Schwätzchen. Erwartungsvoll steckte ich den Schlüssel in die Tür … abgeschlossen? Seltsam, Sarah hatte sich sehr auf einen gemeinsamen Abend gefreut. Ich rief ihren Namen, aber logischerweise keine Antwort. Stattdessen fand ich auf meinem Esstisch einen Zettel: *Bin im Café Sündenfall, Probleme mit einer Mitarbeiterin und Gesprächsbedarf einer Patientin. Tut mir leid, mein Grizzly, wir holen den Abend nach. Dicker Kuss, bis morgen, es wird spät, ich schlafe in Benrath.*

Na klasse, der Abend war also im Eimer. Ich überlegte kurz, ob ich mich doch noch einfach bei Jupp zum Essen einladen sollte, aber ich verwarf den Gedanken sofort. Er brauchte wie ich ein wenig Zeit zum Nachdenken, ohne die Gegenwart des Kollegen. Ich machte ein Käsebrot und hockte mich vor die Glotze. Lustlos kaute ich auf der reichlich trockenen Stulle herum und zappte mich durch die Programme. Nach einer halben Stunde schaltete ich das Gerät aus und dachte nach. Mir fiel einfach die Decke auf den Kopf. Kurzentschlossen schnappte ich meine Jacke und fuhr in die Altstadt ins „Nasebands". Vielleicht würde ich hier ja ein paar Bekannte für einen gemütlichen „Klönschnack" finden. Mochte es das Schicksal sein oder auch nur ein ungünstiger Moment: Die Kneipe war voll und irre laut durch eine Damenriege aus dem Sauerland, die einen Junggesellinnenabschied feierten. Ich verzog mich nach einem Alt, da ich die Liebesbezeugungen mehr oder weniger stark alkoholisierter Frauen Mitte 20 nicht mehr ertrug. Mein Weg führte mich ans Rheinufer am Burgplatz und ich fand tatsächlich noch einen freien Platz auf der „Spanischen Treppe". Gemeinsam mit einer Menge fröhlicher Menschen genoss ich den lauen Abend. So nahe lagen Freude und Leid beieinander. Aus den Gesprächen, die ich aufschnappte, hatten zwar Manche von den Ereignissen im Fußballstadion mitbekommen. Dies tat aber der Feierlaune bei den meisten keinen Abbruch.

Ich machte mich auf den Rückweg zu meinem Wagen, den ich in der Tiefgarage unter dem K20-Museum abgestellt hatte. Der Weg führte vorbei an den dicht besetzten Biergarten-Tischen des „Goldenen Rings". Ungewollt taxierte ich die Menschen, die dort saßen, und ich hatte gerade das Stadterhebungsdenkmal an der Düssel passiert, als mir ein Licht aufging. Ich wandte mich auf der Stelle um, scannte nochmals die Tische und entdeckte nach wenigen Augenblicken das, was mein Unterbewusstsein bereits wahrgenommen hatte. Im Licht der letzten rötlichen Sonnenstrahlen leuchtete eine rote Lockenmähne auf dem Kopf einer Frau. Diese saß an einem Vierertisch zusammen mit einer blonden Frau mittleren Alters und hielt mit ihr Händchen. Beide lachten und diskutierten angeregt. Ich konzentrierte mich auf die Kleidung des Rotfuchses und ... erkannte den dunkelgrünen Sommerpullover, den ich zusammen mit Sarah während unseres letzten Frankreichurlaubs für sie ausgesucht und gekauft hatte. Ich wollte ganz sicher gehen, wanderte um den Häuserblock herum und näherte mich dem Schlossturm, von wo aus ich die Tische der Altbierkneipe gut im Blick hatte. Mein Handy hatte ein leidlich gutes Zoomobjektiv und so fokussierte ich das Bild, das sich mir darbot. Der Druck auf den Auslöser geschah nahezu automatisch. Kein Zweifel, das war meine Partnerin, meine Frau Sarah Rose. Aber wer war die Andere? Sarah hatte meines Wissens keine lebenden weiblichen Verwandten mehr. Und wenn es eine Freundin war, warum hatte sie mir nicht einfach die Wahrheit gesagt? Ich machte für mich noch ein paar Fotos ... darunter eines, das mich fassungslos werden ließ. Sarah und die andere Frau küssten sich – nicht wie Freundinnen, auf die Wange ... nein, zärtlich wie Liebende, voller Verlangen, lang und ausgiebig, mit Zunge und allem Drum und Dran. Was sollte DAS denn? Ich wusste ja wohl am besten, wie Sarah küsste, wenn ihre Intentionen ... nun, sagen wir einmal, eindeutig sind. Und das war genauso wie der Kuss, den ich gerade beobachtet hatte. Mit einer Mischung aus Ärger und Verwunderung schloss ich mein Headset an mein Handy an, um Umgebungsgeräusche zu vermeiden. Ich wollte absolut auf Nummer Sicher gehen und wählte die Nummer meiner Freundin. Als der Ruf abging, beobachtete ich, wie Sarah ihr Handy zur Hand nahm, auf das Display sah und das Gerät dann entschlossen in ihrer Handtasche verschwinden ließ.

Damit war es klar. Aber ... was eigentlich? Klar war, dass Sarah mich belogen hatte. Sollte ich abwarten und sie von selbst kommen lassen oder sie mit meinen Beobachtungen konfrontieren? Würde sie behaupten, ich hätte sie bespitzelt und dass genau dieses „Bullenverhalten" der Grund gewesen sei, warum sie mir nichts gesagt habe? Vertraute Worte, denn so oder ähnlich hatte es geklungen, als ich vor fast 20 Jahren von meiner damaligen Partnerin verlassen worden war. Nur mit einem Unterschied: Waren die Vorwürfe damals gerechtfertigt gewesen, wären sie es heute in keinem Falle. Ich hatte gelernt ... gelernt zu vertrauen, loszulassen, Freiraum zu gewähren, aber mir auch Freiraum zu nehmen. Eben ein Lernprozess, aber man wird ja nie zu alt, um etwas zu lernen. Diese Gedanken gingen mir durch den Kopf, als ich durch die laue Nacht nach Hause fuhr. Nachdenklich, traurig, aber auch ein bisschen zornig ging ich ins Bett – und fand natürlich keinen Schlaf. Bis 2.00 Uhr wälzte ich mich hin und her. Hinzu kam eine der heftigsten Schmerzattacken in meinem gelähmten Bein, die ich seit Monaten hatte. Ich nutzte das „schnelle" Morphium, um wenigstens noch an ein paar Stunden Schlaf zu kommen.

Um 6.00 Uhr klingelte der Wecker. Schlaftrunken schaltete ich das Radio an und schaute auf mein Handydisplay. Keine Nachricht von Sarah, nur eine Whatsapp von Jupp: *Scheiß drauf, wir machen mit und den Kerl platt. Bis später.* Abgesandt worden war diese Nachricht um 4.00 Uhr – mein Freund und Kollege hatte also auch nicht viel Ruhe in dieser Nacht bekommen. Ich grinste, schickte ihm eine Nachricht, dass ich ihn gleich abholen würde und machte mich fertig. Noch kurz etwas zum Frühstücken bei der Bäckerei Ingensandt holen und dann ab nach „Kappes" Hamm.

Jupp ließ sich mit einem Stöhnen in den Beifahrersitz fallen. „Boah, ey, ben ech kapott. Ech han höhsdens zwee Stond jeschlofe. Du siehst aber auch wie ausgekotzt aus. Was ist los?" Ich zögerte. „Ach, schlecht geschlafen, Schmerzen. Musste Morphium nehmen." Jupp sah mich nachdenklich an. „Na und? Das musst du doch jeden Tag! Nee, DAS ist es nicht, dafür kenne ich dich zu gut. Aber ist schon o.k., wenn du drüber reden willst … ich kann warten." Schon seltsam, dachte ich. Mit dem Kerl verbrachte ich definitiv mehr gemeinsame Zeit als mit meiner Frau. Er kannte mich in- und auswändig, Sonnen- wie Schattenseiten. Bei der Arbeit oft von Vorteil, konnte diese Vertrautheit aber auch zum Bumerang werden. Man konnte kaum etwas vor dem Anderen verbergen, sei es aus Rücksicht, sei es aus Scham … oder anderen Gründen. Insofern war der Ausdruck „altes Ehepaar", den Ruprecht Vollmer, Rechtsmediziner und unser gemeinsamer Freund, mal für uns gefunden hatte, durchaus berechtigt. Nur … wie auch bei einer Ehefrau, will man eben nicht immer über alles mit dem Partner reden. Schmitz und ich hatten über die Jahre etwas entwickelt, das ohne Worte funktionierte. Es reichte ein Blick, der einfach bedeutete: JETZT nicht! Keiner war dem Freund böse, der richtige Zeitpunkt für das klärende Wort würde schon kommen und wir würden ihn nutzen.

Dachte ich …

Und wir standen im üblichen Stau vor dem Südring, als es aus mir herausbrach. „Sarah geht fremd!" ich schilderte Josef meine Beobachtungen, natürlich emotional gefärbt, und er hörte mir ruhig zu. „Kann es nicht auch sein, dass sie zufällig eine alte Freundin getroffen hat und sich spontan mit ihr in die Altstadt verzogen hat? Und das mit dem Telefonat ... wie oft hast du ihren Anruf schon weggedrückt, wenn es mal nicht passte? Sie wollte einfach nicht gestört werden und den Abend genießen. Sie hatte dir doch den Zettel hinterlassen und du warst informiert." Die Ampel vor uns war rot und ich kramte mein Handy aus der Jacke. Mit fahrigen Fingern suchte ich die bewusste Fotodatei und reichte das Telefon weiter. „SO küsst du eine normale, alte Freundin?" Jupp betrachtete das Bild, vergrößerte es und schwieg. Ich sah ihn erwartungsvoll an und wurde von einem wilden Hupen hinter mir daran erinnert, dass die Ampel längst auf Grün umgesprungen war. Entschuldigend hob ich die Hand, gab Gas ... und stieg sofort in die Eisen. Ein Fahrradkurier deutete mit dem ausgestreckten Mittelfinger auf die rote Ampel ... auf MEINER Seite.

Ich sollte mich also besser konzentrieren, bevor jemand noch ernstlich zu Schaden kommen würde. Jupp hatte nichts gesagt, mir das Mobiltelefon zurückgegeben und aus der Frontscheibe gestarrt. Kurz vor dem Jürgensplatz fragte er: „Und nun? Was willst du nun machen, Michael?" „Was würdest DU tun? Abwarten oder Frontalangriff?" „Weder noch! Sag ihr, wie die ganze Situation entstanden ist. Und bitte sie dann einfach, sie dir zu erklären." Tja, klang logisch, war logisch ... und emotional doch so unendlich schwer. Ich brummte: „Mal sehen, ich versuch's vielleicht heute Abend. In jedem Fall danke, mein Alter!"

Wir stiegen vor dem Präsidium aus und Jupp griff noch einmal den wichtigsten Punkt für heute auf. „Was machen wir nun mit Robocop? (DAS würde wohl ein Dauerbrenner werden) Ich finde, wir dürfen uns von dem Vogel nicht einschüchtern lassen. Zeigen wir diesen Wiesbadener Arroganzlingen mal, wo der Hammer hängt." „Ich bin zu dem gleichen Schluss gekommen. Also, wer ruft Dr. Martin an?" Josef gewann „Schnick-Schnack-Schnuck" und ich ergriff mein Telefon, als wir unser Büro betraten.

Die Dame schien angenehm überrascht und bat uns, direkt wieder ins *Tulip Inn* zu kommen. Wir machten uns, mit einem Abstecher zum Büro von Polizeipräsident Auer, auf den Weg. Da er selbst nicht anwesend war, hinterließen wir die Nachricht, dass wir in der SoKo 'Arena' verbleiben würden. Die Zufahrt zum Hotel war gespickt mit Kontrollen durch unsere uniformierten Kollegen. Besonders unterhaltsam war die letzte Kontrolle vor dem Kreisverkehr, die von drei offensichtlich sehr nervösen, jungen Kollegen von der Bereitschaftspolizei durchgeführt wurde. Zwei Männer hielten ihre Maschinenpistolen locker im Anschlag, in unsere Richtung, und blickten uns betont grimmig an. Eine Polizistin um die 20 Jahre trat an unser Fenster und versuchte mit einem möglichst streng-dienstlichen Ton Autorität zu verbreiten. „Die Zufahrt zum Stadion ist gesperrt. Bitte wenden Sie sofort." Jupp saß am Steuer und war gut gelaunt. Er blickte mich kurz an, schielte und streckte die Zungenspitze im Mundwinkel raus. Dann drehte er sich wieder zu der Beamtin um. „Ja, entschuldigen Sie bitte, junge Frau, aber wir müssen trotzdem da rein. Wenn ich auch ganz höflich bitte, geht es dann vielleicht doch?" Dabei setzte er den Dackelblick auf und klimperte mit den Augenlidern. Die junge Frau blickte verwirrt. „Haben Sie mich nicht verstanden? Sie sollen umdrehen, aber flott." Ihr Ton war deutlich schärfer geworden. Ich wollte die Situation nicht eskalieren lassen und griff in die Innentasche meiner Jacke, um meinen Dienstausweis vorzuzeigen. Im gleichen Augenblick rissen die beiden Kollegen der Beamtin ihre Maschinenpistolen hoch und zielten auf uns. Die Hand der

Frau war ebenfalls zum Holster gefahren. „Moment bitte, ich werde jetzt nur mit zwei Fingern meinen Ausweis rausholen." Sie fuhr mich an. „Nix da, Sie beide werden jetzt erstmal aussteigen. Hände aufs Dach, einen großen Schritt Abstand nehmen und dann die Beine spreizen."

Wir hatten die Anspannung, unter der die Einsatzkräfte rund ums Stadion standen, wohl deutlich unterschätzt. Eigene Doofheit, geschah uns recht. Also stiegen wir langsam aus, taten wie uns geheißen und ließen die Visitation über uns ergehen. Als der Mann beim Tasten am Holster meiner Waffe angekommen war, musste ich einschreiten. „Herr Kollege, richtig, was Sie da fühlen, ist eine Pistole. Meine Dienstwaffe. Und bevor Sie jetzt totalen Alarm machen, greifen Sie bitte dort in die innere Brusttasche meiner Jacke. Sie finden dort meinen Dienstausweis. Die Kriminalhauptkommissare Oberle und Schmitz vom KK 11 Düsseldorf." Nervös griff der Angesprochene in meine Jacke, von seinen Partnern gesichert. Sie machten das Ganze sehr korrekt und umsichtig, die Ausbildung war wohl doch nicht so schlecht, wie wir manchmal glaubten. Der Ausweis wurde gründlich begutachtet und dann entspannte sich der Mann. „Alles klar, die Beiden sind wirklich Kollegen." Die Polizistin steckte ihre Waffe weg und sagte: „Fanden Sie das jetzt besonders witzig?" Ernst erwiderte ich: „Nein, das war nur blöd. Aber manchmal macht man einfach dumme Sachen. Sorry dafür … und Kompliment, Sie haben die Absicherung wirklich gut gemacht. Wir machen das Ganze wieder gut." Wir verabschiedeten uns von den Dreien mit Handschlag und fuhren die letzten Meter zum Hotel.

Bredow empfing uns mit einem süffisanten Lächeln. „Ach, wie nett. Die Herren vom PP Düsseldorf geben uns auch wieder die Ehre.

Wie war die Nacht?" „Danke, bestens. Lassen Sie uns doch an Ihren gottgleichen Ermittlungsergebnissen teilhaben, damit wir armen Würstchen im Glanze Ihres Könnens verblassen." Ich blickte Josef erstaunt an. Mit Manchem hätte ich gerechnet, aber nicht mit Sarkasmus. Bredow offensichtlich auch nicht, denn er drehte sich wortlos um und entfernte sich mit seinem staksigen, summenden Gang.

Wir setzten uns an zwei freie Plätze und lasen auf den dort stehenden Notebooks, was an neuen Fakten vorlag. Aber bevor wir richtig loslegen konnten, ging die Tür des Saales auf und eine Gruppe angeregt diskutierender Personen betrat den Raum. Ruprecht Vollmer, der Rechtsmediziner, lachte laut auf und schlug dem ihn begleitenden Mann fröhlich auf die Schulter. „Ja, genau so, und dann müsste man ... ach, hallo, mein Killerkommando ist ja auch da. Hi, Jungs!" Er winkte uns zu und hockte sich neben uns. „Wie schaut's aus, Burschens? Alles im Lack?" „Wie bist du denn drauf? Meerschwein auf Extasy?" Ich blickte ihn verwirrt an. „Was erwartest du, Micha? Ich habe seit gestern Morgen kein Bett mehr gesehen und lebe nur von Red Bull, Scho-Ka-Cola und Kaffee. Wir haben Unterstützung aus Duisburg, Essen, Köln und Münster bekommen. Wirklich JEDER Sektionstisch ist bei uns besetzt und die Kollegen von KTI und KTU drehen total am Rad. Aber man kann echt neidisch werden, wenn man sieht, was die Kollegen aus Wiesbaden da auffahren können. Irrer, neuester technischer Kram, nur vom Feinsten. Wir sind hier, um einen neuen Bericht abzugeben." Genau in diesem Augenblick klatschte Dr. Elly Martin in die Hände. „Meine Damen und Herren, darf ich Sie zur Runde bitten? Die Kollegen von Technik und Rechtsmedizin haben neue Erkenntnisse. Wer von Ihnen möchte beginnen?"

Ruprecht erhob sich und referierte über die Ergebnisse der Obduktionen. Während er sprach, bediente eine Kollegin ein Notebook und spielte über einen Beamer Bilder und Diagramme zur Verdeutlichung des Gehörten an die Wand. Die Explosionen hatten bislang 72 Menschen das Leben gekostet, wobei nach erster Inaugenscheinnahme allerdings nur ein Dutzend durch die direkte Sprengwirkung gestorben war. Die weiteren Toten waren während der Massenpanik auf der Flucht gestorben, durch Brustquetschungen oder aber erstickt. Sechs Menschen waren durch Stürze von der Brüstung entweder durch Genickbruch oder durch innere Verletzungen zu Tode gekommen. Ruprecht endete mit den Worten: „Wir können aber nicht ausschließen, dass sich die Zahl noch deutlich erhöhen könnte. Von den umliegenden Krankenhäusern bekommen wir alle sechs Stunden Updates über die Situation der Verletzten und bei Einigen sieht es gar nicht gut aus. Das wäre für jetzt alles von der medizinischen Seite. Eine Liste mit den Namen der Toten und Verletzten wird in diesem Moment auf Ihre Rechner überspielt."

Durch unsere Abwesenheit hatten wir nicht mitbekommen, dass unsere Kollegen vom technischen Support eine wahre Herkules-Arbeit geleistet hatten. Sämtliche PC's der SoKo waren vernetzt worden und zeigten immer den exakt gleichen Informationsstand. Das Bild auf dem Schirm der Notebooks sah aus wie der Split-Screen bei den Wirtschaftssendern im Fernsehen.

Eine elegant gekleidete Frau erhob sich nun und stellte sich neben den Beamer. Sie wirkte ebenfalls übernächtigt, wie die meisten der Gruppe. Insgeheim schämte ich mich ein wenig, dass wir in der vergangenen Nacht nicht dabei geblieben waren. Mit einem Räuspern begann die Frau ihren Vortrag.

„Ich darf mich kurz vorstellen, da ich einige Gesichter unter Ihnen noch nicht kenne. Mein Name ist Lisa Franken und ich bin technische Sachverständige im BKA Wiesbaden. Und damit gehen wir direkt in medias res. Wir haben es mit einem exzellent durchdachten Anschlag zu tun. Zu den Fakten: Eine Gruppe von zwölf ferngesteuerten Fluggeräten, umgangssprachlich als Drohnen bezeichnet, ist in das Stadion gelenkt worden und unmittelbar über dem Block 20/21 zur Explosion gebracht worden. Jedes der Geräte war mit einem Sprengstoffpaket beladen, mit einem Gewicht von ca. vier Kilogramm. Zur Herkunft des Sprengstoffes können wir im Moment noch keine Aussagen treffen, sehr wohl aber zur Art des Explosivstoffes. Und hier wird es sehr interessant. Es handelt sich um PE-808- Plastiksprengstoff, aus dem Wirkstoff Cyclotrimethylentrinitramin. Aber ich will Sie nicht mit Fachchinesisch nerven. Warum ist das Zeug sowas Besonderes?" Langsam kam die Frau in Fahrt. Sie war in ihrem Element und sichtlich stolz auf die Ergebnisse ihrer Nachtarbeit. „PE-808 ist der Vorläufer des allgemein bekannten Semtex oder C4. Vorläufer heißt", sie schaute erwartungsvoll in die Runde, „dass es sich um Material aus dem Zweiten Weltkrieg handelt." Sie blickte in ungläubige Gesichter. Ich hob die Hand. „Ist das Zeug nach 70 Jahren denn überhaupt noch so wirksam?" Sie nickte ernst. „Das Ergebnis haben Sie doch gesehen. Leider ja, aber danke für den Einwand. Denn das führt mich zu unseren weiteren Feststellungen. Die ganze Konstruktion bedingt ein hohes Maß an technischem wie auch chemischem-Wissen. Da war jemand am Werk, der richtig Ahnung hat. Aber weiter. PE-808 wird seit mehr als 50 Jahren nicht mehr hergestellt. Im Gegensatz zu modernen Sprengstoffen hat das Zeug auch keine chemische Signatur, die uns Aufschluss über die Herkunft liefern würde. Heutzutage werden den Mischungen Metallspäne, sogenannte „Taggents", beigemischt, damit sie besser von Spürhunden oder Detektionsgeräten entdeckt werden können. In unserem Fall – Fehlanzeige! Hier sind wir also im Moment in einer Sackgasse. Meine Kollegen aus Düsseldorf haben jedoch ein paar alte Gefallen eingefordert und ihre Kontakte zur Bundeswehr spielen lassen. Wir werden bald Unterstützung durch einen ehemaligen Oberstleutnant bekommen, der heute als Militärhistoriker lehrt. Er gilt als absolute Kapazität in Sachen Sprengmittel und Munition des Zweiten Weltkrieges. Daher bin ich guter Hoffnung, dass wir bald schlauer sind."

Ihre Stimme war rau geworden und sie nahm einen Schluck Wasser. „Zu den Gyrocoptern. Es handelt sich nicht um handelsübliche Fluggeräte, sondern um individuelle Kreationen. Es wurden zwar Standardkomponenten verwendet, aber das ganze Setting, Auslösesystem, etc. sind professionell nur für diese Dinger entwickelt worden. Es handelt sich um zwölf sogenannte Oktocopter mit einer Spannweite von 1,40 Metern. Wie der Name schon sagt, hatten die Drohnen acht Flügelpaare und das Gestell war in einer semi-flexiblen Leichtbauweise erstellt. Es wurden Werkstoffe wie Carbon, GFK und Aluminium benutzt, die Gewichtsreduktion durch eine Vielzahl von Bohrungen bekommen haben. Die Sprengstoffpakete waren mit einem herkömmlichen Haltesystem für Kameras befestigt worden, wobei dieses aus Gründen der Gewichtsersparnis auf das Nötigste reduziert wurde. Zwei der Drohnen waren allerdings mit extrem kleinen, aber leistungsstarken HDR-Kameras ausgestattet. Warum zwei? Wir vermuten, dass diese Gruppe Fluggeräte mit einer „Schwarmintelligenz" ausgestattet waren. Was bedeutet das? Vom Fraunhofer Institut in Dortmund wurde eine Software entwickelt, die solche Maschinen in die Lage versetzt, untereinander abgestimmt zu kommunizieren und zu agieren. Als Beweis hatte man eine äußerst beeindruckende Präsentation vorbereitet, als das System vorgestellt wurde. Eine Gruppe von sechs kleinen, speziell vorbereiteten Quadrocoptern wurde in einer Squash-Halle gestartet und diese spielten zehn Minuten lang miteinander Federball. Absolut crazy, sowas kann man ja schließlich nicht berechnen, die Flugbahn eines Federballs." Sie hatte sich richtig in Rage geredet. Eine Kollegin versuchte ihre Begeisterung etwas zu dämpfen und signalisierte mit den Händen, dass sie ein wenig Dampf vom Kessel nehmen solle. Frau Franken bekam rote Wangen, senkte den Blick und fuhr dann mit sachlicherer Stimme fort. „Also, die Programmierung der Drohnen ist so leistungsfähig, dass diese anhand von GPS-Daten an einen sehr exakt bestimmten Ort mit einer Zielgenauigkeit von weniger als einem Meter gesteuert werden können. Dabei kann eine individuelle Route vorprogrammiert werden und, falls sich auf der Route kurzfristig ein Hindernis ergibt, z.B. ein Baukran, dann umfliegen sie dieses Objekt und kehren sofort auf ihren Ursprungskurs zurück. Dabei gibt es, ähnlich wie bei Vögeln, auch eine Art Leittier, das Richtung und Tempo bestimmt. Das wird vermutlich eines der beiden Geräte mit der Kamera gewesen sein. Wir sprechen von redundanten Systemen mit einem Alpha- und einem Beta-Leader. Das bedeutet, dass im Notfall z. B. durch Absturz, wegen defektem Akku oder Ähnlichem, ein anderes Gerät die Führungsrolle übernimmt. Daher die zweite Kamera. Das Ganze erklärt somit auch den Begriff der Schwarmintelligenz. Um sowas zu entwickeln, muss man mindestens ein hochbegabter Techniker sein. Unsere Empfehlung ist, zunächst im Fraunhofer Institut Dortmund und in den umliegenden RC-Clubs nachzufragen." „RC-Clubs?" Jupps in den Raum geworfene Frage wurde von einigen Kollegen mit einem zustimmenden Nicken bedacht. „Bitte entschuldigen Sie. Ich meine damit Clubs, die sich dem Modellflug verschrieben haben. Ich schränke meine Aussage aber sofort etwas ein, da der oder die Täter nicht zwangsläufig in Clubs zu finden sein müssen. Noch gibt es keine gesetzliche Regelung zum Betrieb solcher Fluggeräte. Man denkt zwar darüber nach, eine Art Führerschein oder Kennzeichnungspflicht einzuführen, jedoch muss dies erst noch das Gesetzgebungsverfahren durchlaufen. Aber wie hat uns der alte Sherlock Holmes gelehrt? Man muss sich vom Wahrscheinlichsten hin zum Unwahrscheinlichsten hinarbeiten, um auf die Lösung zu kommen." Jupp raunte mir zu: „Da kann man nur hoffen, dass die Ereignisse hier die Holzköpfe in Berlin etwas schneller arbeiten lassen."

Lisa Franken kam mit ihren Ausführungen langsam zu Ende. „Leider ist der Zerstörungsgrad an der Platine und dem Speichermedium zu groß, als dass wir wirklich aussagekräftige Hinweise auf den oder die Täter haben. Das Einzige, was wir mit Sicherheit rekonstruieren können, ist der Startpunkt der Drohnen. Die Koordinaten sehen Sie auf der Projektion". Sie wies hinter sich und auf der Wand erschien eine Abbildung von Google Earth, auf der der Rhein und das linke Ufer sowie die Koordinaten 51°15'55.9"N+6°42'10.2"E zu lesen waren: „Es handelt sich dabei um einen unbesiedelten Abschnitt am Rheinufer in Höhe von Meerbusch. In ca. einem Kilometer Entfernung befindet sich ein Pflanzencenter, das der Täter mutmaßlich passiert haben muss. Bei der Vielzahl von Drohnen, die auch im zerlegten Zustand ein beträchtliches Volumen haben, ist der Transport mit einem Kleinlaster am wahrscheinlichsten. Zudem benötigt man auch für den Zusammenbau und Start einige Zeit, wir gehen von mindestens zwei Stunden aus. Vielleicht haben Fußgänger, Hundebesitzer oder Jogger etwas bemerkt oder sogar mit dem

Handy fotografiert. Große Hoffnungen setzen wir auf den nahe gelegenen Modellflugplatz. Ein solcher Massenstart kann von dort aus nicht unbemerkt geblieben sein, vor allem nicht für Fachleute."

Jupp hob die Hand. „Eine Zwischenfrage bitte. Ich hab meiner Nichte mal so ein kleines Ding geholt und mich geärgert, dass der Akku schon nach sechs Minuten leer war. Wenn ich die Distanz sehe, die diese Bombendrohnen zurückgelegt haben, geht das denn überhaupt?"

Frau Franke strahlte bei dieser Frage. „Ein sehr guter Einwand, Herr Kollege. Danke dafür, das hätte ich fast vergessen. EINEN Ansatzpunkt gibt es, bei dem sehen wir gute Ermittlungschancen. Wie Herr", sie blickte fragend in Josefs Richtung. „Schmitz ist der Name." Sie lächelte wieder. „Gut also, Herr Schmitz anmerkte, besteht immer ein Riesenproblem mit der Akkuleistung. Die ist von einigen Faktoren abhängig: Umgebungstemperatur. Gewicht der Objekte, Entfernung, Material des Akkus. In diesen Fluggeräten waren Lithium-Ionen-Akkus der neuesten Generation verbaut, von der Firma Bosch. Die Dinger sind mit Seriennummern versehen, von denen wir drei identifizieren können. Es läuft bereits eine Herstelleranfrage hinsichtlich des Vertriebsweges bzw. der Verkaufsstelle. Aber um Ihre Frage zu beantworten, Herr Schmitz: Die Geräte hatten so viel Power, dass sie mit der Bombenladung problemlos noch zehn Kilometer weiter hätten fliegen können. Woher wir das wissen? Die „Fail Safe" Schaltung wurde deaktiviert. Dies besagt, dass im Falle von unzureichender Akkuleistung und/oder Verlust des Kontaktes zum GPS-Satelliten, die Multicopter automatisch zurück zu ihrem Ausgangspunkt fliegen. Das wurde also unterbunden. Nichts mit heim zu Mama!

Der Täter wollte sichergehen, dass die Geräte die gesamte Energieleistung für ihren Kamikaze-Flug zur Verfügung hatten."

Jetzt war es an mir, eine Frage zu stellen: „Frau Franke, waren die Geräte ferngesteuert, oder war die Route vorprogrammiert. Ich meine, auf diese Entfernung ist ein Flug auf Sicht ja kaum mehr möglich. Und mein Name ist Oberle." Sie nickte. „Ebenfalls ein wichtiger Hinweis. Die Kollegen aus Düsseldorf sind ja richtig klasse. Die beiden Kameras lassen zwar vermuten, dass die Copter-Gruppe über die Kamerasicht gelenkt worden ist, aber meine Kollegen und ich gehen eher davon aus, dass der Schwarm über absolut exakte GPS-Koordinaten gesteuert worden ist. Der Täter, oder eher die Täter, haben also in jedem Falle einmal vor Ort mit einem GPS-Gerät die genauen Daten eingelesen. Ich gehe davon aus, dass dieses Gerät an einem geodätischen Referenzpunkt", die versammelte Zuhörerschaft gähnte vernehmlich und Frau Franke errötete wieder aufgrund ihrer Fachterminologie, „also an zentimetergenauen Kontrollpunkten geeicht worden ist." „Welche Genauigkeit haben solche Fluggeräte eigentlich, Frau Kollegin?" Dies war der erste Wortbeitrag Bredows in dieser Runde. „Tja, Herr Bredow, das wird Sie alle sicherlich erstaunen. Es ist mittlerweile möglich, Zielpunkte mit einer maximalen Toleranz von drei Metern anzusteuern. Um es an einem Beispiel zu verdeutlichen: Liegt jemand in einem Bett, kann man ihn mit einer Abweichung von höchstens einem Meter vom Fußende aus erwischen." Wir schwiegen alle und jedem gingen Bilder durch den Kopf. Frau Franke sah in betretene Gesichter. „Ja, verehrte Kolleginnen und Kollegen, die Zeiten des Irak-Krieges, wo amerikanische Raketen ihre Ziele um mehrere hundert Meter verfehlt haben, gehören der Vergangenheit an. Haben Sie noch weitere Fragen? Falls nicht, würden wir uns gerne ein paar

Stunden aufs Ohr legen. Meine Kollegen und ich können langsam nichts mehr durch unsere Mikroskope erkennen."

Bredow bedankte sich bei den medizinischen und technischen Spezialisten für ihre Ausführungen und übernahm wieder die Gesprächsleitung. „Sie sehen, wir sind zwar weiter, aber noch nicht konkret. Ich möchte nun Ermittlungsteams bilden, die einzelne Aufgabenfelder bearbeiten und uns im Gremium berichten werden. Beginnen möchte ich mit den beiden Kollegen aus Düsseldorf. Herr Oberle, Herr Schmitz, Ihnen möchte ich gerne die Ermittlungen an der vermutlichen Abflugstelle des Drohnengeschwaders sowie die Befragung von Verletzten in den Krankenhäusern übertragen. Klar, das sind unterschiedliche Volumina, aber Sie können einander bei freien Kapazitäten unterstützen. Wer macht was?" Wir waren über diesen freundlich geschäftsmäßigen Ton äußerst überrascht. Hatte er uns bislang abgekanzelt, war er jetzt fachlich sachlich. Jupp antwortete: „Dann übernehme ich die Recherche in Meerbusch, wenn das für dich o.k. ist, Micha. Wenn ich klar bin, komme ich nach und unterstütze dich. Vermutlich werden die meisten Verletzten ja in der Uni-Klinik behandelt." Ich erklärte mich einverstanden und Bredow schloss: „Gut, dann ist das also festgelegt. Bitte holen Sie sich jede personelle oder fachliche Unterstützung, die Sie für erforderlich halten. Ich bitte lediglich um vorherige Info, damit ich das in unsere Berichte einfließen lassen kann. Und etwas für uns alle: Jede Stunde zählt! Spuren erkalten oftmals in kürzester Zeit und Erinnerung wird immer mehr mit Interpretation angereichert. Arbeiten wir alle also so schnell wie möglich und so gründlich wie nötig. So, und nun zu den weiteren Aufgabenfeldern. Pressearbeit ..."

Wir zogen uns an unsere Notebooks zurück. Ein kurzer Blick auf die in Ruprechts Vortrag erwähnte Liste der Verletzten zeigte mir, dass sich 214 Verletzte auf 14 Kliniken in Düsseldorf und Umgebung verteilten. Unmöglich, das nur mit zwei Mann in akzeptabler Zeit zu schaffen. Ich forderte daher über das Sekretariat von Auer weitere Unterstützung an. Man sollte sich mit mir in der Uni-Klinik treffen, wo die meisten Verletzten versorgt wurden und wo ich die Aufteilung vornehmen wollte, wer welches Krankenhaus zu besuchen hatte.

Jupp fragte: „Willst du nicht unseren Wagen nehmen? Ich frage den Einsatzleiter, ob er mir einen Kollegen mit Dienstfahrzeug leihweise überlässt." Ich nickte, fing den zugeworfenen Autoschlüssel auf und machte mich auf den Weg. In diesem Moment überfiel mich eine Schmerzattacke, die mich zwang, an der Wand Halt zu suchen und aufzustöhnen. Nur langsam kam ich wieder zu Atem. Sterne tanzten vor meinen Augen und mein linkes Bein fühlte sich an, als wäre es ein Ballon, der sich mit flüssigem Beton füllte und kurz vor dem Platzen stände. Jupp war schon längst weg. Daher wunderte ich mich über die Stimme, die hinter mir erklang. „Brauchen Sie Hilfe?" Im gleichen Atemzug wurde mein rechter Ellenbogen umfasst und mir wurde mit enormer Kraft aus meiner gebeugten Haltung aufgeholfen. Beim Umwenden erkannte ich die Person. Bredow stand mit besorgtem Blick hinter mir. Der Kerl überragte mich um locker zehn Zentimeter und ich sah hoch. „Geht schon, Kollege. Passiert leider manchmal." „Herz?" Ich schüttelte den Kopf. „Gelähmtes Bein und Nervenverletzung." Bredow nickte wissend. „Klar, ist mir vertraut. Das Schlimme ist, der Scheiß kommt ohne jede Vorwarnung!" Dabei lächelte er mich das erste Mal an. Dieses Ekelpaket konnte ja richtig nett aussehen. Etwas verunsichert meinte ich: „Danke, aber

Sie können mich jetzt loslassen. Es geht wieder. Ganz schöne Muckis haben Sie da unter der Jacke." Statt einer Antwort bat er mich, ihm beim Ablegen des Jacketts behilflich zu sein.

Über dem Hemd sah ich ein dunkel schimmerndes Gestell, dessen Streben sich wie schwarze, breite Aufkleber über seine Arme zogen. An den Händen hatte ich ja bereits die schwarzen, massiven Handschuhe gesehen, die sich an das Exoskelett anschlossen. Entlang seiner Rückenmitte zog sich ein besonders breiter Streifen, der wie eine außen liegende, zweite Wirbelsäule wirkte. Um die Hüfte trug er einen breiten Gürtel, in dem sich Steuerung und Akkus befanden. Bredow griff nach einem auf einem Tisch liegenden Besteckmesser aus Edelstahl. Er nahm es in die rechte Hand, legte den Daumen gegen die Klinge und bog scheinbar mühelos das Teil zu einem „U" um. „Ich habe irre lang gebraucht, die Kraft richtig zu steuern. Mein Dienstherr hat sich zeitweilig geweigert, mir ständig neue Handys zu kaufen. Aber inzwischen komme ich ganz gut zurecht, oder habe ich Ihnen wehgetan?" Ich lächelte jetzt auch und schüttelte den Kopf. „Nicht im Geringsten. Als ob Sie ein rohes Ei angefasst hätten." Der BKA'ler nickte und meinte dann: „Worauf warten Sie dann noch, Herr Kollege? Augenscheinlich sind Sie wieder dienstfähig und ich brauche dringend Ergebnisse." Da war er wieder, der arrogante Sack, aber das Bild hatte Risse bekommen und durch diese schimmerte eine möglichweise sympathische Persönlichkeit. Die nächsten Wochen würden also spannend werden und ich war gespannt, was mit dem Kerl noch alles zu erleben war.

Jupp hatte in der Bar des Restaurants im *Tulip Inn* um drei Becher Kaffee gebeten und man hatte ihm sogar welche mit Transportdeckel geben können. Damit marschierte er zurück zum Kreisverkehr, wo unsere drei Spezis von der Straßensperre noch immer Dienst taten. „Hier, Kollegen, kleine Wiedergutmachung für vorhin. Zuckertütchen und Milchtöpfchen sind in meiner Jackentasche." Die drei Schutzpolizisten sahen ihn verdutzt an. Mit so etwas hatte wirklich keiner von ihnen gerechnet. Ein leises Danke ertönte von jedem und sie nahmen erste Schlucke. „Wie sieht es aus? Wie lange dauert noch Ihre Schicht hier?" Die Blondine schaute auf die Uhr. „Unsere Ablösung müsste jeden Augenblick kommen. Wird auch Zeit. Die Rumsteherei nervt echt." Jupp erwiderte: „Dann werden Sie sicher zu kaputt sein. Oder hätte einer von Ihnen Lust, mich bei Ermittlungsarbeiten vor Ort zu unterstützen?" Die beiden männlichen Kollegen winkten ab. „Nicht wirklich. Wir müssen dringend etwas Schlaf nachholen. Wir sind seit Mittwoch mit gerade mal acht Stunden Schlaf unterwegs." Die Polizistin entgegnete: „Da geht's mir etwas besser. Ich kann noch und es wäre mal eine spannende Abwechslung." Jupp grinste. Diese Lösung war ihm besonders sympathisch, da nach seinen Erfahrungen weibliche Beamte bei Befragungen vor Ort wesentlich effektiver waren als ihre oft genervt wirkenden männlichen Kollegen. Zudem sah die Frau auch noch sehr hübsch aus, was ihr den Job erleichtern würde. In diesem Moment hielt neben der Gruppe ein silberner VW T5, aus dem drei Beamte ausstiegen. „Wachablösung!" Man verabschiedete sich mit Handschlag und die drei Uniformierten sowie Schmitz stiegen ein. Gemeinsam fuhren sie zu einem Container auf dem Arena-Gelände, in dem die uniformierte Einsatzleitung untergebracht worden war. Josef klärte kurz das Dienstliche und ließ sich dann von der Kollegin nach Meerbusch fahren.

Auf der Fahrt reichte er ihr die Hand rüber. „Ich heiße Josef Schmitz. Danke für Ihre Hilfe." Sie lächelte unsicher. „Ich bin Carmen Geiss. Jaja, ich weiß, wie die Bitch aus der RTL-Soap. Und glauben Sie mir, ich kenne wirklich JEDEN doofen Spruch im Zusammenhang damit." Josef antwortete: „Sorry, Frau Kollegin, aber ich schaue weder Serien noch RTL – sofern es sich nicht vermeiden lässt. Sie werden also keinen dummen Spruch von mir zu hören bekommen. Ich kenne die Pute zwar, schalte aber sofort um, wenn auch nur Werbung mit ihr kommt. Allein schon diese Stimme! Wie 'ne Puffmutter nach der dritten Flasche Johnny Walker." Sie nickte dankbar. Anhand des Navigationsprogramms, das Jupp auf seinem Handy hatte, wurden sie exakt zu der Stelle geleitet, an der sich am Rheinufer ein kleiner Sandstrand gebildet hatte. Dort trafen sie auf ein paar Sonnenhungrige, mit deren Befragung sie sofort begannen. Leider ohne Erfolg! Keiner der Anwesenden war am Vortag hier gewesen. Daher machten sie sich auf den Weg zu dem Pflanzencenter. Dort hatten sie zumindest insofern Glück, als alle Mitarbeiter, die am Vortag Dienst gehabt hatten, auch an diesem Samstag anwesend waren. Allerdings wieder Fehlanzeige! Keiner hatte ein Fahrzeug in der Größe Sprinter und Co. gesehen oder etwas anderes Auffälliges bemerkt. Frustriert machten sie sich auf den Weg zu dem Modellflugplatz am Apelter Weg.

Hier stießen die beiden Ermittler auf eine Gruppe von sieben Modellflug-Enthusiasten. Hoffnungsvoll begannen sie ihre Ermittlungen, aber nur einer von den Männern war am Freitag auf dem Platz gewesen. „Nein, bei uns hier ist kein Fremder gewesen. Ich war ab mittags hier und bin erst um 20.00 Uhr nach Hause gefahren. Aber Moment ... warten Sie ... ja, etwas ist mir aufgefallen. Da hinten, vielleicht einen halben Kilometer rheinaufwärts, da habe ich einen weißen Transporter stehen sehen, als ich wegfuhr. Ich hab mich noch gewundert, was der da zu suchen hatte. Da ist keine offizielle Straße, nur ein Feldweg, und da stand er vor einem Wäldchen, das zwischen dem Weg und dem Ufer liegt. Ich kenne die Ecke, ich gehe dort oft mit meinem Hund, der schwimmt so gerne. Wissen Sie, so ein Labrador, der wärmt das Herz und …". Bevor der Mann seine gesamten elegischen Ausführungen zu seiner Tierliebe fortsetzen konnte, unterbrach Schmitz ihn. „Also, ein Kennzeichen konnten Sie dann auch nicht erkennen? Oder eine Beschriftung des Fahrzeuges?" Der Mann war offensichtlich beleidigt und antwortete knapp: „Nein, nur rein weiß. Und die Marke weiß ich auch nicht. Mit Autos kenne ich mich nicht so aus … nur mit Modellflug und mit Hunden. Falls Sie sich also mal einen Hund zulegen wollen, dann …". Jetzt wurde er von Carmen Geiss unterbrochen. „Wir danken Ihnen sehr herzlich für Ihre Infos. Und falls ich mal eine Frage wegen meines Golden Retrievers habe, darf ich dann auf Sie zukommen?" Erfreut lächelte der Mann die Polizistin an, schüttelte ihr ausgiebig die Hand und steckte ihr eine Visitenkarte zu. Mit einem „Nicht vergessen, Robert Lemke, wie der Fernsehmoderator", winkte er den Polzisten nach, die sich in ihr Auto schwangen.

Während sie losfuhren, begann Schmitz ein Gespräch. „Soso, SIE sind also auch so eine Hundenärrin? Dann haben Sie jetzt ja einen perfekten Gesprächspartner gefunden und …" Sie unterbrach den Kripo-Kollegen. „Wie kommen Sie denn darauf? Ich hab doch gar keinen Hund. Ich wollte nur, dass der Kerl endlich die Klappe hält und nicht sauer auf uns ist, falls ihm noch etwas einfällt. Wenn wir den nicht gestoppt hätten, hätte der uns bis Montagabend vollgeschwallt. Vermutlich hat der keinen Labrador, sondern eine spezielle Züchtung für solche Typen: einen „Laber-Dor". Stocktaub und brunzdumm!" Beide Polizisten schütteten sich vor Lachen aus, während sie sich wieder dem Stadion näherten. Hier setzte die Beamtin Schmitz ab, der mit einem Bus der Bereitschaftspolizei an den Jürgensplatz zurückkehrte, wo er sich ein Dienstfahrzeug organisierte und zu meiner Unterstützung in die Uni-Klinik fuhr.

Der „Laber-Dor" würde sicher zu einem „Running Gag" werden.

Kapitel 4

Ich stand im Eingangsbereich des Hochhauses, in dem die Chirurgie der Uni-Klinik untergebracht war. Hier sollte ich auf die versprochene Unterstützung warten ... und das tat ich. Seit einer Viertelstunde tigerte ich auf und ab und hoffte darauf, dass bald jemand käme. Ich hatte mein Mobiltelefon bereits in der Hand, als eine Gruppe von zwölf Personen auf den Eingang des Hauses zustrebte. Zwei von ihnen kannte ich. Es waren ein Kollege aus dem KK 14, Einbruchsdelikte, und eine Kollegin vom KK 22, Organisierte Kriminalität. Ich begrüßte alle mit Handschlag und wir stellten uns einander vor. Nachdem mir alle bestätigt hatten, dass sie App-Nutzer des polizeiinternen Intranets waren, richtete ich auf meinem Telefon eine Benutzergruppe ein und versandte an alle die Datei mit der Liste der Verletzten und der Krankenhäuser. Unter Berücksichtigung der Wohnorte teilte ich die Kollegen ein und schickte diesen Plan direkt an Bredow. Wenige Sekunden später kam eine Antwort: *Super, danke. Sören.* Seltsam, wie emotional sprunghaft dieser Mann war.

Ich teilte mir mit meinen beiden Bekannten die Patientenliste der Uni-Klinik, wobei ich die Buchstabengruppe P-Z erhielt. Langsam scrollte ich mich durch die Liste, als ich bei einem Namen stoppte. Ungläubig starrte ich auf das Display des Handys. Pitter Powenz! Vor meinem geistigen Auge entstand das Bild eines alten Mannes, dessen Gesicht vor Falten nur so strotzte. Seine hellblauen Augen strahlten eine sanfte Zufriedenheit aus und einige der Falten stammten eindeutig vom Lachen. Ich hatte den Mann unter dem Spitznamen Pippo kennengelernt und er hatte mir in einem früheren Fall einen ausschlaggebenden Hinweis zur Identität eines Mordopfers geben können. Seitdem waren wir einander immer wieder über den Weg gelaufen und hatten gelegentlich zusammen einen Kaffee getrunken. Pippo war zur damaligen Zeit auf Trebe gewesen und hatte mit großer Würde eine Obdachlosenzeitschrift am Eingang der Schadow-Arkaden angeboten. Es war lange her, dass wir uns das letzte Mal gesehen hatten. Aber da hatte er schon einen Job als Nachtwache an einer Tankstelle bekommen und war in einem Wohnprojekt der Franziskanermönche untergekommen.

Ich fuhr sofort auf die Etage, auf der Pippos Zimmernummer lag. Auf dem Flur traf ich eine Krankenschwester an, der ich meinen Ausweis zeigte und die ich nach ihm befragte. Die junge Frau wurde sofort sehr still und ihre Augen wurden feucht. „Das erste Zimmer da rechts. Da wird er sich sicher ganz doll freuen, der arme Kerl. Selten hatte ich einen so netten Patienten wie den alten Herrn, aber ...". Sie drehte sich um und ging mit geneigtem Kopf in Richtung Schwesternzimmer weg. Irritiert klopfte ich an der zugewiesenen Tür und trat ein. Der Raum bot zwar Platz für drei Betten, aber lediglich eines stand an der Fensterseite. In ihm lag ein Mensch mit dick bandagiertem Kopf und aus seinem Körper ragten einige Schläuche, aus denen dunkelrote Flüssigkeit in am Bett hängende Plastikflaschen lief. Stöhnend wandte die Person ihr Gesicht zu mir und selbst aus dieser Entfernung erkannte ich diese strahlenden, wasserblauen Augen. „Mensch, Pippo, was machst DU denn hier? Was ist passiert?" Der Mann versuchte ein gequältes Lächeln, hustete dann und röchelte. Ich eilte zu ihm und überlegte verzweifelt, wie ich ihm helfen könne. Er ergriff meine Hand, krampfte sich an ihr fest und hustete noch einmal kräftig. Dann kam er endlich zur Ruhe. Und wie gewohnt, sprach er mich mit seiner unverkennbar rauen Stimme und dem Berliner Akzent an.

„Mensch, Kommissar, det du mir besuchen kommst, det freut mir aba. Det ist ja so knorke. Woher weeste denn, dat ick hier bin? Hat mein Chef dir anjerufen?" Ich guckte verständnislos. „Woher soll er denn meine Nummer haben oder meinen Namen kennen? Ich weiß doch nicht einmal, wie dein Chef heißt." Ein wenig ängstlich schaute mich der Alte an. „Na, ick hab dir anjejeben, in meenem Personalbojen. Da musste ick jemand anjeben, falls mir wat passieren tut. Und … und du … bist doch irjendwie sowat wie mein Freund." Sein Blick hatte etwas Flehentliches, sodass ich seine beiden Hände drückte. „Aber klar sind wir Freunde, Pippo. Erzähl mal, was ist mit dir passiert?" Pippo atmete schwer und begann: „Meen Chef hat doch ne Dauerkarte für det Fußball-Stadion. Und da er jestern nich hinjehen konnte, hat er jefragt, wer von uns, ick meene, seine Leute, die Karte haben möchte. Da keener wollte, hab ick denne zujeschlajen. Normal könnt ick mir dat ja nie leisten, bei meene paar Kröten, die ick verdien' tue. Ick also hin und denn stand ick da. Det Ding is ja sowat von jroß, det jloobste jar nich. Meen Chef is echt in Ordnung, der hat mir sojar extra Jeld für een Bier und ne Bockwurst jejeben. Ick hab mir ja sowat von jefreut und hab mir vonne anderen in meenem Block erklären lassen, wat die da alle inne Südkurve singen tun. Ick hab fasucht, ooch mitzusingen, aba dann …". Er stockte und ich sah, dass er nach Worten suchte. Ich gab ihm Zeit, sich zu beruhigen. „Denn hat et direkt üba mir so komisch jesummt und als ick hochjekiekt hab, da hab ick die Dinga da jesehen, wie diese UFOs. Die war'n üba dem Block neben mir, sind so uff und ab jetanzt. Und denne sind se unters Stadiondach jeflojen und …". Pippo brauchte nicht weiter zu reden. „Wo hast du denn gesessen?" Er dachte einen

Augenblick nach. „Det war Block 18, fast janz unten an et Spielfeld. Wäre toll jewesen, ick hätt allet jesehen." Der alte Mann stöhnte auf und seine Hand krallte sich in meine. „Det tut so weh, Kommissar. Sowat hab ick noch nie erlebt, nich mal damals, '45 in Berlin. Ick war ... am Alexanderplatz und ...". Er verstummte wieder und sein Körper verkrampfte sich. Ich suchte verzweifelt nach dem Klingelknopf für die Schwestern, aber in dem Moment, als ich ihn endlich gefunden hatte, stieß Pitter hervor: „Lass nur, et jeht schon wieda. Weeßte, ick war damals inne Hitler-Jugend. Und als de Russen schon mittenmang inne Stadt waren, da is nen Fallschirmjäjer jekommen und hat mit mir und vier weitere Jungs anjefangen, den Alexanderplatz zu verteidijen. Ick hab nen Querschläjer innen Oberschenkel bekommen und konnte nich weiter. Da ham se mir liejen jelassen und ick kam in Jefangenschaft. Ick kann dir sajen, DAT war'n Schmerzen. Aba keen Verjleich mit det hier." Aus seinen zugekniffenen Augen quollen Tränen hervor. „Ick jloob, ick schaffet nich, Kommissar. Bleibste bei mir? Wenn du bei mir bleiben tust, denn ... denn hab ick nich so ne Angst."

Ich hatte einen Kloß in der Kehle. Kein Wort kam über meine Lippen. So hielt ich nur seine Hände, streichelte sie und beobachtete, wie sich sein Brustkorb hob und senkte. Auf einmal zog er die Luft besonders tief ein, sein Oberkörper bäumte sich ein wenig auf und ... sank dann ohne jegliche Körperspannung in sich zusammen. Pippos Augen waren geschlossen und seine Züge waren friedlich entspannt, fast ein wenig lächelnd. Ich tastete an seinem Nachttisch nach dem Klingelknopf und drückte bestimmt zehn Mal hintereinander, als würde es dadurch auch zehn Mal im Schwesternzimmer klingeln. Trotzdem kam bereits nach zwei Minuten die Schwester ins Zimmer, die mir schon im Flur begegnet war. Sie blickte mich erschreckt an und ich schüttelte nur den Kopf. Sie nickte und verließ den Raum, um den diensthabenden Arzt zu holen.

Dieser erschien unmittelbar und wir nickten uns ebenfalls zu. Der Mediziner trat näher, fühlte den Puls, horchte den Brustkorb mit einem Stethoskop ab und prüfte mit einem Oxymeter die Sauerstoffsättigung. Dann folgte ein Blick auf seine Uhr und er drehte sich um zu der Schwester, die ihm die Patientenakte geöffnet hinhielt. „Exitus um ... 13.17 Uhr. Darf ich jetzt erfahren, wer Sie sind, mein Herr? Sein Sohn?" Ich schüttelte den Kopf und reichte ihm stumm meinen Dienstausweis. Er las die Daten, sah mich dann erstaunt an und gab mir den Ausweis zusammen mit einem Papiertaschentuch zurück. Mein fragender Blick wurde mit einem Fingerdeuten auf meine Augen beantwortet. Ich fasste verwirrt mit dem Zeigefinger dorthin und fühlte, dass meine Wangen tränennass waren.

„Woher kannten Sie Herrn Powenz?" Ich erklärte mit knappen Worten unsere Beziehung. „Sagen Sie, Herr Doktor, hätte ich noch irgendwas für ihn tun können? Ich meine, wenn ich Sie direkt geholt ...". „Vergessen Sie das direkt mal, Herr Oberle, das mit Schuldgefühlen und so. Die Verletzungen von Herrn Powenz waren so schwer, dass er wirklich keine Überlebenschance hatte. Es hat schon an ein Wunder gegrenzt, dass er die Notoperation überhaupt überlebt hat. Er hatte eine schwere Kopfverletzung, multiple Brüche, einen Milzriss und eine schwere Schwellung des Hirns. Es hatte einen medizinischen Diskurs darüber gegeben, ob wir ihn in ein künstliches Koma legen sollten." Ich schloss die Augen und fühlte mich an meine eigenen Erfahrungen mit dem Thema Koma erinnert. Der Arzt hatte gemerkt, dass er wohl zu explizit geworden war. Er räusperte sich und sprach: „Dass Sie in seinen letzten Minuten bei ihm gewesen sind, war das Beste, was Sie für ihn tun konnten. Schauen Sie in sein Gesicht, da ist kein Zeichen von den Schmerzen und der Qual, die der arme Kerl hat erleiden müssen. Es ist ganz friedlich. Glauben Sie mir, Herr Kommissar, ich bin seit 42 Stunden auf den Beinen und ich habe Herrn Powenz von Anfang an begleitet und war auch im OP-Team dabei. Er hatte keine Chance."

Ich nickte stumm und ging mit gesenktem Haupt aus dem Krankenzimmer. Die Stationsschwester folgte mir. „Was sollen wir mit den Sachen von Herrn Powenz machen? Hat er Verwandte oder wollen Sie vielleicht ...?" Ich nickte erneut und fuhr mit dem Aufzug ins Erdgeschoss. Vor der Tür atmete ich ein paarmal tief ein und aus und straffte meinen Rücken. Und dann gab es kein Halten mehr. Ich hatte die Tränen nicht mehr unter Kontrolle und sie rannen unaufhörlich über mein Gesicht. Sandy, die Kollegin vom KK 22, stand auf einmal neben mir, hielt sich höflich zurück und reichte mir ein Taschentuch, als ich mich langsam beruhigte. „Hast du eine Zigarette?" Wortlos reichte sie mir eine Packung dunkle Zigarillos. Ich entnahm eine und Sandy zündete sie mir an.

„Kennst du einen der Verletzten näher?" Ihre Frage erreichte meine Ohren wie durch einen Wattepfropfen. Ich antwortete: „Ja, aber der ist eben in meinen Armen gestorben." Sie war eine kluge Frau und spürte, wann es an der Zeit war zu schweigen. Ich hatte keine Ahnung, wie lange wir so dagestanden hatten, aber auf einmal stand Jupp vor mir. „Was ist los, Alter?" Ohne Worte reichte ich ihm mein Handy und tippte auf Pippos Namen. „Nee, oder? Ist er schwer verletzt? Oder ...?" Mein Gesichtsausdruck schien ihm als Antwort zu reichen. Er drehte sich um, suchte auf dem Boden nach etwas Herumliegendem, fand einen Stein und trat wütend und mit voller Wucht dagegen. In hohem Bogen flog der Kiesel davon und prallte gegen eine Hausmauer. Als Josef sich umwand, war sein Gesicht vor Wut verzerrt. „Immer erwischt es die ärmsten Schweine. Mich kotzt das Ganze sowas von an …"

Sandy stand irgendwie hilflos verloren neben uns. Jupp bemerkte das zuerst und erklärte: „Pippo war in einigen Fällen ein wertvoller Informant. Und ganz nebenbei war er ein ganz famoser Kerl, dem das Leben ziemlich oft übel mitgespielt hat. Dabei hat er nie seine Würde und Freundlichkeit verloren." Sandy nickte. Im KK 22, Organisierte Kriminalität, arbeitete man sehr oft mit Informanten und sie hatte ganz sicher auch schon mal einen im Laufe ihrer Dienstjahre verloren.

Jupp und ich sahen uns an. Wieder einmal der Effekt „altes Ehepaar" – jeder wusste, was der Andere dachte. DAS war jetzt eine persönliche Sache zwischen dem Attentäter und uns!

Wir setzten in den nächsten Stunden die Befragung weiterer Patienten fort, allerdings ohne neue Erkenntnisse zu erzielen. Immer wieder war von den Flugobjekten die Rede, von deren Tanz in der Luft und den Explosionen.

Reichlich frustriert fuhren wir zurück zu unserer Zentrale im *Tulip Inn*. Bredow hatte für 20.00 Uhr eine Lagebesprechung anberaumt und erwartete uns bereits ungeduldig. In der Zwischenzeit hatte ich auch alle Ergebnisse der Kollegen aus den anderen Krankenhäusern vorliegen. Hier fiel besonders auf, dass die Angaben, von wo die Drohnen ins Stadion geschwebt waren, voneinander abwichen. Manche behaupteten, sie wären direkt gezielt auf den gegnerischen Fanblock zugeflogen, andere wiederum waren sich sicher, dass die Fluggeräte zunächst eine Runde oberhalb des Stadiondaches geflogen waren. Ob dies von Relevanz sein würde, war uns jedoch unklar.

Hatte Bredow sich bislang in der Führung der Besprechungen angenehm zurückgehalten, zeigte er dieses Mal eine ganz andere Seite von sich – die mir einigen Respekt abforderte. Zunächst holte er sich bei jeder einzelnen Ermittlungsgruppe die Einzelergebnisse ab, trug sie auf einem Notebook zusammen, dessen Bild er über den Beamer für jedermann sichtbar an die Wand spiegelte. Dann begann er mit seiner Fallanalyse.

„Ich möchte jetzt für uns alle einmal den uns bislang bekannten Hergang rekonstruieren und an den entsprechenden Stellen meine Bewertungen einbringen. Am Freitag wurde eine Gruppe von zwölf Multicoptern ferngesteuert in das Fußballstadion gelenkt. Um 19.52 Uhr wurden an allen Fluggeräten befestigte Sprengvorrichtungen zeitgleich zur Explosion gebracht. Nach den vorläufigen technischen Auswertungen wurden die Objekte nicht direkt aus dem Stadion heraus ferngelenkt, sondern von einem weit entfernten Standort auf der anderen Rheinseite. Es bestand kein direkter Sichtkontakt zu den Drohnen, sodass wir entweder von einer GPS-programmierten, einer kameraüberwachten Steuerung oder einer Kombination aus Beidem ausgehen. Der verwendete Sprengstoff gibt uns noch einige Rätsel auf, da er heute nicht mehr gebräuchlich ist. Der gesamte Aufbau des Schwarms und der damit verbundenen Technik weist auf einen hochkompetenten Techniker hin, der über universelles Wissen in den Bereichen Informatik, Maschinenbau, Chemie, etc. verfügen muss. Solche Superhirne sind sicherlich nicht so breit gestreut, was unsere

Suche erleichtern sollte. Unsere Spezialisten Gruppe steht in engem Kontakt zum Fraunhofer Institut und wertet Personalunterlagen aus."

Er räusperte sich und nahm einen Schluck Kaffee. Ich nutzte die Gelegenheit zu einer Zwischenfrage: „Haben die Auswertungen der Videoaufzeichnungen etwas ergeben?" Bredow blickte mich verärgert an. Ich hatte wohl sein vorbereitetes Konzept gestört. „Darauf wäre ich noch gekommen, Herr Kollege, aber da Sie schon fragen: Die Kameras im Stadion sind entweder auf die Spielfläche oder auf die Ränge ausgerichtet. Von offizieller Seite also Fehlanzeige. Wir haben aber von einigen Zeugen Handyvideos zur Verfügung bekommen, die jedoch von so schlechter Qualität sind, dass wir kaum brauchbare Nahaufnahmen zur Identifikation haben. Die besten Ergebnisse sehen Sie hier", damit nutzte er die Fernbedienung des Beamers und projizierte nacheinander ein gutes Dutzend mehr oder weniger verwackelter Fotos auf die Saalwand. Auf ihnen waren undeutlich zwölf Objekte zu erkennen, die sich unterhalb des Dachrandes der Arena befanden. Die Gerätschaften wurden aus verschiedenen Blickwinkeln dargestellt. Dann folgte ein kurzes Video, welches in einem Zeitrahmen von 25 Sekunden den Rest des Flugtanzes, das Zusteuern auf den Block 21 und die Explosionen zeigte. Dies vermittelte uns einen direkten Eindruck von den Geschehnissen, brachte uns in der Fallanalyse aber nicht weiter.

„Unsere Kollegen von der Technik haben ihr Möglichstes gegeben, aber das Ausgangsmaterial ließ sich nicht so weit interpolieren, dass man in einer höheren Auflösung Details hätte erkennen können. Nur bei dem folgenden Foto" - mit einem wölfischen Grinsen drückte er erneut auf die Beamer-Fernbedienung - „waren wir erfolgreich. Es wurde uns von einem Berufsfotografen zur Verfügung gestellt, der lange vor seinen Kollegen das Stadion betreten hatte und sich am Spielfeldrand aufhielt. Sie sehen hier eine der Drohnen in höchster Detailtreue. Wir können erkennen, dass es sich, wie bereits vom KTI festgestellt, nicht um Serienprodukte, sondern um außergewöhnliche Unikate handelt. Richten Sie Ihre Aufmerksamkeit bitte auf den Bereich an der Unterseite des Octocopters. Hier sehen Sie das Behältnis, das mutmaßlich das Sprengmittel enthielt. In Relation zur Gesamtgröße macht es ungefähr 25 % der Gesamtmasse aus. Dies multipliziert mit zwölf macht uns den Grund für das Ausmaß der Zerstörung klar."

Bredow ließ uns Zeit, die Bilder auf uns wirken zu lassen. Dann fuhr er fort. „Ich komme jetzt zu einem Punkt, den wir unbedingt vor den Medien verschweigen werden. Er bietet uns einen guten Anhaltspunkt zur Unterscheidung, falls sich irgendwelche Trittbrettfahrer mit der Aktion brüsten wollen. Der Düsseldorfer Kollege, Dr. Vollmer, hat mir vor wenigen Minuten ein weiteres Ergebnis der Obduktionen mitgeteilt. Daraus geht hervor, dass die fliegenden Bomben auch mit hauchdünnen Metallsplittern bestückt worden waren, um den Grad der Verletzungen noch zu erhöhen. Wir kennen diese Vorgehensweise in vergleichbarer Form bei den sogenannten „Nagelbomben". Was ich Ihnen jetzt mitteile, verlässt den Raum in keinem Fall. Es reicht völlig aus, dass die Kollegen bereits die Leitungen der Kliniken informiert und eine entsprechende Medikation veranlasst haben: SÄMTLICHE Partikel waren mit einem Konzentrat überzogen, dass aus dem Gift der Tollkirsche gewonnen wurde. Selbst bei einer leichten Verletzung sollte somit ein möglichst großer Gesundheitsschaden erreicht werden. Wir können also dem Portfolio des oder der Täter noch sehr gute Kenntnisse im Bereich Pharmazie hinzufügen."

Eine Beamtin aus Bredows Stab wagte einen Einwurf. „Ich denke, diese Infos kann man sich doch heutzutage sehr wohl auch aus dem Internet beschaffen, Boss." Der SoKo-Leiter schüttelte den Kopf. „Das glaube ich nicht. Nur das Wissen um das Gift der Tollkirsche reicht nicht aus. Für die Herstellung des Konzentrates muss man schon toxikologisches Wissen haben. Ansonsten wäre das Produkt z. B. bei Fermentation, Ausfällung oder Verdampfung durch übermäßige Hitze möglicherweise unwirksam geworden."

Bredow ließ jetzt einen kurzen Film mit einer darübergelegten Animation laufen, den er kommentierte. „Hier sehen Sie den von unseren Fachleuten aufbereiteten mutmaßlichen Hergang. Ich schließe aus dem direkten Anflug auf diese spezielle Region des Stadions eine planerische Absicht. Es wurde gezielt Kurs auf die Fans von Dynamo Dresden genommen. Mal den unwahrscheinlichen Fall eines hochbegabten, fanatischen Fortuna-Anhängers ausgenommen, halte ich es für wahrscheinlich, dass eine Gruppe getroffen werden sollte, die sich den Unwillen sehr aggressiver Gegner zugezogen hatte. Ein staatsfeindlicher sowie rechts- oder linksradikaler Hintergrund der Tat erscheint mir von Tag zu Tag unwahrscheinlicher. Aus den Informationen des sächsischen LKA ist uns bekannt, dass es einen Fanclub gibt, der sich aus illegalen Machenschaften finanziert und sich damit nicht nur Freunde gemacht hat. Bitte kommen Sie mir jetzt nicht mit dem Argument des 'braunen Ostens'. Natürlich haben die sogenannten 'Pegida-Demos' in Dresden den größten Zulauf und Sympathisantenkreis, aber wir dürfen uns nicht nur in EINE

Richtung orientieren. Mir erscheint ein extremer Auswuchs eines Bandenkrieges ebenso plausibel wie alles Andere."

Bredow zeigte auf der Saalwand einige Fotos von Personengruppen in martialischer, gelb-schwarzer Tracht, bestehend aus Schals, Mützen und emblemgeschmückten Jeanswesten. Dann folgten Bilder von Einzelpersonen, unverkennbar entstanden im Rahmen erkennungsdienstlicher Behandlungen.

„Sie sehen hier Aufnahmen der führenden Köpfe einer Vereinigung von vorgeblichen Fußballfans, die sich 'Heroes de Albi' nennen – für Nicht-Lateiner sinngemäß übersetzt mit 'Helden der Elbe'. Allein die Wortwahl lässt einen gewissen Bildungsstand erwarten. Der Name ist zurückzuführen auf den Gründer, einen gewissen Janosch Pawlowitz, ehemaliger ordentlicher Professor an der Freiberger Bergakademie. Er hatte dort den Lehrstuhl angewandte Informatik und wurde vor drei Jahren entlassen, nachdem er diverse Abhandlungen hinsichtlich einer Überfremdung Deutschlands veröffentlicht hatte. Quasi ein sächsischer Thilo Sarrazin. Pawlowitz ist Mitinhaber eines technischen 'Thinktanks', der Problemlösungen im Computerbereich anbietet."

Bredow zeigte uns einige Aufnahmen vom Gesicht des Mannes, die aus Zeitungsartikeln stammten. Ich nutzte diese Gelegenheit, da ich mich nicht mehr zurückhalten konnte. „Damit hat der Mann doch am ehesten die Fähigkeiten, die unser Attentäter haben muss. Sind ihm seine Gefolgsleute etwa zu aufmüpfig geworden?" Bredow sah mich ernst an. „Das war auch zunächst mein Ansatz, Herr Oberle. Aber ich war da wohl auf dem Holzweg. Das LKA Sachsen hat offensichtlichl einen informellen Mitarbeiter im inneren Kreis des Clubs. Demzufolge soll eitle Eintracht herrschen. Das Ausschalten unliebsamer Mitstreiter müssen wir wohl leider als Motiv streichen. Es würde einem Menschen mit Pawlowitz' überragender Intelligenz nicht entsprechen, zur Befriedigung von Rachegelüsten eine so große Zahl an Kollateralschäden billigend in Kauf zu nehmen. Aber danke für den erneuten Hinweis."

Er ergriff einen vor sich liegenden Zettel, las kurz dessen Inhalt und setzte seine Ausführungen fort.

„Erfolgversprechender erscheint mir folgende Ermittlungsrichtung: organisierte Kriminalität! Das in Sachsen verhängte Kuttenverbot für Rocker-Gangs führte zwar vereinzelt zur Auflösung ganzer Chapter, aber die inneren Strukturen sind dadurch nicht zerstört worden. Einige Personen aus diesem Umfeld haben sich zu einer schlagkräftigen Organisation zusammengeschlossen, die in den Bereichen Schutzgeld, Menschenhandel, Drogen und Schmuggel aktiv ist. Und hier kommt das Sahnebonbon: Diese Organisation hat für ihre Drogentransporte bei kurzen Distanzen schon mehrfach Drohnen eingesetzt. Sie sind in diesem Bereich aktiver Teil eines berüchtigten, internationalen Drogenkartells mit dem schönen Namen 'Octopi'. Und die … ja, Herr Oberle, Herr Schmitz?"

Bredow hatte bemerkt, wie Jupp und ich zusammengezuckt waren. Jupp begann: „Mit denen hatten wir vor ein paar Jahren schon zu tun. Die hatten in einer Amsterdam-Düsseldorf-Connection Drogen in Kunstwerken versteckt und geschmuggelt. Wir untersuchten damals den Tod eines Bodypackers und einer Industriellen-Enkelin. Der Boss ist doch aber damals geschnappt worden, wenn ich mich recht erinnere." Bredow nickte. „Das ist richtig, aber seine Nachfolge ist nahtlos sichergestellt worden. Allerdings ist der derzeitige Chef eine graue Eminenz, dessen Name oder Gesicht unbekannt ist. Aber das sollte uns nur am Rande beschäftigen. Konzentrieren wir uns lieber auf die technisch so versierte Bande aus Dresden. DAS erscheint mir im Moment am sinnvollsten zu sein, zumal uns kein Bekennerschreiben vorliegt."

Sören Bredow hätte seinem Satz noch das Wörtchen „bislang" hinzufügen sollen, wie die Ereignisse in den Folgetagen zeigen sollten. Der SoKo-Leiter beendete die Besprechung und ordnete eine Ruhepause für das Ermittlerteam an. Lediglich eine Notbesetzung blieb für Telefonate und Internetkontakte im Sitzungssaal.

Jupp setzte mich vor meiner Wohnung ab und verabschiedete sich müde. Ich steckte erwartungsvoll den Schlüssel ins Schloss, drehte ihn ... abgeschlossen! Sarah war also nicht da. Ich hatte den ganzen Tag auf eine Nachricht von ihr gehofft, aber weder über Whatsapp noch per SMS oder gar übers Telefon hatte sie ein Lebenszeichen gesandt. Ein Blick auf das Festnetztelefon – ein Anruf in Abwesenheit. Erfreut rief ich meinen Anrufbeantworter ab. *„Herzlichen Glückwunsch, Herr Oberle, Sie sind einer von 1.000 Gewinnern, die an einer Umfrage des Forsa-Instituts teilnehmen dürfen. Sie haben dabei die Chance, einen Präsentkorb im Gegenwert 50 € zu gewinnen. Bitte bestätigen Sie uns Ihre Teilnahme unter der Nummer .....".* Genervt legte ich auf. Sowohl Inhalt wie auch die Stimme der Nachricht waren nutzlos und unerträglich schlecht.

Ich nahm blind einen meiner vielen USB-Sticks und steckte ihn in meine Anlage. Unmittelbar erklang die melancholisch summende

Gitarre von Mark Knopfler. Na klasse, Depri-Phase und die dazu passende Musik! Nachdem die Live-Version von „Going Home" aus dem Film „Local Hero" verklungen war, raffte ich mich auf und griff nach meinem Handy. Wie sollte ich mich weiter verhalten? Abwarten und hoffen, dass Sarah von sich aus das Thema ansprechen würde oder doch besser den Frontalangriff? Egal, wie ich mich entscheiden würde, es konnte falsch oder richtig sein. Noch einmal durchatmen und ...

Das Problem an diesen kurzen Textnachrichten war, dass Mimik, Gestik und Duktus der Person fehlten. Daher versuchte ich einen unverfänglichen Text: *hallo, engel, sehen wir uns heute? ich hab sehnsucht.* Ungeduldig wartete ich auf die zwei blauen Häkchen als Zeichen, dass sie meine Nachricht gelesen hatte. Endlich! Normalerweise las sie direkt und das konnte ich dann auch erkennen. Aber nichts, lediglich die Kennzeichnung, dass die Nachricht erfolgreich verschickt worden war. Nach einer Viertelstunde Wartezeit blickte ich erneut auf das Display ... ohne Erfolg. Jetzt war ich langsam ein wenig angepisst. Es war inzwischen fast 22.00 Uhr, eigentlich eine Uhrzeit, zu der sie normalerweise erreichbar war. Ich tippte auf die Kurzwahlnummer, unter der ich ihr Handy abgespeichert hatte, aber der Anrufbeantworter sprang sofort an. Ich bat sie um Rückruf und verabschiedete mich mit einem Gute-Nacht-Kuss.

Ich war unruhig, nervös, aufgebracht ... und wie ein böser Geist flüsterte mein Unterbewusstsein mir zu: *Du bist doch Bulle, du hast die Möglichkeiten, nutze sie, frag deine Kollegen von der Technik ...* Ich stand an einem Scheideweg unserer Beziehung. Eine derartige Bespitzelung war für mich von jeher indiskutabel gewesen, der Tod jeder Partnerschaft. Aber hatte sie mir nicht genug Anlass gegeben, ihr zu misstrauen? Es würde keinen Schritt zurück geben. Was, wenn ich feststellen würde, dass sie bei jemand Anderem war? Und wenn ich sie mit diesem Wissen konfrontieren würde? Ziemlich viel Konjunktiv ... zu viel, um noch auf Vertrauen zu bauen. Kurzentschlossen lud ich über ein entsprechendes Portal eine Software herunter, mit der ich den Standort von Sarahs Handy mit einer relativen Genauigkeit von 200 Metern orten konnte. Mein Finger zögerte über der Freigabetaste, doch dann drückte ich sie entschlossen. Auf dem kleinen Bildschirm meines Telefons rotierte langsam eine virtuelle Sanduhr. *Nun mach schon, du Scheißding*, verfluchte ich das Gerät. Dann zoomte sich das Programm ein auf ein Wohngebiet in der Nähe des Rheins im Neusser Stadtteil Grimlinghausen.

Wir kannten uns lange genug, dass mir ihr üblicher Freundeskreis vertraut war. Zudem wusste ich, dass sie niemals einen Patienten in seinem Wohnumfeld therapieren würde, zumal nicht um diese Uhrzeit. Und was sollte ich jetzt mit der Information anfangen? Wer A sagt, muss auch B sagen! Also zog ich mir eine Lederjacke über, schnappte mir meinen Helm und holte meinen Motorroller aus der Tiefgarage. Gut 20 Minuten später befand ich mich auf der Dechant-Hess-Straße und rollte langsam an den geparkten Wagen vorbei. Irgendwie hoffte ich, ihren Wagen doch nicht hier zu entdecken – dass diese verdammte App einfach Scheiße war und mir falsche Informationen gegeben hatte. Ich bog nach rechts in die Wahlenstraße ein, um den Heimweg anzutreten. Da entdeckte ich vor einem Reihenhaus einen rot-schwarzen Mini-Cooper. Ich hielt in gebührender Entfernung an und schlenderte über den gegenüberliegenden Bürgersteig an dem Wagen vorbei. Es war Sarahs Wagen! Ich beobachtete das Haus, vor dem der Wagen stand. Plötzlich flammte das Licht hinter einem der Fenster auf. Im

Schein der Deckenleuchten konnte ich eine blonde Frau erkennen. Glücklicherweise hatte ich an ein kleines Fernglas gedacht und stellte es nun auf das Fenster scharf. Die Unbekannte war elegant gekleidet, ein ärmelloses schwarzes Kleid, dezenter Schmuck in Form einer Perlenkette. Sie mochte Mitte 40 sein. Ich beobachtete, wie sie eine Flasche Sekt öffnete und sich mit einer für mich unsichtbaren Person angeregt unterhielt. Dann hob die Frau eines der beiden gefüllten Gläser und reichte es ihrem Gegenüber, das jetzt in den Lichtschein trat. Die rote Mähne, der Gesichtsschnitt – kein Zweifel, es war Sarah, meine Gefährtin, meine Frau, meine Vertraute. Ich fingerte nach meinem Handy und schoss mehrere Fotos von den beiden Frauen –eines davon zeigte, wie sie sich leidenschaftlich küssten. Ich vergrößerte das Bild und erkannte nun in der Blondine die Frau, die ich mit Sarah bereits im Biergarten des „Goldenen Rings" entdeckt hatte. Jetzt noch ein Foto von ihrem Wagen vor dem Haus und dann ab nach Hause … da wurde ich von der Seite angesprochen. „Junger Mann, das ist aber nicht sehr nett, was Sie da machen. Sie stören die Privatsphäre unbescholtener Bürger und ich bin mir sicher, dass das ungesetzlich ist. Ich glaube, ich werde jetzt die Polizei rufen. Der können Sie dann ja erklären, was Sie hier tun." Die alte Dame, die mich angesprochen hatte, sah mich mit festem Blick an und aktivierte ihr Mobiltelefon. Sie schien auf der letzten nächtlichen Gassi-Tour mit ihrem asthmatisch röchelnden Mops zu sein. Das Tier blickte mich von unten mit blutunterlaufenen Augen an und seine Zunge wischte sich permanent den aus der Plattnase quellenden Rotz ab. Diese Tiere waren mir einfach zuwider – was meist auch mit einer Ablehnung des jeweiligen Frauchens einherging. Da meine Stimmung erwartungsgemäß auf dem Nullpunkt war, fuhr ich die Alte an. „Verschwinden Sie hier endlich mit Ihrem verdammten Köter. Sie stören eine laufende Ermittlung."

Dabei hielt ich ihr meinen Dienstausweis unter die Nase, meinen Namen dabei verdeckend. „Geben Sie mir den mal her, junger Mann, Ich kann nicht mehr so gut gucken und ..." Jetzt kam ich ihrem Gesicht sehr, sehr nah und zischte sie an: „Wenn Sie sich jetzt nicht sofort verpissen, rufe ICH meine Kollegen an und lasse Sie zur Feststellung Ihrer Personalien auf die Wache bringen." Starr vor Schreck blickte sie mich mit weit aufgerissenen Augen an und wackelte dann los, den Hund an der Leine hinter sich her schleifend. Erst, nachdem sie sich etwas entfernt hatte, machte sie ihrem Unmut Luft und sprach mit dem Mops: „Hast du das gehört, Karl-Ludwig? Wie der mit deinem Frauchen geredet hat? Unglaublich, und sowas ist bei der Polizei. Zu meiner Zeit wäre das ..." Der Rest ihrer Tirade verhallte aufgrund der Entfernung für mich unhörbar.

Niedergeschlagen und erbost begab ich mich zurück zu meinem Motorroller und fuhr nach Hause. Als ich in meiner Wohnung ankam, war ich gerade noch in der Lage, die Tür zu schließen. Bereits im Aufzug hatte sich ein neuer heftiger Schmerzschub angekündigt, der jetzt mit voller Gewalt über mich hereinbrach. Mein Vorrat an Schmerzmitteln war ausreichend, da ich aber in jedem Fall noch ein paar Stunden Schlaf haben musste, fuhr ich die schwersten Geschütze auf, die mir zur Verfügung standen. Eine Spritze mit Dipidolor war schnell aufgezogen und das Wundermittel schoss mich binnen weniger Augenblicke schmerzfrei ins Land der Träume.

Kapitel 5

Der nächste Morgen war eine totale Katastrophe. Meine Kopfschmerzen hatten geradezu biblische Ausmaße und waren eine direkte Folge der Medikamente. Doch der penetrante Hinweiston in meinem Handy, der mir anzeigte, dass eine Nachricht eingetroffen sei, setzte dem Ganzen die Krone auf. *Bitte sofort alle in die SoKo-Zentrale kommen – DRINGEND! Bredow.* Na super, was gab es denn jetzt wieder Neues? Es war doch erst kurz vor 6.00 Uhr. Da musste irgendwas Extremes vorgefallen sein. Bitte nur nicht ein weiterer Anschlag.

Wenige Sekunden danach klingelte mein Telefon, als ich bereits auf der Toilette saß. „Jupp hier, Alter, biste wach? Ich hole dich in einer Viertelstunde ab." „Lass mich wenigstens noch in Ruhe …" „Jaja, alles klar, mach dein Häufchen. Ich hol jetzt noch belegte Brote beim Bäcker." Und schon hatte er aufgelegt. Jetzt schnell unter die Dusche und rein in die Klamotten. Ich hatte gerade den Holster mit meiner Waffe angelegt, als es klingelte. Jupp fuhr mit quietschenden Reifen an und heizte mit einem Affenzahn über die A3 und A44 in Richtung Arena. Gut, wir wären vielleicht durch die Stadt schneller gewesen, aber ICH saß ja nicht am Steuer.

Ziemlich abgehetzt betraten wir den Sitzungssaal. Zum Glück waren wir dieses Mal nicht die Letzten. Bredow sah ärgerlich auf seine Uhr, erhob sich schwerfällig und begann: „Die veränderte Sachlage machte die kurzfristige Zusammenkunft erforderlich. Danke, dass Sie alle so zeitnah gekommen sind. Ah ja, jetzt sind wir vollzählig", ein uns bislang unbekannter Mann trat in

Begleitung einer Frau im eleganten grauen Kostüm ein, „ich darf Ihnen Frau Naima Hoffmann vom Bundesamt für Verfassungsschutz und Francois Pujol vom französischen DST vorstellen. Heute Nacht traf in der Redaktion der WAZ Westdeutschen Allgemeinen Zeitung ein Schreiben ein, in dem sich eine bislang nur einmal in Frankreich aufgetretene Extremistengruppe zu dem Anschlag auf die Arena bekannt hat. Sie nennen sich die 'Söhne von Homs'. Ich verteile jetzt Kopien des Briefes an Sie und bitte Sie, mir Ihre Schlussfolgerungen mitzuteilen, bevor uns die beiden Kollegen von den Nachrichtendiensten ihre Erkenntnisse offenbaren."

Jetzt wurde es spannend. War bis gestern Abend ein terroristischer Hintergrund noch nachrangig beurteilt worden, hatte er jetzt scheinbar absolute Priorität. Bredow hatte einen Papierstapel in die Runde gegeben und jeder nahm sich ein Exemplar. Ich las:

Im Namen Allahs, des einzigen barmherzigen Gottes.

Die gottlosen Kräfte der westlichen Welt haben es gewagt, ihre Füße auf die geheiligte Erde islamischer Staaten zu setzen. Sie haben ihre Söhne in unsere Länder geschickt, um uns unserer Traditionen, unserer geheiligten Rechte, unseres Glaubens zu berauben. Dies konnte nicht unbeantwortet bleiben.

In Syrien verbluten und verhungern unsere Frauen und Kinder. Westliche Bomben töten unschuldige Zivilisten. Wir werden das nicht mehr hinnehmen.

Wir werden euch treffen ... überall, jederzeit. Wir nehmen uns das gleiche Recht wie die Amerikaner, die Franzosen, die Engländer. Deutschland tötet unsere Brüder in Afghanistan und in Afrika. Allah gewährte uns Einsicht in seinen göttlichen Plan und wir folgen seinem Willen. Wir trennen uns von unserem irdischen Leben und weihen unsere Leben dem Ruhme des Allmächtigen und dem Wohle unserer Brüder.

Düsseldorf ist erst der Anfang. In Einkaufszentren, bei Konzerten, in Schulen, auf öffentlichen Plätzen ... ihr seid nirgends sicher. Wir sind zu viele, als dass ihr uns finden könntet.

Ihr habt uns seit Jahrhunderten verfolgt, gequält und ermordet. Eure Kreuzzüge dauern an und unter Führung des amerikanischen Teufels spielt ihr den Weltpolizisten.

DAS ENDET HIER UND JETZT! Wir, die Söhne von Homs, sind das Schwert der Rache.

Allahu kabir! Inschallah!

Schmitz rutschte das raus, was vermutlich den meisten Leuten im Raum, die nicht ständig mit terroristischer Bedrohung zu tun hatten, in diesem Augenblick durch den Kopf schoss: „Ach du heilige Scheiße! Jetzt also auch bei uns! Aber es war ja nur eine Frage der Zeit!" Insbesondere die Düsseldorfer Kollegen und Kolleginnen nickten zustimmend. Dr. Martin schaltete sich in das

Gespräch ein und unterbrach damit eine ausufernde Diskussion. „Meine Damen und Herren, bitte verlieren wir uns jetzt nicht in irgendeinem Betroffenheits-Lamento. Konzentrieren wir uns auf die Inhalte. Und dazu, so mein Vorschlag, würde ich doch dazu raten, zuerst die Expertise von Frau Hoffmann und Monsieur Pujol anzuhören." Sie blickte Bredow fragend an, der zustimmend nickte.

Frau Hoffmann überließ es ihrem französischen Kollegen, die gemeinsame Bewertung des Schreibens vorzutragen. Dieser sprach Deutsch mit einem leichten, singenden Akzent: „Mesdames et Messieurs, ich danke Ihnen, dass ich im Namen meiner charmanten Kollegin und der französischen Dienste mit Ihnen unser Wissen teilen darf. Wir haben in Frankreich bereits einmal unangenehmen Kontakt mit Mitgliedern der sogenannten 'Söhne von Homs' gehabt. In Lyon hat es vor sechs Monaten einen Überfall auf ein Wettbüro gegeben, bei dem drei Menschen erschossen wurden. Die Täter haben dabei 2,5 Millionen Euro Beute gemacht und am Tatort ein Bekennerschreiben hinterlassen. Es ist offensichtlich, dass es sich um einen Akt von Beschaffungskriminalität handelt, möglicherweise bereits in Vorbereitung des Attentats von Düsseldorf. Die Ermittlungsgruppe der DST hat damals alle befreundeten Dienste in Europa und Übersee über die Ergebnisse informiert. Es ist uns allerdings nicht gelungen, auch nur einen der Täter zu erwischen, merde alors ... bitte entschuldigen Sie, das war unhöflich. Jetzt aber zu den Fakten unserer Nachforschungen: Die 'Söhne von Homs' sind tatsächlich Syrer, die sich aus jungen Männern der syrischen Opposition rekrutieren. Sie sind ausschließlich lokal bezogen aktiv, verschließen sich Kooperationen mit dem IS, Boku Haram oder den Taliban. Sie wollen ausschließlich ihr inländisches

Problem gelöst wissen. Also die Beendigung des Assad-Regimes. Wir haben unser Informanten-Netzwerk bis an die Grenze der Belastbarkeit ausgequetscht, aber niemand hat auch nur die leiseste Ahnung, wer konkret zu der Gruppierung zu zählen ist. Sie haben auch keinen offiziellen Vertreter, der ihre Interessen in der Öffentlichkeit wahrnimmt, so eine Art Pressesprecher. Sie vermeiden Videos oder ähnliche Formen der Selbstdarstellung. Wir gehen von wenigen autarken Zellen aus, die sich über das 'Darknet' austauschen. Die datentechnische Suche im Mail- oder Telefonverkehr aufgrund von Schlüsselwörtern blieb erfolglos. Zumindest haben uns unsere Freunde aus Amerika, die NSA, entsprechend informiert. Aber seien wir ehrlich, mes amis, nach den Vorkommnissen der letzten Jahre, besonders bei euch in Deutschland, bin ich mir nicht so sicher, was von solch einer Aussage zu halten ist. Bitte entschuldigen Sie, Naima, aber Sie waren ja damals noch nicht beim Verfassungsschutz. Naima - Sie werden es bereits anhand des Namens vermutet haben - ist die Enkelin eines iranischen Geschäftsmannes, der unter dem Schah-Regime fliehen musste und sich in Deutschland eine Existenz aufgebaut hat. Sie hat Psychologie, Politologie und Islamistik studiert und gilt bei den Diensten als ausgewiesene Expertin für den islambasierten Extremismus. Naima hat als vermutlich einzige Person in Europa ein Gespräch mit einem Mitglied der 'Söhne von Homs' führen können. Naima, bitte, jetzt sollten Sie selbst übernehmen."

Die sehr attraktive, mollige Frau erhob sich und blickte ernst mit ihren tiefdunklen Augen in die Runde. „Die 'Söhne von Homs' haben einen für Extremistengruppen eher seltsamen Hintergrund. Sie wollen Aufmerksamkeit für die Sache der verfolgten Syrer gewinnen, teils mit drastischen Mitteln. Sie glauben, dass man am besten durch leidvolle Erfahrung lernt. Daher eben auch die Bereitschaft zu außergewöhnlichen, teils brutalen Maßnahmen. Passte die Aktion in Lyon noch in das Bild ihrer Vorgehensweise, ist die Sachlage bei dem Anschlag vom vergangenen Freitag völlig anders. Auch im Rahmen meines Gespräches konnte ich feststellen, dass es sich zwar um gläubige Muslime handelt, sie aber keinen missionarischen Eifer bei der Verbreitung ihres Glaubens vorgeben, wie etwa andere Terrorgruppen. Sie sind durchaus westlich orientiert, verurteilen aber unsere zögernde, aus ihrer Sichtweise feige Haltung gegenüber den USA oder Doppelmoral in Sachen von Waffenexporten ... bitte, das ist nicht MEINE Meinung, sondern die Sicht dieser Gruppe. Das hier vorliegende Bekennerschreiben liest sich wirr und vor allem so religiös dogmatisch, dass es entweder eine Fälschung ist oder aber es hat in der Gruppe einen Führungs- und damit Paradigmenwechsel gegeben."

Jetzt schaltete sich wieder Bredow ein. „Danke für Ihre Ausführungen, verehrte Kollegen. Ich teile die Auffassung der beiden Fachleute und habe Zweifel an der Authentizität des Schreibens. Mir ist der Duktus von Menschen mit arabischer Abstammung sehr vertraut und daher kommt mirdie Ausdrucksweise im vermeintlichen Bekennerschreiben ein wenig zu gestelzt vor. So, als wolle jemand absichtlich möglichst echt klingen. Wir sollten uns also nicht nur auf diese neue Spur konzentrieren, sondern weiterhin unsere ursprünglich eingeschlagene Ermittlungsrichtung weiter verfolgen. Lassen Sie mich daher eine veränderte Verteilung der Aufgaben für die einzelnen Ermittlungsgruppen vornehmen. Das wäre also wie folgt ..." Der Leiter der SoKo „Arena" teilte uns in neue Ermittlungsgruppen auf, wobei er Jupp und mich als Team bestehen bleiben ließ. Unsere Aufgabe würde die weitere Befragung von Zeugen sein, die aufgrund der Vielzahl von Personen zwangsläufig noch nicht abgeschlossen sein konnte. Wir waren zwar ein wenig vergrätzt wegen dieser nicht sehr anspruchsvollen Aufgabe, aber letztlich war auch diese von größter Bedeutung. Oft genug waren wir selbst in unseren früheren Fällen nur durch geringfügige Details auf die richtige Spur gekommen.

Bredow führte ein kurzes, leises Gespräch mit Dr. Martin, die dann sofort im PP Düsseldorf anrief. Sie telefonierte mit Präsident Auer und bat um weitere personelle Unterstützung. Wir hörten zwar nicht den Wortlaut des Gespräches, konnten aber aus der Körpersprache und Gestik erkennen, dass die Juristin all ihre Überredungskunst aufbringen musste, um mit ihrem Anliegen durchzudringen.

Das Ergebnis dieser „Verhandlungen" zeigte sich eine knappe Stunde später. Die Tür des Sitzungssaales öffnete sich und eine Gruppe von zehn weiteren Beamten unterschiedlicher Kommissariate trat ein, allen voran Juma Jenssen. Unser ehemaliger „Durchläufer" war seit einiger Zeit im Team von Norbert Jacobs, dem Leiter des KK 15, umgangssprachlich die *Drogenfahnder*, etabliert und inzwischen zu dessen Stellvertreter aufgestiegen. Juma war ein blitzgescheiter junger Kerl mit einem ausgeprägten Gerechtigkeitssinn. Seine schwarze Hautfarbe - seine Familie stammte aus Namibia - hatte zwar den einen oder anderen erzkonservativen Kollegen zu bösartigen Kommentaren veranlasst, aber Präsident Auer hatte drastisch unter Androhung personeller Konsequenzen für Ruhe gesorgt. „In meinen Reihen ist kein Platz für rassistisches Gesinnungsgut", war eines von Auers ersten Statements, nachdem er seine Ernennung durch den Innenminister NRW erhalten hatte.

Juma begrüßte tatsächlich jeden Anwesenden mit Handschlag und stellte sich vor. Dann wurden er und die weiteren Unterstützer auf die Ermittlungsgruppen aufgeteilt. Ich hatte mich zu Bredow begeben und ihn darum gebeten, Juma unserem Team beizuordnen. „Ach ja, der Herr Oberle, mal wieder mit Extrawürsten. Ich komme mir langsam wie in der Grundschule vor, wenn Sie ..." Jetzt platzte mir der Kragen. Ich näherte mich Bredow bis auf wenige Zentimeter und raunte ihm zu: „Es ist mir scheißegal, wie behindert du bist. Wenn du mit dieser Nummer nicht SOFORT aufhörst, werden wir uns heute Abend unter vier Augen unterhalten, nur ein wenig körperlicher. Und glaub' nicht, dass ich Respekt vor deinem Robocop-Outfit habe. Haben wir uns verstanden?" Mein Gegenüber blickte mich ernst an, sah mir lange in die Augen und nickte dann. „Alles klar, dann eben auf die Primatentour. Aber kommen Sie mir nachher nicht damit an, dass Sie das Ganze doch nicht so gemeint haben. 20.00 Uhr, sagen Sie mir nur, wo ich hinkommen soll."

Was war DA denn abgegangen? Wie eine Herausforderung zum Duell zu Kaisers Zeiten! Oder besser: wie bei einem mexikanischen Hahnenkampf! Was war da nur über mich gekommen? Warum hatte ich mich so provozieren lassen? Als ich mich wieder umdrehte, um an meinen Arbeitsplatz zurückzugehen, sah ich, wie alle Anderen demonstrativ geschäftig auf ihre Bildschirme sahen und so taten, als hätten sie die leise Auseinandersetzung nicht bemerkt. Juma legte mir die Hand auf die Schulter und flüsterte: „Schöner Bockmist, Micha, aber keine Sorge. Ich bin Unfallersthelfer und werde dich auf der Stätte deiner Niederlage verarzten." Ich konnte jetzt wieder grinsen. „Danke für dein unendliches Vertrauen in meine Fähigkeiten, meine schwarze Florence Nightingale." Ich setzte mich also vor das Notebook, wertete bereits erfasste Aussagen aus und erstellte eine Liste weiterer Personen, die ich für eine Befragung aufsuchen würde. Diese trug ich in das Maßnahmenprotokoll der SoKo ein, damit keine Zeit durch Doppelbearbeitungen verloren ging. Zwischendurch sandte ich per Whatsapp eine Nachricht an Bredow: *lantz'scher park, lohauser dorfstraße, ich erwarte dich am torhaus.*

Ich beobachtete Bredow, als er meine Nachricht las. Sein Gesicht zeigte keine Regung, als er das Handy wieder wegsteckte, und er würdigte mich auch keines weiteren Blickes. Daher fuhr ich mit meiner Arbeit fort und machte mich kurz darauf mit Juma und Josef auf den Weg zur Uni-Klinik, um weitere Zeugenaussagen aufzunehmen. Ich war Juma dankbar, dass er sich ans Steuer setzte, denn ich musste dringend Schmerzmittel einnehmen, unter deren Wirkung ich nicht fahren wollte. Auf halbem Weg zum Krankenhaus verspürte ich ein Vibrieren in meiner Jacke. Eine Nachricht von Sarah. *hallo, mein grizzly-schatz. wollen wir uns heute abend um 20.00 uhr sehen? komm zu mir, ich koche was feines.* Tja, Madame, super Idee … nur leider zum unpassenden Zeitpunkt. Ich antwortete: *sorry, geht nicht. zu viel zu tun wegen des anschlags. wird spät heute. melde mich morgen wieder.* Nur wenige Sekunden waren vergangen, als ein *schade* auf dem Display erschien, verschönert mit einem Smiley, das einen Kussmund zeigte.

Das schmucke Einfamilienhaus auf dem Haigerweg in Eller war Spiegelbild spießbürgerlicher Idylle. Rotes Ziegeldach, strahlend weiße Hauswände, eine akkurat gestutzte Buchsbaumhecke hinter einem Jägerzaun umrahmte das Grundstück, dessen Rasen geradezu englisch korrekt geschnitten war. Um das Klischee zu vervollkommnen, wurde der obligatorische Goldfischteich von einer Gruppe mehr oder weniger hässlicher Gartenzwerge umrahmt. Hätte man aufgrund des Gesamtkonzeptes noch annehmen müssen, dass der Besitzer jenseits der 80 sein müsste, wäre man beim Betreten des Hauses von der minimalistischen Einrichtung überrascht gewesen. Ein heller, gefliester Boden kontrastierte kaum die überwiegend weißen Schleiflackmöbel eines italienischen Designmöbelherstellers, dessen Credo „back to the '70's" war. Einzige Farbtupfer waren die avantgardistischen Originalgemälde an den Wänden. Im Dachboden befand sich ein Büro, in dem sich zwei Personen in einem angespannten Streitgespräch befanden.

„Und ich sage dir, Rüdiger, es war ein Fehler, diese ganze Sache so dramatisch aufzuziehen. Wenn das rauskommt, schaden wir unserer Sache mehr, als es die Gegenseite jemals tun könnte." Der Angesprochene winkte ab: „ Ganz im Gegenteil, mein lieber Christoph. Man muss das Eisen schmieden, so lange es heiß ist. Kann es denn eine bessere Gelegenheit geben als jetzt, so kurz nach dem Anschlag? Noch hat sich niemand zu der Tat bekannt. Das MÜSSEN wir ausnutzen! Da darf uns keiner zuvorkommen. Schau mal, wir sehen doch im Fernsehen, dass die Volksseele kocht. Damals, bei den Anschlägen in Paris, im Rahmen des Länderspiels, da hat sich eine Art Wir-Gefühl in der Gesellschaft entwickelt. O.K., es sind Franzosen und die ticken nun mal anders als wir. Aber Fußball ist bei uns eine Art 'heilige Kuh', die niemand antasten darf. Wir bekommen für unseren Weg jetzt so viel Unterstützung, gerade aus dem Umfeld der Fans und Clubs. Wenn wir jetzt geschickt taktieren und uns konstruktiv-konservativ geben, dann bekommen wir sogar die eher bequeme und politisch desinteressierte Mittelschicht auf unsere Seite. Wart's ab, du wirst es sehen, bei der ersten Demo werden ganz sicher mindestens 10.000 Menschen mit uns marschieren. Bald wird niemand mehr von Dresden sprechen ... ach ja, mal ganz nebenbei, Dresden: Wir sollten Kontakt zu den dortigen Netzwerken aufnehmen und sie zu der Demo einladen. Schließlich sind ja auch jede Menge Dresdener Fans zu Schaden gekommen. Es wäre doch gelacht, wenn wir nach diesem Ereignis nicht einen gewaltigen Sprung nach vorne machen würden. Stell dir mal vor, wir beide, Christoph, im Vorstand einer neuen Partei ... die mit all dem Dreck, der Vetternwirtschaft, der Unentschlossenheit, der Beschwichtigung, Schluss machen würde. Endlich wird sich der Bürger wieder ernst genommen fühlen mit seinen Sorgen und Anliegen. Wir bieten den Menschen eine Perspektive. Wir trauen uns, auch politisch nicht opportune Themen klar anzusprechen. Bei allem europäischen Einheitsbrei wird es Zeit, sich darauf zu besinnen, dass es zunächst UNSEREN Leuten besser gehen sollte."

Der Mann hatte sich in Rage geredet. Sein Gesicht glühte rot vor Begeisterung, während sein Gesprächspartner mit dem Vornamen Christoph andächtig an seinen Lippen hing. Rüdiger sog an seiner Zigarette, stieß den Rauch durch Mund und Nase aus und fuhr dann fort. „Ich will dir das einmal an einem Beispiel verdeutlichen. Ich habe eine Mitarbeiterin in meinem Betrieb, eine ehrliche, einfache Frau, die es nicht immer leicht gehabt hat. Ihr Mann ist mit einer Jüngeren durchgebrannt und hat sie mit drei Kindern sitzengelassen. Was macht sie? Sie packt das Leben an, zieht die

Kinder groß, nimmt sich sogar noch ein Pflegekind dazu und gibt einem sozial gestrandeten Jugendlichen ein Obdach. Ihre drei eigenen Rangen sind mittlerweile alle in Lohn und Brot, eine ist Biochemikerin mit Doktorgrad, die Jüngste ist Dispositionsleiterin in einem großen Logistikunternehmen und der Sohn ein vielbeachteter und beschäftigter bildender Künstler. Diese Frau hat damals mit den Kindern eine total verranzte Bude bewohnt und als ihr Ex mal wieder mit den Unterhaltszahlungen im Rückstand war, musste sie über ihren Schatten springen und hatte Wohngeld beantragt. Der Antrag wurde damals abgelehnt, weißt du mit welcher Begründung?" Christoph schüttelte mit offenem Mund den Kopf. „Natürlich nicht! Man sagte ihr, dass diese Wohnung mit ihren 100 Quadratmetern für die sechs Personen ZU GROSS sei. Die Miete stimme zwar, aber es seien acht Quadratmeter zu viel nach den geltenden Bestimmungen. Sie solle sich in Düsseldorf etwas neues Kleineres, aber zum gleichen Preis, suchen. Das hat sie natürlich nicht getan und hat weiterhin diese Bruchbude bewohnt, die ohne Heizung war und in der es durchs Dach regnete. Sie hat lieber noch zusätzlich nachts Zeitungen ausgetragen, damit sie die Kinder am Kacken halten konnte. Und jetzt kommt der Hammer: Dieser Verbrecher, dem das Haus mit der Wohnung gehört, hat jetzt, da alle Räume leer stehen, dem Sozialamt die Hütte für Flüchtlinge angeboten. Das wurde abgelehnt ... WEIL MAN DEN ARMEN FLÜCHTLINGEN SOLCHE WOHNVERHÄLTNISSE NICHT ZUMUTEN KÖNNE! Jetzt wird aufgrund des Wohnraummangels für das ganze Kroppzeug genau diese Wohnung von der Stadt renoviert ... von UNSEREN STEUERGELDERN. Für Deutsche war sie zu groß, und für Flüchtlinge ist die Butze qualitativ unzumutbar. Da MUSS man doch aus der Haut fahren."

Christoph, der eher schüchterne, willfährige Vasall des Redners, hatte sich ebenfalls echauffiert und rief: „Dem Pack sollte man die Hütte über dem Kopf anzünden!" Rüdiger drückte den Mann wieder in den Sessel. „NEIN, Christoph, du hast mich noch immer nicht verstanden. Wir müssen solche Fälle publik machen, für unsere Zwecke ausnutzen, Stimmung gegen die herrschende Politiker-Kaste machen. Wir müssen Spots drehen, die auf solche Missstände hinweisen. Und die müssen dann lokal im TV ausgestrahlt werden, zur Not im Streaming-Verfahren im Internet. Wir haben in unseren Reihen doch genügend qualifizierte Internet-Fexe, die sollten zum Beispiel einen Youtube Kanal für unsere Sachen einrichten und über die sozialen Netzwerke verbreiten. Aber wir müssen aufpassen, dass wir nicht dieselben Fehler begehen, die Andere vor uns gemacht haben. Wir müssen eine gemäßigte, aber deutliche Sprache sprechen. Wir müssen dem Volk aufs Maul schauen, wie schon Luther sagte. Wir müssen darauf achten, dass wir zwar polarisieren, aber nicht wie Hassprediger daherkommen. Dann bekommen wir auch Leute auf unsere Seite, die in der Bevölkerung etwas darstellen, die als eine Art moralische Instanz wahrgenommen werden. Dann kommt der Durchschnittsbürger nämlich auf den Gedanken: Na, wenn DER auch so darüber denkt und sich offen für die positioniert, dann kann das doch gar nicht so falsch sein. Dann sind die doch wählbar, das sind doch keine Nazis! Schau mal, welchen Erfolg die AFD damals hatte, als dieser Wirtschaftsboss ... wie hieß der doch gleich? ... ach ja, Henkel ... als der sich öffentlich für die stark gemacht hatte, da hatten die einen Zulauf wie Hölle. Und jetzt? Jetzt sagt der Mann, dass sich der Verein zu einer Art NPD-light entwickelt habe, so zumindest habe ich es in der Presse gelesen. Sowas DARF uns nicht passieren. Wir müssen das ganze Projekt einfach strategisch wie eine Firmengründung angehen, mit einem neuen Produkt, mit ... ja, mit strategischem Marketing. Wir müssen Neugier, Interesse, Akzeptanz und Solidarität wecken. Kannst du mir folgen?"

Christophs Gesichtsausdruck war anzusehen, dass er genau DAS nicht konnte. Rüdiger seufzte resigniert. Aber es konnte ja nicht nur Häuptlinge geben, es mussten auch Indianer da sein, die Leute für's Grobe! Und genau so einer war dieser Christoph Kliewer. Kliewer war Vorarbeiter in einem der wenigen noch verbliebenen stahlverarbeitenden Betriebe in Düsseldorf. Sein Bildungsgrad konnte mit einigem Wohlwollen als durchschnittlich bezeichnet werden, aber er hatte feste Prinzipien und war eine treue Seele. Seine für Rüdiger Rybowski jedoch wichtigste Eigenschaft war: Wenn Christoph einmal zu einem Menschen Vertrauen gefasst hatte und diesen als seinen Freund ansah, dann war er leicht zu beeinflussen, zu steuern und zu Handlungen verführbar, für die andere Personen nicht den Mut hatten. Kliewer war die Faust, Rybowski war der Verstand von „DüPa", den Düsseldorfer Patrioten, die sich vor drei Monaten aus einem gar nicht mal so kleinen Haufen Unzufriedener gebildet hatte. Bislang waren sie nur wenig in der Öffentlichkeit aufgetreten. Lediglich einmal hatten sie im Rahmen einer Podiumsdiskussion Aufsehen erregt, als sich Landes- und Lokalpolitiker den Fragen der Bürger zur aktuellen Flüchtlingspolitik gestellt hatten. Rybowski war ein exzellenter Rhetoriker, trotz seiner dogmatischen Denkweise, und hatte die Berufspolitiker von SPD, CDU und Grünen in echte Argumentationsnot gebracht. Seine klugen, mit Fallen gespickten Fragen lenkten die Personen auf der Bühne im Hofgarten in eine derartig schwierige argumentative Ecke, dass sich im Anschluss an die Veranstaltungen die Medien um ein Interview mit Rybowski rissen.

Rybowski war Inhaber einer recht ansehnlich laufenden Werbeagentur und Druckerei im Düsseldorfer Norden. Auf der Unterdorfstraße in Kalkum hatte er ein altes Gehöft erworben und es mit den Jahren zu einem repräsentativen Objekt umgestaltet. Hier empfing er seine internationalen Kunden, die er aufgrund der großzügigen Anlage auch beherbergen konnte. Aus einer Scheune hatte er eine Tagungsstätte mit allem erdenklichen technischen Schnickschnack gemacht und als er gemerkt hatte, dass er zu oft wegen der Unzuverlässigkeit von Subunternehmern Aufträge verloren hatte, in einer Stallung, die bislang unrenoviert geblieben war, eine Druckerei nach neuestem Standard eingerichtet. Damit war er unabhängig und konnte sich mit seinen individuellen und vor allem kurzfristig verfügbaren Diensten und Produkten einen Namen machen. Dabei blieb er immer hochwertig und elitär, sodass sich vor allem die Hersteller von Luxusgütern bei ihm die Klinke in die Hand gaben.

Rybowski stammte aus einfachen Verhältnissen und hatte sich sein Studium selbst finanziert. Seinen ersten Arbeitgebern war er durch seine Kreativität und sein Durchsetzungsvermögen aufgefallen und sie hatten ihn gefördert. Er dankte es ihnen mit dem Abschluss diverser lukrativer Verträge, sorgte aber unbemerkt dafür, dass die Kunden sich vor allem auf IHN fixierten und nicht auf seinen jeweiligen Arbeitgeber. So gelang es ihm, sich einen eigenen solventen Kundenstamm aufzubauen, den er natürlich, sehr zum Unwillen seiner Chefs, bei der Gründung seiner eigenen Agentur mit sich nahm. Der Unternehmer Rybowski war ein analytisch denkender Mann mit klaren Prinzipien, zu denen vor allem gehörte, dass man zuerst an die denken sollte, die einem am nächsten stehen ... um dann erst einen angemessenen Freiraum für weitergehendes soziales Engagement zuzulassen. Diese

Einstellung machte ihn zu einem Arbeitgeber, für den seine Leute die Hand ins Feuer legten.

Aber es gab noch eine andere Seite von Rüdiger Rybowski, die weniger öffentliche. Der Mann war mit den Jahren völlig desillusioniert, was die deutsche Politik im In- und Ausland anging. Aus seiner Sicht hatte dieses Land völlig die Kontur und den eigenständigen Willen verloren. Er fühlte sich, nicht zuletzt als Unternehmer, durch die europäische Gesetzgebung gegängelt, die aus seiner Sicht viel zu wenig Raum für die nationalen Interessen ließ. Stattdessen hatten sich die Bundeskanzler der etablierten Volksparteien nach Rybowskis Überzeugung überall so angebiedert, dass einem schlecht werden konnte. Ihm fehlte es einfach, dass sich z.B. nach der NSA-Abhöraffäre die Kanzslerin nicht einfach nur mit Beschwichtigungen begnügt hätte, sondern einfach mal auf den Tisch gehauen und gesagt hätte: bis hierhin und nicht weiter, Mr. President! Er war beileibe nicht antieuropäisch, aber was den Briten und Franzosen Recht war, sollte den Deutschen eben auch billig sein. Aber nein, die Bundesrepublik musste ja der Musterschüler der EU sein.

Diese Einstellung machte Rybowski nicht zu einem Querdenker, wie die sogenannten „Reichsbürger", die er einfach nur für Spinner hielt. Stattdessen streute er an den geeigneten Stellen das eine oder andere Statement ein, das seine Ansichten manifestierte, und erreichte damit Zustimmung bei seinen Zuhörern. Aus diesen rekrutierte er seine Gesinnungsgenossen, mit denen er die Grundlage für die DüPa bildete. Diese Vereinigung stellte nur den Anfang seiner Vision dar. Ihm schwebte nach landespolitischer Implementierung der Vereinigung die Gründung einer bundesweit aktiven Partei vor.

In Kliewers Haus in Eller traf man sich gelegentlich, wenn die Räumlichkeiten in Kalkum anderweitig besetzt waren. Klar, das Äußere wirkte zu bieder und entsprach so gar nicht den Vorstellungen des weltgewandten Unternehmers. Aber Kliewers Frau Ursula hatte sich zum Glück bei der Gestaltung des Hausinneren durchsetzen können. War der Garten Christophs Domäne, schaltete die Hausherrin nach eigenem Gutdünken ... und mit eigenen Mitteln, die dank einer Erbschaft einen extravaganten Stil zuließen.

In dem besagten Büro war am Samstag nach dem Anschlag die Idee für den gefälschten Bekennerbrief entstanden und in die Tat umgesetzt worden. Rybowski hatte mit zwei seiner glühendsten Anhänger, einem Schriftsteller und einem Journalisten, das Internet nach Vorlagen für Stellungnahmen islamistischer Extremisten durchforstet und war dabei auch auf den Überfall in Lyon gestoßen. Die 'Söhne von Homs' erschienen geradezu perfekt als Sündenböcke! Und so hatte man sich mit dem Duktus und der Terminologie dieser Menschen beschäftigt und das Pamphlet geschaffen, das man dann zeitversetzt sämtlichen Medien und Presseagenturen zugespielt hatten – natürlich unter Berücksichtigung aller verfügbaren Verschleierungsmöglichkeiten, die ihnen das weltweite virtuelle Netz bot.

Wir waren während der nächsten Stunden mit den Befragungen beschäftigt und trafen uns erst um 18.00 Uhr vor der Cafeteria der Klinik wieder. Aus Zeitgründen holten wir uns nur ein paar Sandwiches und ich erklärte meinen Freunden kauend, welchen Bockmist ich gebaut hatte und was mir an diesem Abend noch bevorstände. Jupp sah mich entgeistert an. „Ich weiß zwar schon lange, was für ein Kindskopf du sein kannst, aber DAS ist wirklich sowas von albern." „Ach ja? Wer hat denn als Erster damit angefangen, Bredow als *arrojantes Fottloch* zu titulieren? Auch nicht ganz die feine englische Art, mit Kollegen umzugehen, oder?" „Ja, schon, aber sich kloppen? Wir sind doch nicht auf dem Schulhof. Letztlich hast du mit deinem Ausbruch nur bewiesen, dass er Recht hat. Und damit deklassierst du nicht nur dich, sondern uns alle zusammen, uns Ermittler aus Düsseldorf. Sorry, dass ich das so sagen muss, Micha, aber da hast du echt Scheiße gebaut." Juma schaltete sich ein. „Wenn ich mich da mal einmischen darf: Bei einem Duell bringen die Opponenten doch ihre Sekundanten mit, die die Modalitäten aushandeln und ggf. einen Schlichtungsversuch machen. Ihr seht, ich habe meinen Alexandre Dumas gelesen. Wie wäre es denn, wenn Jupp und ich dich begleiten und versuchen würden, euch beiden Streithähnen ein wenig Vernunft beizubringen?" Brummelnd nickte ich, denn mir war längst klar geworden, dass die Beiden mit ihren Anmerkungen völlig richtig lagen. Also fuhren wir gemeinsam zum Lantz'schen Park im Düsseldorfer Norden.

Bredow hatte sich von seinem Fahrer pünktlich herbringen lassen und erwartete mich bereits vor dem Haupteingang. Er betrachtete uns neugierig, wie wir zu dritt auf ihn und den Fahrer, der auch sein persönlicher Assistent war, zugingen. Das Ganze hatte etwas von der Schießerei aus dem Western „High Noon – 12.00 Uhr mittags". Schmitz wollte direkt etwas sagen, wurde aber von dem BKA-Mann abgewürgt. „Wir waren doch wohl nur zu zweit verabredet, oder traust du dich nicht alleine, Oberle?" Sein arrogantes Grinsen würde ich ihm schon aus der Fresse schlagen, dachte ich mir. Schweigend nickte ich in Richtung des Eingangs und Bredow wies seinen Fahrer an, gemeinsam mit Jupp und Juma hier am Torhaus zu warten.

Ich ging voran und achtete darauf, dass mein Gegner mit seinem Exoskelett Schritt halten konnte. Wir hatten uns so weit vom Eingang entfernt, dass wir für die dort Wartenden nicht mehr sichtbar waren. An einem Eibenstrauch stand eine Bank, auf der wir Platz nahmen und unsere Jacken ablegten. Ich krempelte die Ärmel meines Hemdes bis zum Ellenbogen hoch und drehte mich dann zu Bredow um. Der sah mich nachdenklich an und sein Gesicht verzog sich langsam zu einem Grinsen … allerdings ohne Arroganz oder Häme, sondern nur freundlich. Da erst bemerkte ich, was er in den Händen hielt: zwei Flaschen Altbier!

„Du glaubst doch wohl nicht ernsthaft, dass ich mich mit dir geprügelt hätte, Oberle, oder etwa doch? Nee, wirklich nicht. Hast du nen Öffner dabei oder muss ich die Flaschenhälse abbrechen? Würde mir um das Pfandgeld leidtun." Ich war so verblüfft, dass ich nur nickte und aus meiner Hosentasche das Schweizer Messer zog, das ich immer an meinem Schlüsselbund hatte. Die Kronkorken flogen zu Boden und wir prosteten uns mit den Flaschen zu. „Tut mir leid, dass das Bier schon ein wenig warm geworden ist. Aber ich wollte rechtzeitig hier sein und habe es aus dem Hotel mitgebracht." Er nahm einen tiefen Schluck und blickte nachdenklich in Richtung des Herrenhauses, welches in der Abendsonne goldgelb schimmerte. „Du bist ganz schön sauer auf mich, was? Pass auf, eines vorweg: Ich habe nichts gegen dich persönlich, Oberle, das musst du mir bitte glauben. Aber ich habe in den letzten Jahren so schlechte Erfahrungen mit selbstgerechten Beamten gemacht, mit denen ich bei den Fällen zusammenarbeiten musste, dass ich meist voreingenommen bin. Hinzu kommt, dass ich dich zuerst mit deinem komischen Stock kennengelernt habe. Zunächst dachte ich, du wolltest mich verarschen mit dem Ding ... dich über mich lustig machen wegen des „Exos". Dafür entschuldige ich mich. Ich habe erst im Nachhinein erfahren, was bei dir los ist. Pass auf, Oberle, ich kann Mitleid auf den Tod nicht ab. Ich habe Jahre darum gekämpft, ein selbstbestimmtes Leben führen zu können. Und ich reagiere einfach extrem dünnhäutig, wenn ich den Eindruck habe, jemand will mir meine Ziele streitig machen. Ich weiß, eine Charakterschwäche, aber meine zur Schau gestellte Arroganz ist oft nur ein Selbstschutz. Aber ich kann mir vorstellen, dass es dir da oft nicht viel anders geht!"

Ich hatte mit Vielem gerechnet, aber ganz sicher nicht mit so einem persönlichen, offenen Bekenntnis. Meine ganze Wut, meine Voreingenommenheit waren wie weggeblasen. Es erschien mir nur gerecht, dass ich ihm meine Situation erklärte. Und so erfuhr Soren Bredow alles, was vor einigen Jahren passiert war und noch heute einen so starken Einfluss auf mein Leben hatte. Bredow hatte die ganze Zeit über konzentriert zugehört, dabei aber in die Ferne gestarrt. Nachdem ich geendet hatte, sagte er leise: „Manchmal provoziere ich Leute, um ihre Spitzenleistungen herauszukitzeln. Das kann schon mal ins Auge gehen. Aber meist habe ich Erfolg damit, besonders bei denen, die wirklich richtig gut sind und nicht nur bloße Poser. Bei dir, Oberle, scheine ich besonders erfolgreich zu sein."

Wir hatten nicht gemerkt, wie viel Zeit während unseres Gespräches vergangen war. Unsere Begleiter hatten sich aber langsam Sorgen gemacht und, da sie weder „Kampfgeräusche" noch Schmerzenslaute vernommen hatten, sich entschieden, nach unseren sterblichen Überresten zu suchen. Völlig konsterniert blickten uns die Drei an. Wir sahen zunächst einander an und dann unsere Gegenüber und ich konnte es mir nicht verkneifen zu sagen: „Schön, dass ihr auch langsam mal kommt. Habt ihr wenigstens kaltes Bier mitgebracht oder nur die ganze Zeit blöd rumgestanden?" Ihre Gesichter waren fleischgewordene Fragezeichen, was zu einem Heiterkeitsausbruch bei Bredow und mir führte. Als wir unser Lachen endlich beendet hatten, prosteten wir uns mit dem letzten Schluck des mittlerweile wirklich warmen Biers zu: „Ich bin Sören!" „Micha!" Unsere Begleiter schüttelten die Köpfe und Juma knurrte etwas wie „Vollidioten. Beide in einen Sack stecken und draufhauen – und du triffst immer den Richtigen". Schmitz und Vogel, Bredows Fahrer, stimmten Jenssen nickend zu. Bredow wies noch darauf hin, dass für morgen 9.00 Uhr eine Pressekonferenz anberaumt worden sei und er um unsere Anwesenheit bitte. Und damit machten wir uns auf den Heimweg, die Bundesbeamten ins *Tulip Inn*, wir in unsere jeweiligen Wohnungen.

Kapitel 6

Wieder eine Nacht, die für mich „suboptimal" verlief. Ich hatte im Bett gelegen, war zur Ruhe gekommen, aber anstatt dann in einen erholsamen Schlaf zu versinken, hatte mein Verstand beschlossen, sich intensiv mit meiner Beziehung zu Sarah zu beschäftigen. Immer wieder spielte ich Szenarien durch, wie ich ein Gespräch mit ihr gestalten wollte. Jedes Planspiel endete in einer emotionalen Katastrophe. Und so war es wieder einmal fast 2.00 Uhr morgens gewesen, als ich das letzte Mal auf den Wecker sah.

Dieser holte mich mit dem Duo Glasperlenspiel in den Tag, das mir ein „Geiles Leben" wünschte ... nichts dagegen, gerne. Aber dann kam ein Kurzkommentar einer Moderatorin von Antenne Düsseldorf, der mich hochschrecken ließ: „Für den morgigen Abend hat eine politisch unabhängige Gruppe zu einer Demonstration aufgerufen. Der Sprecher der Düsseldorfer Patrioten, kurz DüPa genannt, Rüdiger Rybowski: *Wir fordern alle mündigen Bürger Düsseldorfs auf, sich unserem Protest anzuschließen. Wir wollen ein Zeichen setzen gegen die zunehmende Islamisierung unserer Gesellschaft und gleichzeitig eine Mahnwache abhalten für unsere getöteten Mitbürger, die diesem barbarischen Anschlag auf die Düsseldorfer Arena zum Opfer gefallen sind.* Zeitgleich kündigte ein Bündnis aus Katholiken, Protestanten, Antifa und Gewerkschaften eine Gegendemonstration an. Infolge beider Aktionen ist morgen Abend ab 19.00 Uhr mit massiven Verkehrsbehinderungen zwischen Hauptbahnhof und Graf-Adolf-Platz zu rechnen. Das Innenministerium des Landes NRW gab bekannt, dass beide

Demonstrationszüge genehmigt werden mussten, allerdings werde man darauf achten, dass die Wegstrecken möglichst keine Berührungspunkte haben werden."

Na klasse, da würde morgen also die Hölle los sein. Zynisch dachte ich: Wir hatten ja auch viel zu viele Monate Ruhe, nachdem die sogenannte DÜGIDA ihre Montagsdemonstrationen eingestellt hatte.

Damals hatten die Initiatoren nach beinahe sechs Monaten ihre wöchentlichen Demonstrationen, die jeweils am Montag stattgefunden hatten, beendet. Waren auf der Seite der Rechtspopulisten zuletzt gerade mal 35 Teilnehmer mitmarschiert, hatte das Bündnis „Düsseldorf stellt sich quer" eine sechs Mal so große Teilnehmerzahl aufbieten können. Ich hoffte sehr, dass sich Ähnliches am nächsten Abend ereignen würde – und vor allem, dass es nicht zu Ausschreitungen kommen würde.

Normalerweise fanden Pressekonferenzen in speziell dafür vorgesehenen Räumen der Staatsanwaltschaft oder des Polizeipräsidiums statt. Bredow hatte aber durchgesetzt, dass man die Medieninformation ebenfalls im *Tulip Inn* abhielt. Der Zeitverlust durch unnötiges Hin- und Herfahren war ja auch wirklich nicht einzusehen.

Ein weiterer Sitzungssaal war reserviert worden und ich meinte, in den Augen der Geschäftsführerin und der „Revenue Managerin" ein wenig Zufriedenheit zu erkennen. Sie empfingen uns Polizisten und die Medien Vertreter persönlich und gaben uns jede denkbare Unterstützung. Scheinbar waren sie stolz darauf, einen kleinen Beitrag leisten zu können – um alles möglich zu machen, damit die

Verantwortlichen für diese Tat schnell ihre gerechte Strafe erhielten.

Die Tischreihe mit den Offiziellen war prominent besetzt: Polizeipräsident Auer, Dr. Elly Martin von der Generalbundesanwaltschaft, Sören Bredow vom BKA, Professor Dr. Mandelbaum, seines Zeichens Rechtsmediziner (den wir bislang nicht ein einziges Mal zu Gesicht bekommen hatten) und stellvertretend für das Innenministerium dabei, und Tibor Redlich, Pressesprecher des LKA NRW. Jupp, Juma, Ruprecht und ich saßen dezent im Hintergrund in der Reihe der Reporter. Vertreter der örtlichen, nationalen und internationalen Medien und Presseagenturen drängelten sich um die besten Plätze vor dem Podium und das Blitzlichtgewitter wurde von Rufen begleitet, mit denen die Offiziellen gebeten wurden, die eine oder andere Position für die Aufnahmen einzunehmen.

Dr. Elly Martin war Herrin des Verfahrens, wie es so schön im Juristendeutsch hieß, und in dieser Funktion übernahm sie auch die Moderation der Pressekonferenz. Sie beugte sich vor und klopfte mit dem Zeigefinger auf einige der Mikrofone, die wie ein bunter Schaumstoffwald vor ihr standen. „Meine Damen und Herren, wir würden jetzt gerne beginnen. Sie werden sicher dringend zu Ihren Redaktionskonferenzen erwartet und möchten dafür auch relevante Fakten aus dieser Runde mitbringen. Ich darf Sie also um Ruhe bitten. Wir werden Ihnen zunächst alle gesicherten Einzelheiten mitteilen. Sie haben im Anschluss Gelegenheit, Ihre Fragen an die Spezialisten zu stellen. Also, am vergangenen Freitag flogen gegen ..."

Ich stieg geistig aus dem Vortrag aus und dachte lieber über mein Verhältnis zu Sarah nach. Jupp schien mal wieder Gedanken lesen zu können und stieß mir mit dem Ellenbogen in die Seite: „Hast du mit ihr gesprochen?" Ich schüttelte den Kopf. „Wie denn oder wann? Gestern wäre es gegangen, aber da waren wir ja im Lantz'schen Park. Mal sehen, ob ich es heute hinbekomme." „Mach nur keinen Flurschaden, Alter. Das Mädel ist Gold wert!" Ich nickte und grübelte weiter.

Ich schreckte hoch, als wäre ich eingeschlafen, weil der monotone Singsang der Vortragenden geendet hatte und von einem wilden Stimmengewirr abgelöst worden war. Durcheinander prasselten Fragen auf die Personen auf dem Podium ein und Dr. Martin hatte einige Mühe, ein wenig Struktur in den Prozess zu bringen. Jetzt hatte Sören Bredow eine Antwort gegeben und ich vernahm, wie er meinen Namen nannte: „Dazu kann Ihnen am besten mein Kollege Michael Oberle von der Kripo Düsseldorf antworten. Michael, komm doch bitte einmal kurz nach vorne."

Ein Stühle rücken erklang, als sich eine Vielzahl von Personen zu mir umdrehte. Sofort war ich im Fokus der Kameras, die unablässig klickten. Ich erhob mich, stellte mich hinter Bredow und wandte mich an die Journalisten. „Womit kann ich Ihnen weiterhelfen?" Eine Frau ergriff die Gelegenheit und rief: „Carmen di Fiore, Nachrichtenagentur Reuters. Rechnen Sie mit weiteren Anschlägen von Seiten der Islamisten? Was wissen Sie über Terrorzellen unmittelbar hier in Düsseldorf?" Meine Antwort sollte knapp ausfallen, daher nutzte ich die klassischen Worthülsen, die mir aus früheren Terminen geläufig waren. „Zum jetzigen Zeitpunkt steht für unsere Ermittlungsgruppe noch gar nicht fest, dass das Bekennerschreiben authentisch ist. Insofern sind wir ergebnisoffen und ermitteln in alle Richtungen. Es kann ebenso sein, dass der Brief von äußerst fragwürdigen Spaßvögeln stammt oder von Personen, die eine völlig andere Interessenlage verfolgen. Thema Terrorzellen: Wir behandeln in dieser PK den Anschlag vom Freitag. Wir haben weder Zeit noch die Absicht, uns zur grundsätzlichen Terrorgefahr in der BRD zu äußern. Da sind Andere die kompetenten Ansprechpartner. Lediglich Professor Dr. Mandelbaum wäre in der Lage, hier ein Statement abzugeben, wenn er dies wünscht." Ich trat ab, beugte mich herab zu Bredow und flüsterte: „Danke, Robocop, dass du mich hast so auflaufen lassen. DAS hättest du doch auch locker beantworten können." Er grinste wie ein Honigkuchenpferd. „Klar, aber ich hab mir gedacht, dass du vielleicht geweckt werden wolltest. Ich hatte schon Sorge, dass du dir den Nacken brichst, so tief warst du in dich zusammengesunken."

Nach einer guten Stunde war die Pressemeute zwar nicht befriedigt, aber wenigstens soweit mit Informationen ausgestattet, dass sie ihren Lesern, Hörern und Zuschauern etwas berichten konnten.

Rybowski hatte sich im Innenhof seines Anwesens in Kalkum mit den Einzelverantwortlichen für die heutige Demo getroffen. Man würde sich auf dem Vorplatz des Hauptbahnhofs versammeln (damit die anreisenden Mitstreiter aus Dresden leichter dazu stoßen konnten) und dann den folgenden Weg nehmen: über die Graf-Adolf-Straße in Richtung Graf-Adolf-Platz, von dort Richtung Süden entlang der Elisabethstraße bis zum Kirchplatz, dem Endpunkt des Demonstrationszuges. Hier sollte eine große Kundgebung stattfinden. Der ursprünglich geplante Zielpunkt auf dem Apolloplatz am Rheinufer wurde aufgrund der Bannmeile rund um den Landtag abgelehnt, ebenso wie der ursprüngliche Zugweg über die Ellerstraße in Richtung Oberbilker Markt. Dieser hätte durch das sogenannte „Maghreb-Viertel" geführt, was unweigerlich zu Ausschreitungen mit den dort ansässigen kriminellen Banden geführt hätte. Dieses Risiko wollte die Polizeiführung nicht eingehen – was Rybowski genau so erwartet und geplant hatte. Wäre der Weg nach Oberbilk wider Erwarten doch genehmigt worden, hätte er auch daraus einen Vorteil ziehen können. Jede Tätlichkeit gegen Zugteilnehmer wäre eine Bestätigung der Ansichten von Rybowski gewesen und damit Wasser auf seine Mühlen. Er wies den Chef der Zugordner an, unbedingt darauf zu achten, dass die Security besonders höflich, aber resolut sein solle. Jegliche Hassterminologie sei zu vermeiden, erst recht nach Möglichkeit körperliche Auseinandersetzungen. Eine kooperative Zusammenarbeit mit den begleitenden Polizeikräften sei unabdingbar.

Der Chef der Ordner gab sich griesgrämig: „Ich werde Probleme haben, meine Leute im Zaum zu halten, wenn die schräg angequatscht werden." Rybowski starrte den Mann an, bis dieser den Blick senkte. „Wenn Sie damit Probleme haben, dann sind Sie wohl der falsche Mann für den Job. Oder aber Sie haben Leute ausgesucht, die ich nicht brauchen kann. Ich akzeptiere keine Schläger-Glatzen mit Bomberjacken und Springerstiefeln. Diese Zeiten sind vorbei. Wenn Sie sich dazu nicht in der Lage fühlen, sagen Sie es hier und jetzt. Ich habe JETZT noch genug Zeit umzudisponieren." Kleinlaut nickte der Mann und sicherte zu, seine Mitarbeiter entsprechend zu instruieren.

Der Leiter der Druckerei stellte die Banner und Transparente vor, die an ausgewählten Stellen und zu bestimmten Zeitpunkten zum Einsatz gebracht werden sollten. Langfristige Planung und schnelle Disposition gingen hier Hand in Hand: Rybowski hatte eine solche Demo schon lange geplant und daher die Klischees für die Druckstücke längst in den Computern. In der vergangenen Nacht waren sie gedruckt worden und er war mit dem Ergebnis sehr zufrieden.

Aus der Sicht des Unternehmers gab es lediglich EIN unkalkulierbares Risiko für ihn: Er konnte schlecht einschätzen, ob sich die Gäste aus Dresden in sein Konzept einbinden lassen und ob sich deren Leitwölfe seinem Diktat unterordnen würden. Bislang hatte er mit diesen Leuten nur telefonisch und per Mail Kontakt gehabt. Man war sich zwar in der Basis einig, aber konkrete Vorgehensweisen waren nie Gegenstand expliziter Absprachen gewesen. Egal, manchmal musste man einfach die Gunst der Stunde nutzen und spontan interagieren. ALLES war eh nicht planbar.

Christoph Kliewer stellte sich neben sein großes Vorbild und wartete, bis alle Anderen den Innenhof verlassen hatten. „Sag mal, Rüdiger, was soll denn als Nächstes kommen? Machen wir jetzt jede Woche so eine Demo oder was?" Rybowski lächelte milde. „Nein, das sicher nicht. Damit erreichen wir nur, dass die Bürger genervt sind und die Stimmung gegen uns umschlägt. Jede Woche ein Verkehrschaos mit der Folge, dass die Leute zwei Stunden für den Heimweg brauchen, für den sonst eine halbe reicht, das sorgt für Unmut. Wir werden unsere Aktionen variieren. Vielleicht mal ein Konzert, dessen Eintrittserlös den Opfern des Arena-Anschlags oder deren Hinterbliebenen zugutekommen soll. Sowas in der Art. Wir sorgen für eine Akzeptanz in allen Bevölkerungsschichten. Die etablierten Parteien werden gar nicht wissen, wie ihnen geschieht. Wenn wir konsequent so weitermachen, haben wir bei den Kommunalwahlen im nächsten Herbst eine echte Chance." Christoph sah Rüdiger zweifelnd an. „Wenn du meinst. Mir ist das alles irgendwie zu hoch, zu verschachtelt. Da komme ich nicht mit. Aber egal, das erinnert mich alles irgendwie an Schach und das kann ich schließlich auch nicht." Rüdiger Rybowski schmunzelte. Christoph hatte gerade eine stille, simple Weisheit ausgesprochen. Ja, es war ein Schachspiel. Um Macht, um Einfluss, um Gewinn ... und er hatte die Absicht, der König zu sein, der am Ende obsiegen würde.

„Schmitz, KK 11, am Apparat!" Josef war in eine Saalecke gegangen und hatte das Telefonat angenommen, das ihn gerade auf seinem Handy erreicht hatte. „Hier Carmen Geiss ... die Streifenpolizistin ... Sie erinnern sich?" Jupp grinste. „Na klar, die Kollegin mit dem Super-Gespür für den „Laber-Dor"!" Sein Gegenüber lachte schallend auf. „Stimmt, Herr Schmitz, genau das. Deswegen rufe ich auch an. Ich hab einfach nochmal versucht, unseren Hundefreund und Modellflieger anzurufen. Er hatte mir ja seine Karte gegeben. Lemke meinte direkt, ob ich Gedanken lesen könne. Er habe mich selbst anrufen wollen, da ihm etwas eingefallen sei. Er konnte sich erinnern, dass er den weißen Transporter doch schon einmal gesehen habe, an der gleichen Stelle. Das müsse allerdings schon ein paar Monate her sein. Da hätten zwei Typen rumgestanden, die hätten mit Handgeräten irgendwas ausgemessen und sich dabei gestritten. Lemke sei aber zu weit entfernt gewesen, um etwas zu verstehen. Beide Männer seien so zwischen 30 und 40 Jahre alt gewesen, einer blond, der andere schwarzhaarig. Mehr könne er aber nicht sagen und wiedererkennen würde er sie auch nicht nach der langen Zeit. Bringt uns das weiter?"

Jupp überlegte. „Nicht unmittelbar, aber es beweist, dass die Aktion von langer Hand geplant worden war. Wie wir es schon angenommen haben, aufgrund der Professionalität. In jedem Falle danke für Ihren Einsatz, Frau Geiss. Ich werde mir Ihren Namen merken. Schicken Sie mir doch bitte noch die Kontaktdaten von diesem Lemke." Damit legte er auf.

Zum Glück! Denn dadurch bekam die Kollegin nicht mehr mit, was jetzt geschah. „JA, SIE MICH AUCH, SIE KLEINES ARSCHLOCH! Und das Gleiche können Sie auch dem Herrn Minister bestellen!" Bredow stand mit hochrotem Kopf an seinem Arbeitsplatz, starrte auf das Display seines Handys und ... zerquetschte das Gerät mit seiner motorunterstützten Hand. Verblüfft sah er in die Runde, die ihn konsterniert anblickte. „Was ist? Noch nie 'nen wütenden Krüppel gesehen? Los, weitermachen!" Dr. Martin trat zu ihm, legte beschwichtigend die Hand auf seinen Unterarm und fragte: „Was war das denn jetzt?" Der BKA-Mann atmete einmal tief durch und erklärte: „ DAS? Das war ein kleiner Aktenträger aus dem Büro des

Bundesinnenministers. Irgendein hohes Tier beim Fraunhofer Institut ist wohl mit einem Hinterbänkler-Aristokraten aus dem deutschen Bundestag befreundet. Dieser hat sich darüber mokiert, dass wir auch in Richtung des Instituts ermitteln, was nur rein sachlogisch ist. Irgendein Referent hat dann den Auftrag bekommen, mal nachzufragen, was denn bei uns los sei und dass wir doch bitte die armen, armen Forscher nicht mit unseren Fragen belästigen sollten. Dieser Job wurde dann wohl an den Menschen weitergegeben, mit dem ich gerade telefoniert habe. Und dieser Schreibtischtäter neigt offensichtlich zur Hybris und leidet wohl an Logorrhoe!" Die Juristin blickte ihn verständnislos an. „Na, mein Fachausdruck für Weitschweifigkeit. Logos –das Wort, und dann das '-rrhoe' von Diarrhoe. Also leidet er an 'Sprechdurchfall'! Der Typ schwallte was von absolut integren Menschen in dem Forschungsinstitut, denen kein normal denkender Mensch auch nur die kleinste Verbrechensneigung zutrauen könne. Ich hab ihn dann gefragt, wie viele Kriminalfälle er denn schon bearbeitet habe. Das tue hier nichts zur Sache, das könne man auch mit gesundem Menschenverstand erkennen. Ich erwiderte, daran würde es meinem Gegenüber ja offensichtlich fehlen. Und so gab ein Wort das andere." Sie sah Bredow kopfschüttelnd an. Er nickte. „Jaja, ich weiß, aber das musste jetzt einfach sein."

Ich hatte bei ihm noch Einen gut seit der Pressekonferenz und stellte mich zu ihm, als wolle ich Sören ein neues Ermittlungsergebnis zukommen lassen. „Da hat sich der Meister wohl mal wieder hinreißen lassen, was?" Er schnellte herum und fuhr mich an: „Jetzt gib du deinen Senf nicht auch noch dazu, du … du …" Dann sah er mein Grinsen und langsam verzog sich auch sein Gesicht. „Los, hau ab, Micha … oder hast du was Neues?" Ich schüttelte den Kopf und kehrte an meinen Platz zurück. Dr. Martin gesellte sich zu mir und fragte leise: „Es scheint, Sie haben sich einander angenähert, Sie und Bredow?" Ich hob den Kopf. „Na klar, wir Krüppel müssen doch zusammenhalten." Sie wandte sich um und verließ mich mit dem Kommentar: „Genau das habe ich irgendwie erwartet."

Ich verließ das Lagezentrum gegen 18.00 Uhr und kehrte in meine Wohnung zurück. Ich hatte vor, nach einem schnellen Abendessen bei Sarah anzurufen, aber als ich meine Wohnungstür aufschloss, strömte mir ein verführerischer Duft entgegen. Sarah stand in meiner Küche und bereitete in einer Grillpfanne Lachsfilets zu. Sie drehte sich mit einem strahlenden Lächeln zu mir um. „Hallo, mein Grizzly, endlich bist du da. Als ob ich es geahnt hätte, dass du bald hier sein würdest. Magst du den Salat fertigmachen?" Sie küsste mich leidenschaftlich. Ich war überrumpelt. Mit allem hätte ich gerechnet, nur nicht mit einem so normalen, herzlichen Empfang. Eigentlich war allein schon die Tatsache, dass sie bei mir zuhause war, überraschend genug. Ich stellte schweigend eine Vinaigrette her und lauschte ihrem aufgeregten Plappern. Dann kam die unvermeidliche Frage: „Und wie war dein Tag? Seid ihr bei der Suche nach den Attentätern weitergekommen?" Ich erzählte ihr auszugsweise von unserer Arbeit und auch von der Auseinandersetzung mit Bredow, die sich so glücklich aufgelöst hatte.

„Sowas passiert eben, wenn zwei Alpha-Tiere aufeinandertreffen – vor allem, wenn einer so ein Macho ist wie du!" Was sollte jetzt diese Spitze? Ich ersparte mir zunächst einen Kommentar. Wir setzten uns ins Wohnzimmer und aßen in Ruhe. Danach räumten wir ab und ich bereitete für uns beide einen Espresso zu. Das Ganze lief mehr oder weniger schweigsam ab und als wir nebeneinander auf der Couch saßen und den Espresso tranken, fragte sie: „Stimmt etwas nicht? Du bist so schweigsam!" War jetzt der Zeitpunkt gekommen?

Rybowski hatte den ankommenden ICE mit den Dresdener Unterstützern in Empfang genommen. Lautstark skandierten die Sachsen Parolen, was dem Düsseldorfer sichtlich aufstieß. Er führte eine hitzige Diskussion mit dem Wortführer der ca. 250 Menschen. Nach einem kurzen Wortgeplänkel hatte man sich geeinigt und Rybowski war erstaunt, wie gut der Mann seine Leute im Griff hatte. Einige seiner „Hauptleute" schwärmten aus und gaben die Anweisungen weiter. Geordnet marschierte der Trupp dann Richtung Bahnhofsvorplatz, flankiert von zahlreichen Bereitschaftspolizisten, die, mit Schutzkleidung, Helm und Schild ausgerüstet, die Horde aufmerksam beobachteten. Dort wurden die Neuankömmlinge bereits von mehreren tausend Sympathisanten erwartet, die ihre Gesinnungsgenossen lautstark begrüßten.

Rybowski und der Dresdener Anführer hielten eine kurze Ansprache und informierten die Teilnehmer über den Zugweg und den Ablauf. Dabei wurden nochmals deutlich die Vorgaben für die Teilnehmer besprochen. Bei Zuwiderhandlungen würde man von eigenen Ordnungskräften vom gesamten Demonstrationszug ausgeschlossen werden. Dann zog der Konvoi ab, beobachtet von einer Vielzahl verärgerter Berufspendler, die mal wieder sehr viel später nach Hause kommen würden.

Auf Höhe des Stresemannplatzes geschah etwas Unplanmäßiges. Als der „Lindwurm der Entrüsteten" nahezu komplett dort vorbeigezogen war, schloss sich eine Gruppe von ungefähr 50 Männern an, die mit Fanartikeln der Fortuna geschmückt waren und ein Banner mit sich führten, das sie als Club „95 K-Rath" auswies. Die Polizeibeamten, die den Zug begleiteten, setzten die Einsatzleitung über diese Veränderung in Kenntnis. Ein Fan-Beauftragter der Fortuna war glücklicherweise mit im Krisenstab, sodass er sofort seinen fachlichen Input geben konnte. „Das sind keine bloßen Fans oder Ultras. 95 K-Rath ist eine Hooligan-Truppe, die sich schon mehrere Ackerschlachten mit anderen Vereinigungen geliefert hat. Hohes Gewaltpotential, wenig Hemmungen, meist bewaffnet. Wir sollten sofort agieren." Der Einsatzleiter wollte eine Eskalation durch Aussonderung dieser Gruppe vermeiden und beorderte weitere Sicherheitskräfte an die Wegstrecke. Zeitgleich wurden Feuerwehr und Rettungskräfte über das erhöhte Gefahrenpotential in Kenntnis gesetzt.

Die Zugleitung unter Rybowski erfuhr davon jedoch nichts. Keiner, auch nicht die Security, sah sich genötigt, den Veranstalter der Demo über die „Zaungäste" zu informieren. So konnte daher von dieser Seite auch nichts unternommen werden, als einige Mitglieder der Hooligan-Gruppe am Graf-Adolf-Platz aus dem Zug ausscherten. Die Sicherheitskräfte waren völlig überrascht und in der Unterzahl, sodass 20 der Rowdys nahezu ungehindert auf die Verkehrsinsel ausbrachen und in den „Berliner Imbiss" eindrangen. Dort wurden mehrere südländisch aussehende Kunden sowie zwei Angestellte mit dunkler Hautfarbe zuerst beschimpft und dann zusammengeschlagen. Erst mit vereinten Kräften gelang es der Polizei, fünf Täter dingfest zu machen. Den Anderen war die Flucht in die umliegenden Straßen gelungen, unter Zurücklassung ihrer Embleme, die sie hätten leichter kenntlich machen können. Dies alles geschah, während die Spitze des Demonstrationszuges sich bereits kurz vor dem Kirchplatz befand, einen knappen Kilometer von der Prügelei entfernt.

Hier war eine kleine Bühne aufgebaut worden. Auf dieser spielte eine Band Dixieland-Musik, um die Schaulustigen bei Laune und vor Ort zu halten. Langsam füllte sich der Platz vor der St. Peter-Kirche und Rybowski begab sich vor die Mikrofone. Kameras der lokalen Medien wie auch eigene Kameraleute würden die Veranstaltung aufzeichnen. Bevor der Unternehmer mit seiner Rede beginnen konnte, trat Kliewer zu ihm und flüsterte: „Wir haben tatsächlich fast 9000 Menschen mobilisiert, Rüdiger! Echter Wahnsinn! Nur hat's ein wenig Ärger unterwegs gegeben. Ein paar Hool-Prolls haben am Graf-Adolf-Platz ein paar Ausländer geklatscht. Die haben sich einfach an uns drangehängt." Rybowskis Gesicht war zornig geworden. „Diesen Penner von der Security nehme ich mir später vor. Danke, dass du mich vorgewarnt hast. Jetzt kann ich noch gegensteuern."

Nun begrüßte er die Düsseldorfer Bürger, die Gäste aus dem Freistaat und, wie er sich ausdrückte, alle patriotischen Bürger, denen das Schicksal ihres Heimatlandes nicht egal sei. Er führte aus, dass es der DüPa keineswegs darum gehe, Menschen, die aus anderen Ländern zu uns gekommen seien, in Bausch und Bogen zu verurteilen. Sie seien herzlich willkommen, wenn sie sich in die Kultur ihres Gast- oder gar neuen Heimatlandes einfügen würden. Nicht zu akzeptieren sei aber, dass es manche Kräfte gebe, die meinen, Deutschland ihre Vorstellung und Lebensweisen aufzwingen zu müssen. „Wer die Musik bezahlt, bestimmt auch, was gespielt wird!" Hier müsse endlich dem falsch verstandenen Toleranzgedanken einer weltfremden Politik Einhalt geboten werden. Denn diese sei mitverantwortlich für die Katastrophe in der Arena gewesen. „Ich bin überzeugt davon, dass diese Tat zu verhindern gewesen wäre, wenn wir frühzeitig die unerwünschten Gäste, die diese Tat begangen haben, selektiert und in ihre Herkunftsländer zurückgeschickt hätten. Das Bekennerschreiben beweist es eindeutig. An deren Händen klebt das Blut unserer unschuldigen Mitbürger, die in dem Fußballstadion getötet oder verletzt worden sind – aber ebenso an den Händen der Verantwortlichen, die nichts unternommen haben, um solchen Taten vorzubeugen." Tobender Applaus aus der Menge. „Wir suchen die sachliche Auseinandersetzung mit den Interessenvertretern dieser Menschen. Wir wollen ihnen die Regeln verdeutlichen, die in unserem christlich geprägten Kulturkreis unverzichtbare Grundlage sind. Und wir werden auch klarstellen, dass es kein Veto-Recht bei Abschiebungen von Verbrechern geben wird. Was den amerikanischen Einwanderungsbehörden Recht ist, sollte auch uns als souveränem Staat ohne Brüsseler Gängelei billig sein. Hören wir auf, willfähriger Erfüllungsgehilfe zu sein – besinnen wir uns auf unsere Stärken und unsere Geschichte."

Aus der vordersten Reihe erklang eine Männerstimme: „Ja, und zündet auch wie nach 1933 die Häuser an ... ach, verpisst euch doch, ihr braunes Pack!" Rybowski blieb ruhig. Genau damit hatte er gerechnet. „Ein guter Einwand, mein Herr, ich danke Ihnen dafür. Auch wenn Sie uns gegenüber ungerecht sind. Ganz im Gegenteil! Wir distanzieren uns absolut unmissverständlich von

Gewaltakten – daher auch mein Hinweis: Die Schlägertrupps, die sich an unsere angemeldete und bislang friedliche Demonstration drangehängt und am Graf-Adolf-Platz Menschen verletzt haben, haben NICHTS mit uns zu tun. Und wir werden alles tun, um diese Leute der Polizei zu übergeben. Wir lassen unsere ehrenhaften Absichten nicht von SA-ähnlichen Schlägertrupps zunichtemachen. Nicht mit uns, nicht mit der DüPa!"

Rybowski sprach noch einige Sätze, aber bevor er endgültig zum Ende kam, wurde er von dem plötzlich einsetzenden Glockengeläut von St. Peter übertönt. Er sah auf seine Uhr … ganz sicher nicht die Zeit für eine Messe. Das Läuten war also ein politisches Statement und als Störfeuer der Kirche anzusehen. Naja, DIE würde er mit der Zeit auch noch überzeugen, da war er sich sicher.

Als er von der Bühne abging, sah er, dass unzählige Zuhörer, die nicht auf der Demo mitgegangen waren, sich mit Infomaterial über die DüPa eindeckten. Na bitte, jetzt geht es langsam los. Er beorderte den Funktionär zu sich, der zum Auftrag gehabt hatte, die Demonstration mit Fotos und Videos zu begleiten und zu dokumentieren. Er ließ sich einige Ausschnitte vorführen und beauftragte den Mann, sofort Kopien der Bilder und Filme zu machen, die Personen zeigten, die sich um das Banner von „95 K-Rath" geschart hatten. Mit diesen Kopien fuhr er noch in der Nacht zum Polizeipräsidium am Jürgensplatz und übergab sie dort mit dem Hinweis auf seine uneingeschränkte Kooperation.

Auf der Heimfahrt nach Kalkum hörte er über Antenne Düsseldorf, dass die Gegendemo, die vom Ehrenhof bis zum Burgplatz gezogen war, gerade mal aus 2.000 Teilnehmern bestanden hatte. DüPa hingegen hatte über 9.000 Menschen mobilisieren können –

ein guter Anfang! Seine Idee mit dem Bekennerschreiben war Gold wert gewesen!

Aus der Vorgeschichte des Anschlags:

Hendrik Meyer saß in seinem Wagen und fuhr entspannt über die A4 Richtung Dresden. Mario, sein elfjähriger Sohn, lümmelte sich auf dem Beifahrersitz herum und daddelte lustlos mit seinem Gameboy herum. Gelegentlich hieb der Junior schimpfend auf die Bedientasten ein, da ihm scheinbar zum wiederholten Male der High Score nicht gelungen war. „Sag mal, Mario, willst du dir nicht lieber die tolle Landschaft da draußen ansehen? Spielen kannst du doch immer, aber sowas wie das hier siehst du nur selten. Schau mal, da rechts, da ist eine Ritterburg. Und da drüben, gleich noch zwei. Und den Monte Kali vorhin, den hast du auch nicht gesehen." Der Junge blickte seinen Vater etwas gelangweilt an. „Monte Carlo liegt doch am Mittelmeer, nicht hier." Von der Rückbank erklang eine Stimme. „Nicht Monte Carlo, Monte Kali, du Super-Brain! Das ist ein Berg aus Abraum, der durch die unterirdische Salzgewinnung entstanden ist. Das Ding ist inzwischen über 500 Meter hoch. Können wir bald mal ne Pause machen?"

Tetje hatte seinen Cousin Hendrik und seinen Patensohn begleitet. Er teilte ihre Leidenschaft für Fußball und war ebenfalls Fan von Fortuna Düsseldorf. Sie hatten Dauerkarten und gelegentlich gönnten sie sich auch ein Auswärtsspiel, wenn die Karten erschwinglich und ein Kurzurlaub möglich waren. Katja, Hendriks Frau, war froh, dass sie ihre Männer gelegentlich los war. So konnte sie auch ihre eigenen Freundschaften pflegen, für die sonst einfach zu wenig Zeit neben Beruf, Familie und Haushalt war.

Hendrik hatte nach seiner Schulzeit in Düsseldorf ein Studium an der Fachhochschule Dortmund begonnen. Der Studiengang Elektrotechnik wurde zwar auch in Düsseldorf angeboten, aber er hatte keinen Platz mehr ergattern können und musste daher tagtäglich nach Dortmund fahren. Sein Cousin hatte da mehr Glück gehabt. Er hatte in einem großen Konzern eine Ausbildung zum Elektroniker machen können und hatte im Fernstudium auch noch einen zusätzlichen Abschluss gemacht. Hendrik hatte sein Studium mit Auszeichnung bestanden und sehr schnell einen Job bei einem Leverkusener Konzern gefunden. Die beiden jungen Männer waren ein Herz und eine Seele. Neben den familiären Banden - ihre Väter waren Brüder - hatten sie vieles gemeinsam: ihre Leidenschaft für Fußball, Modellbau, Whisky und gutes Essen.

Hendrik hatte sich frühzeitig für eine Familie entschieden und hatte seine Jugendfreundin Katja mit Mitte 20 geheiratet. Mario kam vier Jahre nach der Hochzeit zur Welt, ein echtes Wunschkind. Tetje war nach eigener Einschätzung bindungs- oder beziehungsunfähig. Seine Partnerschaften mit diversen Damen hatten längstens sechs Monate gedauert. Meist war ihm ein friedliches Beziehungsende gelungen, aber beileibe nicht in allen Fällen. Und jede unschöne Trennung bestärkte ihn in seiner Ansicht, dass es für ihn keine passende Frau gebe. Er sah die Schuld dafür vorwiegend bei sich selbst, da er sich für nicht ausreichend anpassungsfähig hielt. Seine Probleme mit der holden

Weiblichkeit waren auch so ziemlich das Einzige, was gelegentlich zu Auseinandersetzungen mit seinem Vetter führte. Hendrik war überzeugt davon, dass Tetje einen wunderbaren Familienvater abgeben würde. Nur sein verdammter Dickschädel würde ihm dabei im Wege stehen. „Aber warum soll ich mich denn anpassen? Ich will mich einfach nicht verbiegen –Punkt. Und wenn mir nach Familie ist, dann hab ich ja zur Not immer noch deine!" Dieser stets mit einem Grinsen ausgesprochene Satz war gar nicht so falsch. Tetje verstand sich hervorragend mit Katja, und Mario sah in ihm so etwas wie einen großen Bruder oder Ersatzvater. So verging nicht eine Woche, ohne dass Tetje nicht wenigstens einmal zum Abendessen bei den Meyers in Pempelfort auftauchte – trotz seiner gemütlichen Zweiraumwohnung auf der Rheinberger Straße in Golzheim. Hendrik und Katja verdienten so gut, dass sie sich eine der schicken, neuen Wohnungen im „Quartier" an der Toulouser Allee leisten konnten. Bei der Auswahl des Domizils war das ausschlaggebende Ausstattungsmerkmal, dass die Wohnung über einen ausreichend großen Keller verfügte. Hendrik hatte es mit einigem Verhandlungsgeschick zudem geschafft, von einem Nachbarn den direkt neben seinem liegenden Keller zusätzlich zu erwerben. Er machte einen Durchbruch und schuf mit Tetjes Hilfe einen riesigen Arbeitsraum, ausgestattet mit Technik vom Feinsten. Es war eigentlich sogar mehr als ein Hobbykeller: Es war Labor, Erfinderwerkstatt und Spieleparadies für große Jungs. Nicht-Technikinteressierte hätten den großen Raum für eine Mischung aus Frankensteins Kabinett und Daniel Düsentriebs Werkstatt gehalten. Messgeräte, diverse PC's, 3D-Drucker, Fräsbank und Bohrgeräte, eine Lötstation … es war alles da, was das Bastlerherz begehrte. Hier war in stundenlanger, akribischer Kleinarbeit das Modell eines flug- und schwimmfähigen Modellflugzeuges gelungen, mit dem Hendrik und Tetje den ersten

Preis bei einem internationalen Wettbewerb im Rahmen der Internationalen Luftfahrtausstellung ILA in Berlin gewonnen hatten.

Die größte Enttäuschung seines Lebens war für Hendrik die Absage des Fraunhofer Instituts, als er sich für eine Vakanz als Elektroingenieur beworben hatte. Man hatte ihn im Rahmen eines dreitägigen Auswahlverfahrens zusammen mit sechs weiteren Bewerbern auf Herz und Nieren geprüft, aber es hatte nicht gereicht. Wie hatte der entscheidende Professor es damals formuliert? „Ihre fachliche Qualifikation steht absolut außer Frage. Die Fähigkeiten aller Bewerber waren überragend, sodass es oft an einem Quäntchen liegt, für wen man sich entscheidet. Und das sind oft genug dann keine rationalen Gründe, sondern reine Bauchentscheidungen. Seltsam genug für Wissenschaftler, ich weiß." Tja, er war nicht herabgewürdigt worden, aber ein Trost war es für ihn auch nicht wirklich gewesen.

Aber mit der Zeit verwand er diese Ablehnung und war mit dem aktuellen Job bei einem führenden Technologie-Unternehmen zufrieden. Im Gegensatz zur Situation vieler seiner Kollegen war sein Job mittelfristig gesichert. Tetje hingegen war bei der Wahl seiner Arbeitgeber nicht mit der gleichen Fortune gesegnet. Einmal ging ein Startup-Unternehmen nach zwei Jahren Pleite und der folgende Arbeitgeber ließ drei Jahre nach Tetjes Arbeitsbeginn die Techniksparte outsourcen. So war Tetjes Lebenslauf einigermaßen bunt. Das hinderte ihn aber nicht, sich immer wieder neuen Herausforderungen zu stellen. War einmal eine längere Durststrecke zu überwinden, besserte er sein Arbeitslosengeld mit kleinen Aufträgen als Produktentwickler auf. So konnte er sich weiterhin seine Hobbys und die Fahrten zu Auswärtsspielen finanzieren.

Auf so einer Tour waren die drei Meyers also auch im Moment. Die Fortuna hatte ihr Auswärtsspiel der Hinrunde in Dresden und mit einiger Mühe waren sie an die benötigten drei Karten für die Stehplätze im DDV-Stadion gekommen. Tetje hatte im Internet eine günstige kleine Pension in einem Vorort Dresdens gefunden, in der sie ein Zimmer zu dritt gebucht hatten. Sie reisten also heute am Freitag an, um gemeinsam noch ein wenig Sightseeing zu betreiben. Marios Lieblingsbuch war „Emil und die Detektive" und Hendrik wollte seinem Sohn das Geburtshaus und das Denkmal des berühmten Schriftstellers zeigen. Eine Führung durch das „Grüne Gewölbe" stand ebenso auf dem Plan wie eine Stadtrundfahrt in einem doppelstöckigen Bus. Was Hendrik nicht wusste: Katja hatte gemeinsam mit ihrem Sohn etwas ausgeheckt und organisiert. Die Leidenschaft der Cousins für Leckereien und Hochprozentiges aus Schottland nahm Katja zum Anlass, nach einem besonderen Event zu suchen. Sie war auch fündig geworden. In einem Dresdener Vorort residierte die Mühlenbäckerei und ihr Betreiber Rüdiger Zopp konnte sicherlich, ohne ihn beleidigen zu wollen, als etwas durchgeknallt bezeichnet werden. Der anglophile Bäckermeister hatte vor seinem Ladenlokal eine ausrangierte englische Telefonzelle und einen entsprechenden Briefkasten montiert und einen Original-Stollen *aus Dresden mit Whisky kreiert. Nach einem längeren Telefonat hatte er sich bereit erklärt, den drei Gästen vom Rhein eine Führung durch sein Reich mit anschließender Verkostung anzubieten. Diese sollte am Anreisetag nachmittags stattfinden.*

Ich sah Sarah nicht an, als ich mit leiser Stimme fragte: „Sag mal, bist du eigentlich mit unserem gemeinsamen Leben unzufrieden?" Sie setzte sich kerzengerade auf. „Wie meinst du das? Nur, weil ich eben Macho zu dir gesagt habe? Mein Gott, bist du empfindlich heute!" Ihre Stimme hatte einen aggressiven Unterton. Ich beherrschte mich und zwang mich, sachlich zu reden. „Natürlich nicht, aber ich habe in den letzten Wochen das Gefühl, dass wir ein wenig nebeneinander her leben. Ist das nur die übliche Abnutzungserscheinung einer langjährigen Beziehung, oder ist da mehr?"

Sie stand auf, stellte sich vor die Balkontür und blickte wortlos nach draußen. Dann, ganz die professionelle Psychologin, stellte sie nüchtern fest: „Das glaube ich dir nicht, Michael. Wir kennen uns lange genug. Wenn du solche Fragen stellst, haben sie immer einen konkreteren Hintergrund und sind niemals so allgemein, wie du es jetzt darzustellen versuchst. Also los, was passt dir nicht?"

Kacke! Wieder einmal war sie als Gesprächsprofi besser als ich und hatte den Spieß umgedreht. Jetzt war ICH derjenige, der sich zu erklären hatte und nicht SIE. Wie sollte ich da nun wieder rauskommen? „Es geht nicht darum, was MIR nicht passt. Es geht darum, ob wir beide nicht in einer Sackgasse stecken, aus der wir nur gemeinsam rauskommen." Ich versuchte, das Gespräch wieder in einen Gedankenaustausch zwischen gleichrangigen Partnern zu verwandeln und nicht, wie es jetzt den Anschein hatte, in einen Disput zwischen Kläger und Beklagten abgleiten zu lassen. Aber ich hatte keine Chance! Immer wieder veränderte Sarah ihre Art der Argumentation und drängte mich in eine Ecke, in der ich als Störfaktor und Täter saß.

Verärgert flüsterte ich: „Gibt es jemand Anderen?" Sarah stockte und blickte mir ernst in die Augen, als würde sie versuchen zu lesen, was in meinem Kopf vor sich ging. Sie schien sich unsicher ... endlich! Ich wollte doch nicht als Sieger hervorgehen, sondern rausbekommen, wie weit sie sich bereits von mir entfernt hatte und ob es noch eine Chance für uns gab. Ich hatte Sarah lange genug kennengelernt, menschlich ... aber auch als Liebhaberin. Und daher wusste ich, dass die Küsse, die ich gesehen hatte, nicht einer momentanen Leidenschaft geschuldet waren. Küsse dieser Art waren in den letzten Jahren mir vorbehalten gewesen und hatten fast immer zu einem wunderbaren erotischen Erlebnis für uns beide geführt.

Sarah flüsterte jetzt auch: „Was willst du mir sagen, Micha? Was geht in deinem Kopf vor?"

Was sollte jetzt noch das ganze Herumreden? Ich beschloss, alles anzusprechen, was an mir nagte. So begann ich zu erzählen ... von dem Abend, als sie angeblich in ihrem „Café Sündenfall" in Derendorf mit einer Patientin gesprochen haben wollte. Wie ich den Abend in der Altstadt verbracht hatte und sie dabei zufällig in dem Biergarten mit der Blondine entdeckt hatte. Da war es um ihre Beherrschung geschehen. „DU HAST WAS GEMACHT? Du hast mir hinterherspioniert? Wofür hältst du dich? Ich bin nicht dein

Eigentum, Herr Kommissar! Wir führen eine gleichberechtigte Partnerschaft und ich bin nicht gewillt, mir bei dir die Erlaubnis abzuholen, wann ich mich mit wem treffe! IST DIR DAS KLAR, MICHAEL?"

Normalerweise wäre ich bei dieser Ungerechtigkeit aus der Haut gefahren – was möglicherweise auch ihr Plan gewesen war. Dann hätte sie wieder prima ihr Totschlag-Argument bringen können: Wer schreit, hat Unrecht – also lass es besser. Aber ich tat ihr den Gefallen nicht. „Wenn ich dir hinterherspioniert hätte, dann hätte ich ja wohl eher nach Derendorf fahren müssen statt in die Altstadt. Aber ich war dort im „Nasebands" und danach an der Treppe. Es war also tatsächlich reiner Zufall, dass ich dich entdeckt habe." Sie überlegte kurz: „Das sagst DU … ich behaupte, du bist mir nach Derendorf nachgefahren und hast uns seit dort beobachtet. Wir sind dort weg, weil uns die Live-Musik gestört hat. Wir konnten uns nicht in Ruhe unterhalten. Kirsten, meine Patientin, brauchte dringend meine Hilfe und …" „Und die konntest du ihr nicht in deiner Praxis am nächsten Tag geben? Stattdessen bei Wein und Aperol Spritz im „Goldenen Ring"? Ist es das, was du einen neutralen Ort nennst, Sarah?"

Langsam verlor sie die Beherrschung. „Versuch jetzt ja nicht, aus mir ein Monstrum zu machen. Fakt ist, dass du mir hinterher geschnüffelt hast … ohne jeden Grund!" Ich konnte jetzt nicht mehr innehalten. Sie handelte wie ein Politiker, den man beim Spesenbetrug erwischt hatte: immer nur das zugeben, was einem gerade stichhaltig nachgewiesen worden war. Ich zog mein Handy hervor und zeigte ihr die Fotos, die ich von ihr und der Frau namens Kirsten gemacht hatte - auch das mit dem innigen Kuss. Sie schluckte. „Du bist so ein mieser Spanner, Michael! Was sollen die Fotos beweisen? Dass ich eine Frau geküsst habe, die außer einer Patientin auch noch eine gute Freundin geworden ist?" „Hast du mir nicht immer etwas von professioneller Distanz erzählt, Sarah? Wenn du danach leben würdest, dann hättest du längst diese Frau an einen Kollegen verwiesen, nachdem du deine Gefühle für sie entdeckt hast." „Von welchen Gefühlen redest du da? SIE IST EINE FREUNDIN, NICHT MEHR! Ach, was rege ich mich überhaupt über dich auf! Ich bin dir doch keine Rechenschaft schuldig."

Ich schwieg ein paar Sekunden und ließ mir mit der Antwort Zeit. „Nein, keine Rechenschaft ... nur ein wenig Respekt und ein Mindestmaß an Ehrlichkeit!" Dann sandte ich ihr per Whatsapp die Fotos, die ich in der Nacht durch das Fenster des Hauses in Neuss Grimlinghausen gemacht hatte. Sie sah mich verwirrt an. Ich bedeutete ihr, dass sie sich ihr Handy nehmen sollte. Sarah rief die Nachrichten ab und mit jedem Foto, das sie genauestens betrachtete, entglitten ihre Gesichtszüge mehr.

Dann stammelte sie: „Das war's, Micha! Das mache ich nicht länger mit! Du bist ja irre in deinem Kontrollwahn! Legst du eigentlich jemals die Polizisten-Attitüde ab? Ich werde jetzt gehen. Ich brauche Zeit zum Nachdenken und um zu entscheiden, wie und ob es weitergehen soll mit uns. Ich denke, wir sollten uns jetzt erst einmal eine Zeit lang nicht sehen, um uns über unsere Gefühle klar zu werden!"

Diese Zeit brauche ich nicht, dachte ich bei mir. „Du hast keine Ahnung, wie sehr ich dich liebe und wieviel du mir bedeutest, Sarah. Ich will weder eine Trennung noch will ich dich einsperren. Aber ich MUSS wissen, woran ich bin."

Sie stand auf, nahm ihre Jacke und Handtasche und ging zur Tür. Meinem Versuch, sie zum Abschied in den Arm zu nehmen, wich sie aus und stieg grußlos die Treppen hinab.

Resigniert setzte ich mich wieder auf die Couch und schaltete den Fernseher an. Ich wollte mich einfach nur berieseln lassen, nicht nachdenken, den Verstand zur Ruhe kommen lassen ... aber die Lokalnachrichten im WDR verhinderten dies:

„In Düsseldorf ist es im Rahmen einer Demonstration der Düsseldorfer Patrioten, kurz DüPa genannt, zu Ausschreitungen gekommen. Rund 20 Personen aus der Hooligan-Szene drangen in einen Stehimbiss ein und verletzten dabei acht Menschen, zwei davon schwer. Fünf Täter konnten von der Polizei festgenommen werden, drei Polzisten mussten notfallmäßig behandelt werden. Der Innenminister des Landes NRW äußerte sich erschüttert über diese Vorkommnisse und brachte seine Besorgnis darüber zum Ausdruck, dass so viele Menschen an der Demo teilgenommen hätten. Die DüPa sprechen von mehr als 9.000 Teilnehmern."

Was für ein Scheiß-Abend ...

Kapitel 7

„Das war nicht ohne Risiko, aber die Chancen waren einfach zu gut. Und vor allem konnte der Schwätzer, dieses Weichei Rybowski, nichts dagegen machen." Johannes „Joe" Löwe, 58 Jahre alt, knapp zwei Meter groß, muskulös, graue Halbglatze mit Pferdeschwanz, blickte in die Runde. Er hatte seine Gefolgsleute auf der Wiese im Aaper Wald versammelt, die direkt am Dachsbergweg lag. Es war tief in die Clubkasse gegriffen worden und Löwe hatte für alles gesorgt: Drei Schwenkgrills waren in Betrieb, in einer Vielzahl von Kühlboxen befanden sich Eis und Getränke. Es waren nur wenige Kinder dabei und diese wurden von ein paar der jüngeren Clubmitglieder versorgt.

Die Runde um Löwe bestand aus dem harten, schlagkräftigen Kern von „95 K-Rath": 45 Männer im Alter zwischen 18 und 35 und, im Gegensatz zu anderen Vereinigungen, vier Frauen, die sich in diversen Ackerschlachten bewährt hatten. Gespannt erwarteten sie, die Pläne ihres Chefs zu hören. „Es war schon die beste Gelegenheit. Wir hatten die freie Auswahl ... zwischen den Gegendemonstranten, diesen linken Krakeelern und den ganzen Mullahs am Straßenrand. Rudi und Iwan haben sie ja leider erwischt, aber die bekommen wir schnell raus. Sie sind das erste Mal gekascht worden und haben zum Glück nicht mehr auf die Bullen eingeprügelt. Diese sogenannten Patrioten werden auch ganz schön überrascht gewesen sein, dass jemand das Pack aufgemischt hat. Ich rechne zwar damit, dass demnächst jemand von der Staatsanwaltschaft bei mir auftaucht, aber da mache ich mir wenig Sorgen. Die werden mich auf ihren Filmchen haben, aber ich bin ja nur friedlich mit unserem Transparent mitmarschiert. Wir sollten jetzt aber zeitnah mit den anderen Brüdern reden. Heute Nacht treffe ich mich mit den „Präsis" aus Flingern und Oberbilk. Mal sehen, ob wir mit denen zusammen noch was Größeres abziehen können."

Eine der vier Frauen, eine ca. 20jährige mit raspelkurzen, weißblonden Haaren und einer dunkelblauen, langen Strähne in der Stirn, erlaubte sich einen Kommentar: „Ist ja alles ganz gut und schön, Leo, aber was soll denn jetzt danach kommen? Ich dachte, wir wollten mal was RICHTIG Großes veranstalten, so hundert oder mehr von den Mokkalöffeln klatschen. Das bei der Demo war doch ne ganz müde Nummer!" Löwe erhob sich, trat ganz nah an die Sprecherin heran und zog sie an den Aufschlägen ihrer Weste hoch. „Soso, unserer Monika ist das alles nicht hart genug ... zu wenig Blut ... na, dem kann abgeholfen werden!" Er ließ seinen Kopf nach vorne schnellen und traf mit der Stirn auf die Nase der jungen Frau. Diese schrie auf und brach blutend zusammen. Die anderen Clubmitglieder waren totenstill. Niemand machte Anstalten, der Verletzten zu helfen oder ihr auch nur ein Taschentuch für die stark blutende Nase zu reichen. Allen war klar: Sie hatte ein ehernes Gesetz gebrochen. Entscheidungen des Präsidenten waren nicht in Frage zu stellen oder zu kommentieren. Nur so hatte Löwe es geschafft, einen Club nach seinen Vorstellungen und Werten zu schaffen.

Aufgewachsen in Flingern, im trüben Dunstkreis von Auseinandersetzungen, die damalst handfest ausgetragen worden waren, war Löwe frühzeitig geprägt worden. Es klang nach den üblichen Klischees, aber diese haben wie Vorurteile die gleiche Ahnengalerie: Sein Vater war ein aggressiver Trinker, dessen

Erziehungsmethoden aus Anschreien und dem Ledergürtel bestanden, die Mutter schwach und hilflos, die kaum Bildung genossen hatte und dem körperlich völlig überlegenen Mann ausgeliefert war. Selbst wenn Leos Mutter gewollt hätte, so wäre es ihr doch nie eingefallen, ihre drei Kinder vor den Übergriffen zu schützen. Sie war vergleichbar aufgewachsen und so schien es ihr fast normal und gottgegeben, dass eine Kindheit so aussähe. Johannes hatte frühzeitig gelernt, dass Stärke und Rücksichtslosigkeit der Schlüssel zum kleinen Erfolg eines Stadtteil-Ganoven waren. Dementsprechend hatte er Boxen gelernt und sich auf der Straße die kleinen, hinterhältigen Tricks zusätzlich angeeignet. Als die ersten Mucki-Buden in der Landeshauptstadt öffneten, war er eines der ersten und jüngsten Mitglieder geworden. Mit 18 Jahren lebte er noch immer bei seinen Eltern, teils aus Bequemlichkeit, teils, um seine beiden jüngeren Geschwister vor den immer häufiger vorkommenden Attacken des mittlerweile arbeitslosen Vaters zu schützen. Eines Abends war die Wodkaflasche des Vaters früher als üblich leer und er schrie seine Jüngste an, sie solle für Nachschub sorgen. Das Mädchen lag jedoch im Bett und krümmte sich vor Schmerzen, da ihre ersten Regelblutungen eingesetzt hatten. Den Hals der leeren Wodkaflasche packend, wollte er dem Gör zeigen, wer der Herr im Hause sei. Johannes ging dazwischen, wich dem ersten Schlag des Vaters aus und versuchte, eine Eskalation zu vermeiden. „DU HEBST DIE HAND GEGEN DEINEN VATER? Das machst du kein zweites Mal. Ich prügle dich windelweich und ..." Er stockte, als er den hasserfüllten Blick seines ältesten Kindes sah. Dann holte er weit mit der Flasche aus ... die Mutter schrie noch gellend aus der Diele ... dann schlug Johannes zu ... nur EIN Mal ... aber dieser EINE Schlag reichte. Er hatte alle aufgestaute Wut der vergangenen Jahre in den Schlag gelegt. Er wollte Rache für alle

Misshandlungen, die er und seine beiden Schwestern hatten ertragen müssen. Sein Trainer wäre sicher auf diesen einen Schwinger stolz gewesen. Technisch perfekt und genau auf den Punkt traf Johannes' Faust auf das Kinn des Vaters. Der Kiefer brach und der Mann torkelte rückwärts, prallte von der Wand in der Diele ab und sank in sich zusammen. Die hysterischen Schreie der Mutter hörte der Sohn wie durch Watte. Er spürte nur, wie seine Schwester seine Hand streichelte, diese küsste und dann sagte: „Hau ab, bestimmt kommen gleich die Bullen. Ich sag, was gewesen ist."

Die körperlichen Verletzungen des Vaters waren zwar weniger schwer als erwartet, aber nicht nur der Kiefer war an diesem Abend gebrochen worden. Der alte Löwe war nur noch ein Schatten seiner selbst. Sein Weltbild von einer funktionierenden Familie war zerstört. Sein Kiefer war zwar wieder hergestellt worden, aber er hatte sich der anschließenden logopädischen Behandlung entzogen. Daher blieb ihm ein Sprachfehler und er konnte sich kaum noch verständlich artikulieren. Dies und der Verlust seines Selbstbewusstseins sorgten dafür, dass er kaum noch sprach, weder mit seiner Familie, noch mit Anderen.

Johannes hatte sich sofort einen Hilfsjob bei einer Autowaschanlage gesucht. Einer seiner Jugendfreunde machte eine Ausbildung bei Daimler und verdiente so gut, dass er eine eigene Bude hatte. Dort kroch Johannes unter. Wenn er gelegentlich seine Familie besuchte, verließ der Vater wortlos das Haus. Seinem Sohn war das durchaus recht so. Von seinem kleinen Lohn gab er immer wieder etwas an seine Schwestern ab. Die Mutter erhielt nur selten Unterstützung von ihm, da „der Alte dir das sowieso gleich wieder fürs Saufen abnimmt". Da täuschte er sich: Der alte Löwe hatte nach dem Vorfall von einem Tag auf den anderen mit dem Trinken aufgehört. Sein Leben bestand aus Schweigen, vor dem Fernseher sitzen, essen und schlafen.

Johannes war einer der ersten Männer, die bei den langsam aus den USA herüber schwappenden „Cage Fights" als Kämpfer antrat. Bei diesen Schaukämpfen prügelten sich zwei Personen im Freistil in einem Käfig und rundherum saß begeistertes Publikum, das seinen jeweiligen Favoriten lautstark anfeuerte. Das große Geld machten zwar die Buchmacher, aber Johannes' Börse wuchs von Kampfsieg zu Kampfsieg. Hier entstand auch sein „Kriegsname" Leo. In seiner aktiven Karriere als Kämpfer war er nur drei Mal besiegt worden ... ein Unentschieden gab es bei dieser Art von Kämpfen, die heutzutage oft unter der Bezeichnung „MMA – Mixed Martial Arts" hoffähig geworden waren, nicht – Sieger war derjenige, der den Käfig aus eigener Kraft wieder verlassen konnte.

Mit zunehmendem Alter hatte sich Löwe auf das Veranstalten solcher Kämpfe verlegt. Mit dem sicheren Gespür des Profis hatte er gute Kämpfer an sich gebunden und bundesweit Turniere veranstaltet. Dabei war er zu einem bescheidenen Reichtum gekommen. Seine Leidenschaft gehörte aber auch dem Fußball ... na klar, Fortuna, was sonst, wenn man unweit des Paul-Janes-Stadions aufgewachsen war! Er hatte mit der Zeit seine beiden Leidenschaften miteinander verbunden, sprich den sogenannten Fanclub „95 K-Rath" gegründet. Die Namensgebung war mehrdeutig: die 95 stand natürlich für den Fußballclub, Rath für seinen Wohnortstadtteil, und das K drückte sowohl die Härte seiner Leute aus, orientiert an der Maßeinheit der Masse von Edelsteinen, als auch die Vorliebe für asiatische Kampfsportarten. Das Auswahlverfahren war gnadenlos, denn nachdem sich der

Club, den Außenstehende als Hooligans bezeichnen würden, einen Namen in der Szene gemacht hatte, drängten sich viele junge Haudegen vor und wollten Mitglied werden. Löwe hatte ein Managementseminar besucht und danach seine Auswahlverfahren hochtrabend „Assessment-Center" genannt.

Löwe war an sich unpolitisch, aber die Entwicklung der letzten 24 Monate in Deutschland hatten ihn zunehmend besorgt und verärgert gemacht. Tagtäglich las er im Internet von Übergriffen auf deutsche Frauen, begangen von Flüchtlingen, Zuwanderern, oder, wie er sie pauschal nannte, „Kameltreibern". Seine durchaus überschaubare Intelligenz reichte nicht aus, diese Informationen reflektiert zu betrachten und evtl. auch mal die Quellen zu recherchieren, aus denen er seine Infos bezog. Ihm reichte es völlig aus, all diese Dinge einmal zu lesen und er war sich mit den meisten Kommentatoren einig, dass jetzt endgültig Schluss sei und etwas unternommen werden müsse. Eine Anbindung an bestehende Vereinigungen kam für ihn nicht in Frage: Johannes „Leo" Löwe war Boss, wenn er in einem Kreis Gleichgesinnter agierte – und niemals die zweite Geige!

Aus dieser Grundhaltung erklärte sich auch die brutale Zurechtweisung der jungen Frau. Widerstand oder andere Meinungen mussten im Keim erstickt werden. Sein Club – SEINE Regeln! Monika würde sich schon bald wieder einkriegen, sie war ein gutes Mädchen. Sein „Sergeant at Arms" (ein Begriff, den er aus der Rocker-TV-Serie „Sons of Anarchy" entlehnt hatte) war sein Stellvertreter Stefan – der Automechaniker, der ihn nach seinem „Auszug" aus der elterlichen Wohnung bei sich aufgenommen hatte. Stefan, auch kurz „Sarge" genannt, war für ihn der perfekte Krieger: stark, rücksichtslos, bedingungslos treu und vor allem stellte er keine Entscheidungen des „Präsis" in Frage.

Johannes nickte Stefan zu, dass er sich um Monika kümmern solle. Dieser half dem Mädchen auf und führte sie zu einem Tisch mit Getränken, wo er ihr das Gesicht mit Mineralwasser abwusch und ihr mit einem plötzlichen Ruck die gebrochene Nase wieder richtete. Stefan legte den Arm um ihre Schultern, redete beruhigend auf sie ein, und nach einer guten Viertelstunde nickte sie und kam schniefend zusammen mit dem „Sarge" Stefan zurück in die Runde.

Löwe tat so, als sei nichts gewesen, und fuhr mit seinen Ausführungen fort: „Also, wir werden uns gezielt auf die Suche machen nach Orten, wo sich die Muftis rumtreiben. Ich denke, gerade deshalb ist die Zusammenarbeit mit Oberbilk wichtig. Ich will nicht, dass wir uns gegenseitig in Gebietsstreitigkeiten aufreiben. So, das wär's jetzt erst einmal von mir. Ran an die Koteletts und das Bier!" Mit großem Hallo stürzten sich die ausgehungerten Recken auf das Fleisch und zu fortgeschrittener Stunde waren sich alle sicher, dass man bald für Ordnung und gute Sitten in der Stadt am Rhein sorgen würde.

Aus der Vorgeschichte:

Die beiden Männer und der Junge kamen zeitgerecht in ihrer Unterkunft an, hielten sich nicht lange mit Auspacken auf und machten sich direkt auf den Weg nach Großzschachwitz … sie hofften, dass ihr Navi sie nicht im Stich lassen würde, denn allein die Aussprache des Stadtteilnamens bereitete ihnen Schwierigkeiten. Hendrik wusste nur die Adresse, aber nicht, was dort geschehen sollte. Mario hatte einen Gutschein gemalt und den würde sein Papa vor der Bäckerei übergeben bekommen. Schließlich hatte Hendrik in zwei Tagen Geburtstag und da bot sich diese Gelegenheit doch perfekt an.

Sie hielten vor dem eher schmucklosen, beigefarbenen Gebäude und betraten das Ladenlokal. Stolz trat er an die Theke. „Wir kommen aus Düsseldorf und haben einen Termin mit Herrn Zopp." Die Bedienung lächelte freundlich, reichte den Ankömmlingen ein Probierstückchen Stollen und rief in Richtung Backstube nach dem Chef. Dieser kam auch sofort und begrüßte seine Ehrengäste mit einem strahlenden Lächeln. „Nu, des is aber schön, dass ihr schon da seid." Hendrik stand mit weit aufgerissenen Augen da und schaute seinen Sohn an. „Ach, das hab ich ja fast vergessen. Hier, das ist ein Vorab-Geschenk von Mama und mir zu deinem Geburtstag." Damit reichte er seinem Vater den Gutschein. Dieser schaute sich das Teil genau an, strahlte und umarmte den Filius. „Das ist ja sowas von klasse, Junior! Die Überraschung ist euch gelungen. Wusstest du was davon, Tetje?" Sein Cousin grinste vielsagend. „Tja, Herr Zopp, dann legen wir mal los. Und vorab erstmal herzlichen Dank für Ihre Führung!"

Der Bäcker grinste sie über den Rand seiner hellgrünen Brille an und begann die Führung. Er erklärte den gesamten Herstellungsprozess, sprach vom Teigansatz, der Auswahl der Zutaten, der Backzeit und seinen Visionen bezüglich des Traditionsgebäcks. „Irgendwie schmeckt Stollen in der Vorweihnachtszeit besser, aber ich mag ihn auch schon jetzt im Herbst. So, liebe Gäste, und jetzt geht es ans Probieren. Merschtenteels woll'n die Leut ja den normalen, aber für euch hab ich was Besonderes. Stollen mit Single Malt Whisky!" Nach der einstündigen Führung hatten sich die Drei an den sächsischen Dialekt gewöhnt und verstanden das Meiste. Die Cousins probierten und Mario bekam ein Stück Stollen, in dem Valrhona Schokolade verbacken war. Die Düsseldorfer waren begeistert und kauften mehrere kleine Stollen in unterschiedlichen Geschmacksrichtungen. Dann wurde das Lächeln von Zopp spitzbübisch. „Kommt mal mit, ich zeig euch was." Er führte die Gäste in sein Büro … in dem eine originale englische Telefonzelle stand. Sie erschlug aufgrund ihrer Größe fast den Raum. Zopp sächselte: „Nu, ich bin eben ein wenig verrückt. Ich mag alles Englische, dabei sprech ich die Sprache keen bisschen. Demnächst bekomme ich sogar einen echten roten Briefkasten. Den hat mir ein Freund aus Düsseldorf besorgt. Sagt mal, habt ihr heute noch was vor?" Hendrik und Tetje sahen sich an und schüttelten den Kopf. Mario übernahm die Regie. Aufgeregt zappelnd fragte er: „Haben Sie noch eine Überraschung für uns, Herr Zopp?" Dieser grinste und meinte: „Dann kommt mal mit in den Hof." Sie folgten ihm und … sahen im Innenhof ein echtes englisches Taxi stehen. „Wir machen jetzt einen kleinen Ausflug nach Schloss Pillnitz. Bitte nehmen Sie Platz, meine Herren."

Und los ging die Fahrt! Es war nur eine kurze Strecke bis an das Elbufer, auf dessen gegenüber liegender Seite das Schloss bereits zu sehen war. Sie parkten direkt davor und wurden von Zopp herumgeführt. Nach einer Stunde Kultur und einem Kaffee bzw. Kakao musste der Bäcker zurück in seinen Betrieb. Dort verabschiedeten sich alle voneinander und die Düsseldorfer kehrten zurück in ihre Pension. Der folgende Tag war pickepackevoll und so wollte man früh ins Bett.

Nach einem kräftigen Frühstück fuhren sie in die Dresdener Innenstadt, stellten den Wagen am Terrassenufer ab und besuchten zunächst das „Grüne Gewölbe". Danach ging es an den Altmarkt, von wo aus sie die Stadtrundfahrt mit dem roten Doppeldecker starteten. Danach ließen sie ihren Wagen am Elbufer zurück und fuhren mit öffentlichen Verkehrsmitteln zum DDV-Stadion. Sie wollten möglichst rechtzeitig vor Ort sein, da sie das erste Mal in der sächsischen Hauptstadt waren und sich nicht auskannten. Es war ein ordentlicher Fußmarsch von der Haltestelle aus, aber sie folgten den anderen Fans, die schon zahlreich unterwegs waren. Mario bekam eine Bockwurst und eine Limo, die Männer gönnten sich ein Radeberger. Sie nahmen frühzeitig ihre Plätze im Block S auf, der den Gäste-Fans vorbehalten war.

Das Spiel selbst verlief mehr oder weniger friedlich und endete mit einem versöhnlichen 2:2 ... was aber diverse Anhänger des Dynamo nicht davon abhielt, ihrem Frust über die entgangenen zwei Punkte Luft zu machen. Der Ausgleichstreffer wurde in der 91. Minute von Adam Bodzek erzielt und war mit einem lautstarken Pfeifkonzert der Dresden-Fans quittiert worden. Als der Abpfiff ertönte, flogen eine Menge mehr oder weniger volle Bierbecher auf das Spielfeld und auch einige Bengalos waren ins Stadion geschmuggelt worden. Hendrik und Tetje versuchten, möglichst zügig das Stadion zu verlassen und nahmen Mario zwischen sich. Der Junge war aufgrund der um ihn herum eskalierenden Gewalt und Lautstärke eingeschüchtert und folgte Vater und Onkel widerstandslos. Sie begaben sich auf die Bühlerstraße und wollten von dort aus zur Straßenbahnhaltestelle am Deutschen Hygienemuseum. Sie hatten kaum das Tor verlassen, als hinter ihnen lautes Gegröle erscholl. Eine sicher 50 Mann starke Truppe in Schwarz und Gelb rannte hinter der Gruppe Düsseldorfer Fans her.

Als sie die hintersten Düsseldorfer erreicht hatten, nahmen die vordersten Dresdener Anlauf und sprangen den gegnerischen Fans mit gestrecktem Bein in den Rücken. Schmerzensschreie ertönten, lautes Kampfgeheule erklang und bald war eine wilde Prügelei im Gange, die massiv um sich griff. Das Zentrum der überbordenden Gewalt näherte sich unaufhaltsam den Meyers und Hendrik nahm seinen Sohn auf den Arm und begann zu rennen. In diesem Augenblick traf ihn etwas mit Wucht am Hinterkopf und er brach bewusstlos zusammen.

Als er wieder zu sich kam, lag er inmitten von Menschen, die sich auf der Straße wälzten. Um die Gruppe herum hatte sich ein Ring von Menschen gebildet, die mit dem Rücken zu ihnen standen. Neben ihm kniete Tetje, der aus einer Platzwunde unter dem rechten Auge blutete. „Bist du wieder da? Verstehst du mich, Hendrik?" Der Angesprochene schüttelte den Kopf, woraufhin ihm sofort wieder schwarz vor Augen wurde. Er legte sich wieder hin und lauschte der Geräuschkulisse, die dumpf an seine Ohren drang. Undeutlich vernahm er, wie jemand Ansagen über ein Megaphon brüllte und er erkannte, dass sich der umstehende Ring langsam auflöste. Jetzt realisierte er, dass es überwiegend Polizisten in Schutzkleidung waren, die die schwarzgelb gekleideten Randalierer zurückdrängten.

„Verdammtes asoziales Pack! Drecksschweine!" Diese Flüche schrie ein dicker, älterer Fortuna-Fan den Sachsen hinterher. „Auf wehrlose Kinder einprügeln! Habt ihr denn gar keine Ehre im Leib? Verrecken sollt ihr!" Was hatte der Mann da gesagt? Wehrlose Kinder? Da war doch irgendwas ... aber Hendrik konnte keinen klaren Gedanken fassen. Die schwere Gehirnerschütterung war Folge des Steinwurfs, der ihn getroffen hatte. Er versuchte sich aufzurichten, suchte Halt an Tetjes Unterarm ... alles drehte sich wieder, die Beine gaben nach und er sank zu Boden. Als er langsam in eine gnädige Ohnmacht versank, nahm er gerade noch das Heulen der Krankenwagen-Sirenen wahr.

Nach einer Nacht mit vielen Gedanken und wenig Schlaf gab ich es um 6.00 Uhr morgens auf. Irgendwie würde ich mich mit Kaffee und Red Bull über diesen Tag retten. Arbeit war jetzt das Wichtigste für mich, da sich sonst mein Verstand immer nur um meine Beziehung ... ja, war es das eigentlich noch? Ich konnte mir Vieles vorstellen, wie unsere Partnerschaft weitergehen könnte. Dazu war es aber notwendig, miteinander offen und ehrlich zu reden ... auch über Unangenehmes oder Belastendes. Eigentlich eine Prämisse, die ein Paartherapeut vermutlich als Erstes aufgestellt hätte. Sarahs

Kompetenz als Psychologin hätte doch ausreichen müssen zu erkennen, dass zumindest in unserem Gespräch etwas schief gelaufen war. Aber da ging es doch schon los. War das noch ein Gespräch gewesen oder doch nicht schon ein Schlagabtausch zwischen Menschen, die sich gegenseitig verletzen wollten? Das war ein Kampf, aus dem keiner als Gewinner hervorgehen konnte. So war das auch damals gewesen, als ich wegen meiner damaligen Liebe vom Bodensee an den Rhein gezogen war. Was als Wochenendbeziehung noch getaugt hatte, war am Alltäglichen zerbrochen. In den kostbaren Stunden der Gemeinsamkeit war jeder von uns bemüht gewesen, trotz der anstrengenden Fahrt von 550 Kilometern, dem Partner nur das Sonntagsgesicht zu zeigen. Wir unternahmen viel, lachten, feierten, genossen Kultur, Gastronomie und Natur. Natürlich, auch der Sex spielte eine wichtige Rolle. Meine damalige Partnerin war beruflich und privat zu stark in Düsseldorf verwurzelt, als dass ihr ein Umzug an das schwäbische Meer möglich gewesen wäre. Also nutzte ich die Möglichkeit einer Versetzung über Landesgrenzen hinweg. Mein Einstieg im Rheinland war mir nicht leicht gefallen. Die ganze rheinische Art hatte mich überrumpelt: man war sofort mit jedem per Du, wurde quasi adoptiert ... und man ließ dem „Neuen" kaum Zeit, sich den veränderten Lebensgewohnheiten anzupassen. Man sagt uns „Badensern" ja eine gewisse Behäbigkeit nach, vor allem, wenn man wie ich aus einem Dorf wie Bodman stammte und bei der beschaulichen Kriminalpolizei in Radolfzell gearbeitet hatte. Die Schlagzahl in einer Metropole wie Düsseldorf war schon etwas ganz Anderes, sowohl positiv wie negativ. Aber nach einer Eingewöhnungsphase entdeckte ich meine Liebe zu der Stadt ... während die Liebe zu meiner Partnerin in gleichem Maße schwand. Wir erlebten den Partner in seinem Alltag, mit all seinen Schwächen, Sorgen und Nöten. Sicher, wir hätten uns so etwas denken können, aber mal ehrlich: Wer DENKT schon, wenn er verliebt ist? Da ist es egal, ob man 15 oder 35 ist. Und so kam es, wie es kommen musste. Eines Tages mussten wir uns eingestehen, dass wir zwar genügend Gemeinsamkeiten für eine lose Freundschaft hatten, es aber für eine Lebensgemeinschaft bei Weitem nicht ausreichte.

Ungefähr zu dieser Zeit begann auch meine Zusammenarbeit mit Josef „Jupp" Schmitz. Auch er war ein „Heimatvertriebener", wie er es gerne nannte. Seine stetigen Auseinandersetzungen mit dem damaligen Kölner Polizeipräsidenten waren derartig eskaliert, dass dieser die erstbeste sich bietende Gelegenheit genutzt hatte, den ungeliebten Kriminalisten loszuwerden. Der Anlass war eine weder dienstlich akzeptable noch standesgemäße Beziehung (exakt so lautete die Formulierung des Präsidenten), die Schmitz zu einer Bordellbesitzerin pflegte. Der drohende Interessenkonflikt stellte die Grundlage für die Wahl dar, vor die man Jupp stellte: entweder eine interne Untersuchung hinsichtlich eventueller dienstlicher Vergehen oder aber Versetzung in eine andere Dienststelle außerhalb von Köln. Josef war ein rheinisches Urgewächs, geboren im gutbürgerlichen Lindenthal, mit Kölsch getauft, am Humboldt Gymnasium das Abitur gemacht, fest verwurzelt in Karnevals- und Kegelvereinen. Ihn aus diesem festgefügten Sozialverbund zu reißen, was so ziemlich das Schlimmste, was man ihm antun konnte ... dachte er. Aber nein, es sollte noch schlimmer kommen: Die einzige verfügbare Planstelle, die seiner Besoldungsgruppe und Qualifikation entsprach, war in – DÜSSELDORF! Schmitz hatte ernsthaft erwogen, den Dienst zu quittieren und sich nach einem Job in der privaten Sicherheitsbranche umzusehen. Damals hatte sein Vater noch gelebt, zu dem er immer ein vertrauensvolles Verhältnis gehabt hatte. Dieser hatte ihm dringend abgeraten, alles hinzuschmeißen. „Verjisset nich, Sohnemann, dat sin ongere Bröder vum Rhing, äwwer nur vunne schäl Sick!" Schweren Herzens hatte Schmitz den Job in Düsseldorf angenommen und war direkt mir als Partner zugewiesen worden.

Wir brauchten unsere Zeit, uns aneinander zu gewöhnen: Mir ging sein ständiges „in Köln haben wir das aber besser gemacht" auf den Wecker, ihn nervte meine zeitweilig auftretende, angeblich typisch schwäbische Trägheit. Mit der Zeit schliffen wir uns aneinander ab, wie zwei Kiesel im Rhein, und eines Tages, ohne dass wir es bewusst bemerkt hätten, waren wir Freunde geworden – in des Wortes bester Bedeutung. Nicht das oft oberflächlich gebrauchte Wort „Freund", sondern das, was man so aus idealisierten Darstellungen kannte: einer für den anderen immer da, mit allen Sorgen und Nöten, gemeinsames Feiern und das Leben genießen, und, was in unserem Job vielleicht mit das Wichtigste war, absolutes Vertrauen in den Partner. Letztlich hing davon gelegentlich das eigene Leben ab!

Dieser melancholisch geprägte, geistige Exkurs endete nun abrupt mit meiner Ankunft auf dem Parkplatz des Polizeipräsidiums am Jürgensplatz. Dolles Ding, ich war völlig in Gedanken in unser Büro gefahren. Dabei war mein Schreibtisch im Moment im provisorischen Lagezentrum im Hotel an der Arena. Daher informierte ich Jupp kurz per Handy, der mich aber beruhigte. Bredow war selbst nicht anwesend, er war gemeinsam mit Dr. Martin zur Berichterstattung nach Berlin geflogen. Das Kanzleramt und das Innenministerium wollten einen persönlichen Lagebericht. Bredow war bereits seit 4.00 Uhr in unserem Sitzungssaal gewesen und als Jupp um 6.00 Uhr eintraf, hörte er ihn bereits auf dem Flur toben. „IN DER ZEIT KÖNNTEN WIR WER WEIß WIE VIELE SPUREN VERFOLGEN! Wir haben Besseres zu tun als diesen Bürokratenärschen unseren Job zu erklären!" Jupp berichtete mir, dass Dr. Elly Martins Beschwichtigungsversuche eher halbherzig gewirkt hatten, da sie wohl selbst an dem Sinn der Aktion zweifelte. Jupp war mit der kommissarischen Leitung der SoKo beauftragt worden.

Als ich in der Zentrale eintraf, begrüßte ich ihn daher direkt mit „Moin, Chef", was er wortlos mit einem hoheitlichen Handwinken beantwortete, das von „Themse-Elli", wie er die englische Königin gelegentlich nannte, hätte stammen können. Seine Lebensgefährtin Jutta war anglophil eingestellt und daher musste er sich oft genug anhören, was so auf der anderen Seite des Kanals los war.

Ich hockte mich an das Notebook und las die letzten eingegangenen Infos. Diese befassten sich neben den Einträgen der Kollegen im Fall „Arena" vor allem mit den Ereignissen rund um die gestrige Demo. Ich schreckte hoch, als ich von der Seite angesprochen wurde. „Schöne Scheiße, was? Wenn das so weitergeht, haben wir bald Zustände wie in Sachsen. Ich überlege echt, ob ich Celine mit dem Kleinen überhaupt noch alleine in die Stadt lassen kann." Ich verstand seine Sorgen gut. Er war gebürtiger Schwarzafrikaner und sein Sohn, den er mit Celine hatte, hatte eine wunderbare, schokoladig-braune Haut. Juma selbst nannte seinen Sohn gelegentlich „Schokoklops" ... wenn er nicht gerade wegen der vollen Hose der „lütte Schietbüdel" war. Jenssen war durch seine bloße Physis als Opfer rassistischer Anfeindungen eher ungeeignet, aber das galt natürlich nicht für seine zierliche Frau und den Nachwuchs.

„So weit sind wir hier noch lange nicht, mein Freund. Der braune Mob wird sicherlich an den ur-rheinischen Eigenschaften scheitern. Aber Vorsicht ist sicherlich angebracht." Juma nickte und las in seinen Unterlagen weiter. Dann hieb er mit der flachen Hand auf die Tischplatte, sodass der ganze Saal erschreckt hochfuhr. „So ein Dreckmist! Ausgerechnet Bellinghausen! So eine Kacke! Erst Rensing, dann Fink, und jetzt auch noch der Axel!" Ich blickte ihn verständnislos an. „Wie? Was guckst du so, Micha? Magst du etwa Fußball nicht?" Juma blickte mich an, als hätte ich behauptet, noch nie etwas vom Mond gehört zu haben. Da fiel es mir wieder ein. Als „Hamburger Jung" (dort hatte er große Teile seiner Jugend und Schulzeit verbracht) hatte sein Herz dort für St. Pauli geschlagen. Als es ihn ins Rheinland verschlug, waren die stetigen Fahrten an die Elbe zu anstrengend geworden und er hatte sein Herz an einen anderen Traditionsverein verloren – eben die Düsseldorfer Fortuna! Mit gleichem Enthusiasmus wie für den 1. FC vom „Tor zur Welt" sang er heute die Fangesänge der Clubs mit und liebte und litt bei jedem Spiel.

„Bellinghausen, das ist so einer wie der Lambertz, der Lumpi. Der war auch so eine Integrationsfigur, nicht unbedingt ein überragender Spieler, aber der verlängerte Arm des Trainers auf dem Feld. Der war sich nicht zu schade, auch mal die eigenen Leute zusammenzuscheißen, wenn sie auf dem Platz nicht 100% Leistung brachten. Und genau so einer ist auch Bellinghausen. Und gerade der hat jetzt nen Muskelfaserriss! Scheiße!!!" Ich lehnte mich zurück und betrachtete den Veitstanz, den mein Kollege gerade aufführte. „Sag mal, Juma, sehen so auch die Stammestänze aus, wenn du deine Familie in Namibia besuchst?" Ich konnte mir so einen scheinbar rassistischen Fauxpas leisten. Wir kannten uns lange genug, dass er wusste, es handele sich lediglich um meine mir angeborene „Bösartigkeit‚" und nicht etwa um Vorbehalte ihm gegenüber, die solche Sprüche hervorrief. „Ach, ist doch wahr! Da denkt man, es läuft mal rund und man zittert nicht um den Klassenerhalt und dann sowas! Sag mal, wann warst du eigentlich das letzte Mal in der Arena?" Ich schaute ihn verständnislos an. „Ich? Noch nie, wieso?" Jetzt stand Jumas Mund offen. „DAS meinst du jetzt doch nicht im Ernst? Du warst noch NIE bei Fortuna? Was bist du denn für einer? Kennst du denn keinen Lokalstolz?" Doch, den kannte ich: auf unser Alt, auf unsere Lebensart, unsere Sehenswürdigkeiten … aber dass 22 erwachsene Männer hinter einem Ball herrannten, dieser Faszination war ich noch nie erlegen. „Daran muss sich dringend was ändern. Zum nächsten Spiel nehme ich dich mit!"

Zufälligerweise betrat gerade ein Mann den Saal, den Juma zu kennen schien. "Na, passender kann es doch gar nicht sein. Den da kenn ich, der ist vom Fortuna Vorstand. Sven Mühlenbeck. Ist ein echt Netter. Warte, ich spreche ihn mal an." Juma sprang auf und eilte auf den Mann zu. „Hallo, Herr Mühlenbeck, was können wir für Sie tun?" Der Angesprochene druckste ein wenig herum. „Wir würden gerne etwas über den Stand Ihrer Ermittlungen hören. Wissen Sie, wir werden alle etwas nervös, nach dem, was gestern Abend während der Demo passiert ist. Wir möchten uns daher auch mit Ihnen abstimmen, da wir anlässlich des nachzuholenden Spiels einen entsprechenden Appell in Sachen Toleranz starten wollen. Wir denken da an eine Schweigeminute und an eine Ansprache durch Vertreter der Spieler. Spricht irgendetwas dagegen?" Juma überlegte und verwies Mühlenbeck an Josef Schmitz. Er stellte die Beiden einander vor und verabschiedete sich mit den Worten: „Wenn Sie nach der Besprechung einen Augenblick Zeit für mich hätten?" Juma freute sich über das

Nicken und kam, sich die Hände reibend, zu mir zurück. „Das könnte klappen. Vielleicht sogar in meinem Block. Ich habe eine Dauerkarte für Block 1."

Kurze Zeit später kam Mühlenbeck zu uns, sichtlich erleichtert. „Es scheint so, als würden Sie gut vorankommen." Juma und ich wechselten einen kurzen, überraschten Blick. „Was kann ich denn für Sie tun, meine Herren?" Juma strahlte ihn an. „Ich stelle mich am besten zunächst einmal vor. Ich bin Kommissar Jenssen und dies ist mein Kollege, Hauptkommissar Oberle. Ich habe selbst eine Dauerkarte und würde meinen Kollegen hier gerne mal zu einem Spiel mitnehmen. Mein Sitzplatz ist im Block 1 und ich frage mich, ob Sie eine Möglichkeit hätten, beim nächsten Spiel …". Das Vorstandsmitglied unterbrach ihn. „Tut mir leid, Herr Jenssen, aber das wird nicht gehen. Wir haben gestern von den Architekten und Statikern das endgültige Aus für Spiele in den nächsten Wochen bekommen. Die Streben im Dach sind so stark beschädigt, dass sie ausgetauscht werden müssen. Das wird circa zwei Monate Bauzeit in Anspruch nehmen. Wir hatten zunächst überlegt, den Bereich um Block 20 und 21 weiträumig auszusparen, aber das lassen die Sicherheitsmaßnahmen für die Fans der Gastmannschaften nicht zu. Der betroffene Bereich war extra für diesen Personenkreis so gestaltet worden, dass im Falle von Konflikten die rivalisierenden Gruppen leichter getrennt und aus der Arena geführt werden können. Dies jetzt in einem anderen Stadionbereich zu konzipieren und umzusetzen, wäre organisatorisch wie auch finanziell nicht darstellbar. Wir haben Angebote benachbarter Stadien bekommen und werden in der nächsten Zeit im Borussia Park in Mönchengladbach spielen, sofern das nicht mit dem Spielplan der Borussen kollidiert. Und alle Dauerkarten der Düsseldorfer gelten. Daher … leider keine

Chance, Herr Jenssen." Juma war sichtlich enttäuscht, bedankte sich aber mit Handschlag für die ausführliche Erklärung.

Ich ging zu Jupp und fragte: „Soso, wir kommen also gut voran? Lass mich doch an deinem unermesslich weisen Ratschluss teilhaben, du Yoda der Kriminalistik!" „Möge mit dir sein die Macht!", antwortete er mit verstellter Stimme der Figur aus dem Krieg der Sterne. „Nee, Alter, aber wem würde es etwas nutzen, wenn ich den Mann kopfscheu machen würde? Die haben genug eigene Sorgen und es nutzt ihnen gar nichts, wenn sie merken, dass wir noch immer im Trüben fischen. Ich habe ihm ein oder zwei Fakten genannt, in welche Richtung wir ermitteln. Das muss für den Moment reichen."

Ich kehrte an meinen Arbeitsplatz zurück. Ganz in Gedanken ließ ich auf dem Bildschirm des Notebooks unsere Ermittlungsansätze in Stichworten ablaufen. Mir war unklar, warum, aber an der Stelle, als das Fraunhofer Institut erwähnt wurde, stoppte ich. Während ich grübelte, tippte mich Juma an: „Komm, ich lade dich ein, wir gehen zum nächsten Spiel der Fortuna. Mal sehen, wo die tatsächlich ein Ersatzstadion finden." Ich nickte nur, noch immer ganz in Gedanken vertieft. Irgendwas ... was wäre, wenn ...

Erneut wurde ich gestört, denn Jupp stand nun neben mir. „Ich hab eben die Liste der Läden bekommen, in denen diese Spezial-Akkus verkauft werden, die in den Drohnen verbaut waren. Schade, dass wir nur drei Seriennummern rekonstruieren konnten. Aber man kann wohl davon ausgehen, dass die Bauteile in laufender Reihenfolge geliefert und verkauft werden. Mit etwas Glück für uns hat der Täter alle auf einmal bei einem Händler gekauft." Ich hob den Kopf. „DER Täter? Ich bin mittlerweile davon überzeugt, dass die Sache nicht von Einem allein durchgezogen werden konnte. Aber zu deiner Vermutung: Ich sehe das auch so. Ich würde die Liste ja abarbeiten, aber ich hab das Gefühl, dass ich da auf was gestoßen bin. Kannst du das einen Anderen machen lassen?" Juma kam Josef zuvor. „Gib her, vielleicht ist ja einer in der Nähe. Dann komme ich hier mal raus und kann mir die Beine vertreten. Ich bin schon ganz eingerostet, von meinem fehlenden Training mal ganz abgesehen." Juma war im Zusammenhang mit unserem ersten Zusammentreffen vor einigen Jahren von einer Täterin mit einem Auto überfahren worden und hatte es nur knapp überlebt. Im Zuge der Rehabilitation hatte er begonnen zu laufen und nahm inzwischen an Marathons teil.

Jenssen begann zu telefonieren und ich konnte endlich wieder meinen gedanklichen roten Faden aufnehmen. Also wieder los ... Fraunhofer ... da hat noch keiner weiter nachgehakt. Erst recht nicht nach der Intervention durch das Innenministerium, bei der Bredow seinen inzwischen legendär gewordenen Wutanfall bekommen hatte. Aber jetzt war ein wenig Zeit vergangen und man konnte eventuelle Versäumnisse nachholen. Was hatten wir bislang noch nicht berücksichtigt? Moment, das Institut war doch eine der ersten Forschungsadressen in Deutschland. Ein starkes Motiv für ein Verbrechen war neben Rache und Eifersucht auch ... Enttäuschung! Was, wenn ... ja, warum nicht? Wenn jemand von denen abgelehnt worden war und dann ... aber Quatsch, das war doch einfach zu weit hergeholt. Und wo bleibt die Verbindung zu den Attentaten, die ja eindeutig zielgerichtet waren? Nein, Unsinn, dem brauchte ich nicht weiter nachzugehen. Aber ... wenn die Daten doch bereits vorlagen? Warum nicht mal eben überfliegen? Eine sehr gründliche Kollegin hatte wohl auch mal die Idee gehabt und sich eine Übersicht der Personen schicken lassen, die vom

Institut als Mitarbeiter abgelehnt worden waren. Ich scrollte mich durch die Liste und schaute mir die nur grobe Datensammlung mit Namen und Adressen an. Aber nach zwei Stunden hatte ich leider immer noch keinen Geistesblitz.

Joe Löwe saß mit einer kleinen Gruppe von Anhängern in dem kleinen Gartenhäuschen, das auf seiner Parzelle des Kleingartenvereins „Rather Broich" stand. „Also, wir haben uns verstanden. Heute Nacht um 1.00 Uhr werdet ihr euch um dieses Camp in Angermund kümmern. Achtet darauf, dass ihr kein Feuer vor der Tür legt. Die sollen noch rauskommen können. Es ist eine Warnung, dass sie abhauen sollen. Wir haben keinen Platz für diese Schmarotzer. Ihr habt alles, was ihr braucht?" Die Angesprochenen nickten und hoben zum Zeichen der Bereitschaft Feuerzeuge, Kanister und zu Lunten verdrehte Stofffetzen hoch. „Also dann, raus mit euch. Und fahrt nicht im Konvoi, kommt möglichst einzeln, damit niemand misstrauisch wird. Mit der eventuellen Security solltet ihr fertig werden. Ihr seid ja zu sechst."

Zu der vereinbarten Uhrzeit parkten die Attentäter ihre Fahrzeuge im weiten Umkreis der Flüchtlingsunterkunft mit der Adresse Zur Lindung in Angermund. Allein oder zu zweit näherten sie sich dem Objekt. Passanten waren nicht auf der Straße und so kamen sie unbemerkt an den Wohnmodulen an. Mitarbeiter eines Sicherheitsdienstes waren nirgends zu sehen. Sie schlichen zu dem äußersten Container und öffneten die mitgebrachten Taschen, in denen sich die Anschlagsmaterialien befanden. Die Kanister wurden geöffnet und der Brennspiritus wurde großzügig rund um das Objekt verteilt, wobei sie weisungsgemäß den Türbereich ausließen. Dann entfernten sich alle bis auf einen. Stefan, der „Sarge", nahm eine Lunte, tränkte sie mit dem restlichen Spiritus und zündete sie an. Aus einer Entfernung von drei Metern warf er das brennende Stück Stoff gegen den Container und rannte weg. Sofort rasten die Flammen wie an einer Zündschnur um das Objekt herum und leckten an den metallenen Wänden hoch. Zufrieden gab Stefan den Befehl zum Abrücken. Sie machten schnell und hörten unterwegs bereits die ersten Rufe und Hilfeschreie der erwachten Flüchtlinge.

Kapitel 8

Aus der Vorgeschichte:

Hendrik wusste nicht, wieviel Zeit vergangen war, als er in einem weißen Krankenhausbett erwachte. Er hatte das Bett direkt am Fenster und außer ihm lagen noch zwei weitere Patienten im Zimmer. Zu seiner Linken auf der Fensterseite saß Tetje. Seine rechte Gesichtshälfte hatte sich blau-lila verfärbt und die Wunde unter seinem Auge war mit einem dicken weißen Pflaster bedeckt. Tetje sah seinen Cousin sorgenvoll an. „Endlich wirst du mal wach. Wie geht es dir denn? Ist dir noch übel?" Hendrik versuchte sich aufzurichten. Stöhnend sank er zurück in die Kissen. „Wo bin ich hier?" „In der Uni-Klinik. Du hast ganz schön was auf den Kopf bekommen. Schwere Gehirnerschütterung, Kopfplatzwunde. Ein Glück, dass du so einen Dickschädel hast." Die Informationen drangen nur langsam in das malträtierte Hirn seines Cousins vor. „Uni-Klinik? Wie bin ich denn nach Düsseldorf gekommen? Welchen Tag haben wir überhaupt?" Tetjes Gesicht zeigte noch mehr Sorgenfalten. „Nix Düsseldorf, Uni-Klinik Dresden. Wir haben Sonntag. Du hast die ganze Nacht geschlafen, nachdem man dich untersucht und dir die Platzwunde genäht hatte. Die Ärzte haben dir jedenfalls zunächst vier Tage strenge Bettruhe verordnet, ohne Handy oder Fernsehen."

Hendrik schloss stöhnend die Augen. Ihm war übel und er musste würgen. Tetje bemerkte das und sprang auf, um ihm eine bereitstehende Nierenschale zu reichen. Das Pflegepersonal hatte ihn schon vor sowas vorgewarnt. Das Erbrechen hatte es noch viel schlimmer gemacht und Hendrik ächzte anhaltend. „Ruh dich jetzt noch was aus und schlaf. Ich bleib hier und pass auf, dass dir nichts geschieht." Tetje hob ein Magazin vom Boden auf, das er im Kiosk des Krankenhauses gekauft hatte. Er hatte begonnen, einen Artikel über Multicopter zu lesen und wollte sich jetzt genauer informieren. Hendrik dämmerte langsam ein, aber er war sich sicher, dass da noch irgendwas extrem Wichtiges war, das er unbedingt klären musste ... nur WAS?

Als er wieder erwachte, schien das Abendrot durchs Fenster und tauchte das Zimmer in ein surreales, bedrohliches Rot. Es ängstigte Hendrik und er blickte sich fahrig um. Tetje saß immer noch auf dem Stuhl neben dem Bett. Allerdings war sein Kopf auf seine Brust gesunken und er schnarchte leise. „Wie spät ist es?", flüsterte Hendrik. Keine Reaktion! Seine Bettnachbarn schnarchten ebenfalls. Er wollte sie nicht stören und bemühte sich, den Oberkörper vorsichtig aufzurichten. Ihm war wieder total schwummerig im Kopf, daher ließ er es langsam angehen und ließ sich Zeit. Im Sitzen schaute er an sich herab. Er trug eines dieser im Nacken gebundenen Krankenhaushemden und darunter seine Unterhose. Vorsichtig setzte er die Füße auf den Boden, spürte die Kälte des Linoleums und stand dann bedächtig auf. Als er sicheren Stand erlangt hatte, setzte er behutsam Bein vor Bein und näherte sich der Zimmertür. Er öffnete sie sacht, als erwarte er, dahinter ein fremdes Universum vorzufinden. Über den Klinikflur hasteten Personal und Besucher, ohne ihn zu beachten. Rechts sah er eine Tür mit der Aufschrift WC. Wie durch einen umgelegten Schalter, verspürte er sofort mächtigen Harndrang. Sofort ging er hinein, schloss ab und erleichterte sich. Beim Händewaschen blickte er in den Spiegel und erschrak. Ihn blickte ein hohlwangiges, bleiches Gesicht mit geröteten Augen an, den Kopf dick verbunden. Auf der

Wange entdeckte er eine verkrustete Schürfwunde. Er ließ kaltes Wasser in seine Hände laufen und erfrischte sich ein paar Mal.

Als er die Tür der Toilette öffnete, standen ein Arzt und eine Krankenschwester vor ihm. *„Was machen Sie denn da, Herr Meyer? Sie müssen sich unbedingt sofort wieder hinlegen und Ruhe halten. Sie haben eine schwere Gehirnerschütterung und müssen sich schonen. Alles, was Sie jetzt entgegen unseren Empfehlungen tun, kann sich in Zukunft nachteilig für Sie auswirken. Also ab in die Falle, ich erkläre es Ihnen dann weiter."* Beide stützten ihn am Ellenbogen und geleiteten ihn zurück ins Zimmer. Behutsam legte er sich nieder und der Arzt fuhr fort: *„Es ist nicht selten, dass Patienten, die sich nicht die nötige Ruhe gönnen, später lebenslang mit schweren Kopfschmerzen oder neurologischen Problemen zu kämpfen haben. Es ist also in Ihrem eigenen Interesse, wenn Sie sich schonen. Sie sind schließlich nicht alleine."* KLICK ...

Ruckhaft richtete er sich auf, den Schwindel und die wieder auftretende Übelkeit ignorierend. *„WAS IST MIT MARIO?"* Panisch blickte er sich um und ... sah in die betretenen Gesichter von Tetje, dem Arzt und der Krankenschwester. Sein Cousin wich seinem Blick aus. *„WAS? Sagt mir, was mit meinem Sohn los ist!"*, schrie er sie an. *„Bitte beruhigen Sie sich, Herr Meyer. Sie müssen Ruhe bewahren. Sie können Ihrem Sohn im Moment nicht helfen. Ihnen geht es selbst nicht gut und ..."*. Hendrik unterbrach den Arzt und flüsterte: *„Was ist mit meinem Sohn passiert?"* Der Mediziner schluckte und begann ruhig zu berichten: *„Bei den Unruhen vor dem Stadion haben Sie einen Stein an den Kopf bekommen und waren bewusstlos. Während Sie ohne Besinnung waren, haben die Randalierer auf die in ihrer Nähe befindlichen Fans eingeprügelt* und scheinbar ist Ihr Sohn dabei quasi in die Schusslinie geraten. Auch er wurde von irgendetwas oder von jemandem schwer am Kopf getroffen. Mario hat einen Schädelbasisbruch und eine starke Schwellung des Gehirns im hinteren Schädelbereich. Der Druck hätte zu irreparablen Schäden führen können. Daher mussten wir eine Bohrung machen und eine Drainage legen. Wir haben alles in unserer Macht stehende getan, damit ihm geholfen werden konnte. Aber das menschliche Gehirn führt in einer Ausnahmesituation oftmals Eigenregie, ohne dass wir Ärzte genau ergründen können, was genau da abgeht. Wir sehen in dem Dauer-EEG Ihres Sohnes ständige Hirnaktivität, aber es ist uns bislang nicht gelungen, ihn aus dem Koma zu erwecken. Was allerdings im Moment nichts Schlimmes bedeutet! Das erlaubt seinem Hirn, sich selbst neu zu ordnen ... als würde man einen Computer rebooten. Wir hätten Mario ansonsten in ein künstliches Koma legen müssen, damit er gesunden kann."

Hendrik hatte schweigend zugehört. „Kann ich ihn sehen?" Der Arzt zögerte ein wenig, war sich dann aber bewusst, dass der Patient diese Gewissheit einfach haben musste. Ansonsten würde er absolut ALLES unternehmen, um sein Kind zu sehen ... auch unter Gefährdung der eigenen Gesundheit. Also orderte er einen Rollstuhl für Hendrik und brachte ihn persönlich auf die Intensivstation. Abgeteilt durch einen dunkelgrünen Vorhang, waren zwei Patienten in einem Raum untergebracht. Mario lag in dem rechten Bett, völlig verkabelt und mit einem Tubus im Rachen. Man schob Hendrik direkt neben das Bett seines Sohnes und der Vater ergriff die Hand seines Kindes. In dem Gesicht des Jungen zeigte sich keine Reaktion, aber das bislang monotone Piepen des EEG's beschleunigte sich. „Er spürt Sie, er merkt, dass Sie da sind. Wenn Sie wollen, können Sie noch eine Viertelstunde *hierbleiben. Das kann ich, glaub ich, verantworten. Schwester Gabi bleibt bei Ihnen und bringt Sie dann in Ihr Zimmer zurück."*

Schweigend verweilte Hendrik bei Mario, streichelte seine Wangen oder die Hände – wogegen dieser sich kurz zuvor noch gewehrt hatte, mit dem Hinweis, dass er doch kein Baby mehr sei. Hendriks Wangen waren tränennass, als er sich widerstandslos von der Krankenschwester in sein Zimmer zurückbringen ließ. Tetje war dort geblieben und erwartete ihn nun. Als sein Cousin im Bett lag, informierte er ihn: „Ich habe Katja Bescheid gegeben. Ich wusste ja nicht, wann du wieder ansprechbar sein würdest. Sie muss als Mutter doch auch informiert sein. Sie kommt heute Nacht mit dem letzten Flieger aus Düsseldorf an und fährt dann mit dem Taxi direkt hierher." Hendrik war erschöpft und während Tetjes Worten eingeschlafen.

Gegen 21.00 Uhr öffnete sich die Zimmertür und Katja betrat den Raum. Sie eilte zu Hendriks Bett, streichelte kurz Tetjes Wange und gab ihrem noch schlafenden Mann einen Kuss auf die Wange. Dieser schlug langsam die Augen auf. „Hallo, Schatz, es tut so gut, dich zu sehen. Ich … ich weiß nicht …" Er stockte und blickte sie hilflos und traurig an. Sie war ernst, als sie antwortete: „Du weißt, ich war immer dagegen, dass du Mario mit ins Stadion genommen hast. Vor einem Augenblick wie diesem hab ich immer Angst gehabt und …" Tetje mischte sich ein: „Das ist jetzt wirklich nicht fair, Katja. Hendrik hätte gar nichts tun können. Er wurde ja selbst …" „STOP! Jetzt nicht! JETZT rede ich erst mit meinem Mann. Zu dir komme ich später!" Eingeschüchtert von diesem ungewohnten Ausbruch schwieg ihr Nenn-Schwager. „Ich werde mich jetzt vor allem um Mario kümmern. Brauchst du im Moment was? Ansonsten komme ich gleich wieder. Man hat mir angeboten, diese

Nacht in einem Angehörigenzimmer zu bleiben." Hendrik nickte nur und sie verließ den Raum. „Mensch, ist die geladen ... naja, ist ja auch verständlich. Ich wollte dich doch nur verteidigen, mein Alter, und ..." Hendrik winkte ab. „Lass gut sein, Tet. (Gelegentlich benutzte er noch den Spitznamen aus ihrer Kinderzeit). Du hast es gut gemeint. Ich weiß doch selbst nicht, wie ich damit umgehen soll. Ich gebe mir doch auch selbst die Schuld an der ganzen Misere."

Katja kehrte an diesem Abend nicht wieder zurück in Hendriks Krankenzimmer. Tetje ließ sich ein Taxi rufen und zu dem Parkplatz am Elbufer fahren. Zähneknirschend bezahlte er die horrenden Gebühren und fuhr in die Pension. Nach einer unruhigen Nacht kehrte er ins Uni-Klinikum zurück. Auf seinem Stuhl saß bereits Katja. „Wie war deine Nacht? Und wie geht es Mario?" Sie rieb sich müde die Augen. „Unverändert. Ich habe mich zwar hingelegt, konnte aber nicht richtig schlafen. Heute wollen sie bei Mario neurologische Tests machen. Als ich gestern bei ihm saß, hab ich ihm aus „Emil und die Detektive" vorgelesen. Da war sofort deutliche gesteigerte Hirnaktivität auf der Anzeige ablesbar. Also hört er mich, aber ... verdammt, ich dringe einfach nicht zu ihm durch." Sie kämpfte mit den Tränen und Tetje umarmte die Frau seines Cousins. Hendrik erwachte in diesem Augenblick, sah die geröteten Augen seiner Frau und wie sein Vetter sie umarmte. „WAS IST MIT MARIO? IST WAS PASSIERT?" Aufgeregt starrte er die Beiden an. „Nein, es gibt nichts Neues." Katja schüttelte den Kopf. „Ein Glück, ich dachte nur ... weil ... du im Arm von Tetje ... mit verheultem Gesicht ..." Er schluckte schwer.

Da Hendriks beide Zimmernachbarn momentan nicht im Raum waren, nutzte Katja die Gelegenheit und stellte Fragen, die sie unter vier Augen beantwortet haben wollte. „Wie ist das Ganze passiert? Ich kenne nur eine Kurzversion von der Polizei und das Bisschen, das Tet mir am Telefon erzählt hat." Ihr Mann konzentrierte sich und berichtete so genau wie möglich alles, woran er sich erinnern konnte bis zu seiner Bewusstlosigkeit. Dass er nach dem Angriff noch einmal wach geworden war, schien völlig aus seinem Gedächtnis gelöscht zu sein. Danach ergänzte Tetje die Beschreibungen Hendriks mit seinen eigenen Wahrnehmungen. Dann zögerte er ein paar Sekunden, was von dem Ehepaar nicht unbemerkt blieb. „Was ist noch? Du verschweigst uns da doch was!" Katja war aufgesprungen.

Tetje fiel es sichtlich schwer, eine geeignete Formulierung zu finden. „Ich konnte diese Nacht auch nicht gut schlafen. Und daher habe ich ein wenig im Internet gesurft. Dabei bin ich bei Youtube auf Videos gestoßen, die wohl Irgendjemand mit seinem Handy gefilmt hat. Ich hab den Link auch direkt an die Polizei weitergemeldet, aber die hatten den Clip auch schon entdeckt. Wollt ihr euch das wirklich antun?" „Quatsch nicht, Tet, natürlich wollen wir das sehen. Los jetzt, zeig her." Tetje rief mit seinem Handy einen Link auf und reichte das Gerät dann an die Beiden weiter. Diese betrachteten fassungslos den Film. Darin war zwar nicht zu sehen, wovon Hendrik getroffen worden war, aber man sah ihn blutend auf dem Boden liegen. Mario kniete schreiend und weinend neben seinem Vater und versuchte, ihn wachzurütteln. Der Kameramann war mitten im Geschehen und daher waren die Aufnahmen extrem wacklig und teilweise unscharf. Genau zu erkennen war jedoch, dass ein schwerer, glatzköpfiger Mann mit einem Schal der „Neu Teutonia Sachsen" gegen Marios Hinterkopf getreten hatte. Der Junge war augenblicklich auf dem Körper seines Vaters zusammengebrochen.

Beim Anblick dieser Situation hatte Katja laut aufgeschrien und den Kopf abgewendet. Hendrik hielt das Mobiltelefon fassungslos in der Hand und starrte auf das Standbild am Ende des Clips. „Diese Schweine! Wenigstens kann man rausbekommen, wer das war und ihn zur Verantwortung ziehen." „Und was nützt das unserem Kind, du Idiot?" Katja entwand sich der Umarmung ihres Mannes und sah ihn wütend an. „Du und dein Scheiß Fußball! Du hast doch in deiner Jugend selbst erlebt, was da passieren kann. Und komm mir jetzt bloß nicht an mit deiner Statistik, dass der Straßenverkehr viel gefährlicher und Mario da mit dem Fahrrad unterwegs ist. Was machen wir jetzt? Kannst du mir das sagen? Was, wenn er nie wieder aufwacht? Oder was, wenn er aufwacht und schwerbehindert ist? All das ist möglich, das haben mir die Ärzte heute Nacht bestätigt." Sprach- und ratlos sah Hendrik seine Frau an. „Ja, da fällt dem Herrn Akademiker nichts mehr zu ein. ICH KANN DICH NICH T MEHR SEHEN! ICH GEHE JETZT ZU MEINEM KIND!" Damit verließ sie das Krankenzimmer. Die Cousins sahen ihr nach und schwiegen betreten. Zwei Stunden später bat Hendrik Tetje nachzusehen, ob Katja noch bei Mario sei und ob schon Ergebnisse der neurologischen Tests vorlägen. Dann überkamen ihn wieder der Schwindel und die Übelkeit. Nachdem er sich heftig erbrochen hatte, sank er in einen einer Ohnmacht ähnlichen tiefen Schlaf.

Sämtliche Untersuchungen zeigten keine Veränderungen der Situation und die Behandlungsansätze blieben ohne Erfolg. Ganz im Gegenteil, bei Mario stellten sich zusätzlich noch eine Lungenentzündung und ein Harnwegsinfekt ein. Beides schwächte ihn noch mehr und komplizierte die Situation deutlich. Nur langsam sprach der Junge auf die verabreichten Antibiotika an. Als man nach Wochen alles so weit im Griff hatte, musste eine

Entscheidung getroffen werden, was weiter geschehen sollte. Jegliche Versuche, ihn aus dem Koma zurückzuholen, waren gescheitert. Hendrik war zwischenzeitlich wieder so fit geworden, dass er das Krankenhaus hatte verlassen können. Sein Arbeitgeber zeigte sich äußerst verständnisvoll und gewährte ihm neben seinem kompletten Jahresurlaub noch zusätzlich vier Wochen bezahlte Auszeit. Tetje hingegen hatte nach Düsseldorf zurückkehren müssen. Katja hatte sich von ihrem Arbeitgeber, dem Schulamt, für ein halbes Jahr vom Dienst befreien lassen und war in Dresden geblieben. Also pendelte Hendrik immer wieder zwischen den Städten hin und her. Das Verhältnis der Eheleute wurde immer distanzierter, bis sie kaum noch miteinander sprachen. Oft saßen sie stundenlang wortlos am Bett ihres Kindes. Eine Entscheidung trafen sie nach Klärung aller Formalitäten mit Krankenhäusern, Pflegestationen und Krankenkassen dann noch gemeinsam: Nachdem die Ärzte in Dresden den Zustand des Jungen als so stabil bezeichnet hatten, dass er transportfähig sei, veranlassten die Eltern den Transport in die Heimat. Am Tag vor der Abreise erschien auf einmal der Bäckermeister Zopp im Krankenhaus. Er hatte Marios Schicksal in den Medien immer wieder verfolgt und gegrübelt, was er tun könne. Als er nun durch die lokalen Medien von der Verlegung des Kindes erfahren hatte, hatte er einen Entschluss gefasst. Daher stand er jetzt neben dem Bett Marios, gemeinsam mit dessen Eltern, und blickte diese fragend an. „Darf ich?" Sie nickten und Rüdiger Zopp streichelte den Handrücken des kleinen Patienten. Dann legte er ihm einen kleinen Plüschlöwen auf die Bettdecke und platzierte die linke Hand des Kindes darauf. „Der soll dir helfen. Kämpfe, Mario, kämpfe, du bist nicht allein!" Dann wandte sich der Handwerksmeister zu Katja und Hendrik um und sagte mit einem unendlich traurigen Blick: „Es ist eine Schande, dass so etwas in

MEINER Stadt geschehen konnte. Wenn ich irgendwas tun kann ..." Er verabschiedete sich von den Eltern mit einem Händedruck und ging ... wohl wissend, dass er nur wenig tun konnte.

Am nächsten Morgen hörten Jupp und ich auf der Fahrt zum Stadion im Radio, dass in dieser Nacht ein Asylantenheim gebrannt hatte. Glücklicherweise war dabei kein Mensch ernsthaft zu Schaden gekommen. Lediglich zwei Personen mussten mit einer leichten Rauchvergiftung für den Rest der Nacht zur Beobachtung ins Krankenhaus nach Kaiserswerth. Darüber hinaus berichtete Antenne Düsseldorf, dass es heute Abend eine kurzfristig einberufene Podiumsdiskussion zum Thema Flüchtlinge geben würde, an der Vertreter der Stadt, des Landtags und Offizielle der evangelischen und katholischen Kirche teilnehmen würden. Die „Würze" der Teilnehmerrunde stellten ein Düsseldorfer Imam und der Vorsitzende der DüPa dar. Austragungsort dieses verbalen Schlagabtausches sollte der Hofgarten sein. Unweit der Reitallee befand sich der Musikpavillon, in dem sonst die Hofgartenkonzerte aufgeführt wurden.

„Na super! Das kann ja was geben. Bei den angestauten Emotionen in der Stadt nach der Demo, dem Überfall und dem Brandanschlag kocht die Stimmung bald über. Mal sehen, wie viele Kollegen heute wieder Überstunden kloppen müssen. Ob Bredow heute wieder da ist?"

Er war es und seine Laune hatte sich nicht gebessert. Jupp berichtete ihm über die Ergebnisse des Vortags und über die weiteren geplanten Maßnahmen. Ich selbst hatte Josef allerdings nicht über meine Suche in der Bewerberdatenbank des Fraunhofer Instituts informiert. Im Nachhinein kam ich mir richtig doof vor, diesen Aspekt ernsthaft in Erwägung gezogen zu haben. Bredow bedankte sich und rief uns alle, inklusive Dr. Martin, zur Lagebesprechung zusammen. Er ließ wie üblich jeweils einen Sprecher der einzelnen Ermittlungsgruppen referieren, stellte anschließend ein paar Fragen und gab am Ende dem Gremium einen Bericht über den Besuch in Berlin. „Was soll ich sagen, liebe Kolleginnen und Kollegen? Es war ... helfen Sie mir doch mal, Frau Doktor, wie war das?" Elly Martin erhob sich und schmunzelte: „Es ist mir neu, Sören, dass du dich scheust, klare Worte zu gebrauchen. Scheiße war es, treffender kann man es nicht ausdrücken. Wir saßen einem fünfköpfigen Femegericht gegenüber, bestehend aus Parlamentariern und Juristen. Bevor wir überhaupt mit dem Bericht beginnen konnten, wurden wir erstmal angegriffen wegen unserer Ermittlungen im Hause des Fraunhofer Instituts. Die haben wohl einen verdammt langen Arm dort. Sören war innerlich am Kochen, aber wem sag ich das? Sie sehen das ja jetzt noch. Willst du jetzt nicht lieber selbst weitermachen?" „Danke, Elly, aber schön, dass du auch vor der gesamten Ermittlergruppe meine Ansicht teilst. Schließlich bist du ja auch die Herrin des Verfahrens. Also, wir haben zunächst erklärt, in welche Richtungen wir ermitteln und dass wir an der Echtheit des Bekennerschreibens zweifeln. Wir würden zwar auch diese Spur verfolgen, aber unser Fokus liege nach wie vor vorrangig bei dem Ermittlungsansatz hinsichtlich der Dresdener Gebietsstreitigkeiten in der organisierten Kriminalität. Ich kann Ihnen sagen, solchen Sesselfurzern unseren Job zu erklären, ist manchmal, wie einen

Goldfisch das Lasso werfen lehren. Schlussendlich fragten sie uns, ob wir uns der Aufgabe gewachsen fühlten und ob wir nicht doch die Personaldecke aufstocken wollten. Da hat zum Glück Elly die Gesprächsführung übernommen, sonst wäre ein Unglück passiert. Der Anschlag ist noch keine Woche her und die erwarten Wunder. Elly hat das gekontert mit der Aussage: Wie lange haben die Amerikaner nach 9/11 gebraucht, bis sie sicher wussten, was los war und wer die Verantwortung trug?"

Bredow atmete schwer und blickte ernst in die Runde. „Eine Frage allerdings war berechtigt und glücklicherweise hatte ich mich ausführlich mit den Spezialisten von der Technik ausgetauscht. Die Frage war: Was können wir tun, um künftig Vorfälle wie den in Düsseldorf zu verhindern? Welche Abwehrmaßnahmen können ergriffen werden? Und ich musste leider sagen, dass zum jetzigen Zeitpunkt kein Königsweg erkennbar ist. Es ist wie das berühmte 'den Teufel mit Beelzebub austreiben'. Ein Fluggerät - nennen wir es der Einfachheit halber mal Drohne - ist mit irgendetwas bestückt, im günstigsten Fall nur mit Spionagetechnik, im schlechtesten mit Sprengmitteln. Im zweiten Falle haben wir die Krux aller Maßnahmen, dass sie durch ihren Einsatz den Schaden unter Umständen vergrößern könnten. Ein Beispiel: In den USA experimentiert man mit Gewehren, die Radiowellen auf die Drohne abschießen und sie damit zum Absturz bringen sollen. Neben dem Nachteil, dass die Gewehre nur eine viel zu kurze Wirkungs-Reichweite haben – was ist, wenn die Sprengstoff-Drohne statt auf ein Lagerhaus auf einen Bus voller Schulkinder stürzt und explodiert? Das gleiche Risiko gilt für andere Varianten. Die Drohne mit einem Hubschrauber durch den Rotorendruck zu Boden pressen – wo bekommt man immer so schnell einen Helikopter her? Die angreifende Drohne von einer anderen mit einem Fangnetz einfangen lasse – was ist, wenn die Beute größer als der Jäger oder das Netz ist? Scharfschützen schießen die Dinger ab – gut, wenn es EINE ist, aber wie in Düsseldorf ein Schwarm? Laserkanone – das gleiche Problem. Und immer wieder: Wenn man den Angreifer zerstört, welchen Schaden richtet man durch die vorzeitige Explosion an? Dazu kommt noch der juristische Aspekt der Schadenshaftung: Wer kommt für die durch den Abschuss, Absturz usw. entstandenen Schäden auf? Der Staat als übergeordnete Instanz der ausführenden Organe, die Versicherung der Örtlichkeit, die angegriffen wurde, der Drohnenpilot – sofern er gefasst wird?

Sören nahm einen Schluck Wasser, da er sich mit diesem Monolog heiser geredet hatte. „Sie alle werden im Moment sicher an die Versuche in den Niederlanden denken, bei denen auf Flugplätzen mit Greifvögeln experimentiert wird. Wäre ich Holländer, würde ich sofort eine Adlerzucht aufmachen, bei dem Nachschub, den die brauchen. Denn wenn die Drohne mit starken Motoren und geschliffenen Rotorblättern ausgestattet ist, dann gibt's Raubvogelgehacktes."

Ich wagte eine Frage: „Haben wir also keine Chance und müssen kapitulieren?" Bredow reagierte gereizt: „Natürlich nicht! Irgendwas tun ist besser als nichts tun. Es ist eine Abwägung der unterschiedlichen Risiken. Ein Ministerialrat stellte die Frage, ob man denn nicht auf den Stadien Netze anbringen könne oder ob es nicht eine elektronische Lösung gäbe. Tja, Netze sind ganz nett, aber wenn ein Dutzend Multicopter mit Sprengstoff auf so einem Netz in die Luft geht, können Sie sich alle ausrechnen, welchen Schaden die trotzdem anrichten würden. Elektronisch gibt es zwar Möglichkeiten, vor allem den EMP, den elektromagnetischen Puls.

Das ist eine kurzzeitige, sehr starke elektromagnetische Strahlung, die alle elektronischen Geräte in der näheren Umgebung schachmatt setzt. Nehmen wir mal an, wir setzen wegen einer Drohne so einen EMP ab ... alles klar, das Ding kommt runter. Mit Aufschlagzünder? KABUMM! Und mal ganz nebenbei: Dann sind alle im Umkreis befindlichen Geräte im besten Falle gestört, wenn nicht gar zerstört: Handys, Computer, Ampelanlagen, Kraftwerke, Nahverkehr, Autos, Flugzeuge, Luftüberwachung ... ich will gar nicht weiterdenken. Sie sehen, ich habe den Herrschaften Einiges erklären müssen. Vermutlich darf ich den gleichen Sermon auch noch bei Pressekonferenzen runterbeten. So, und jetzt ..."

In diesem Augenblick ging die Saaltür auf und Juma Jenssen kam gehetzt herein. Entschuldigend zog er die Schultern hoch. Bredow ließ ihn jedoch nicht so davon kommen. „Ah, unser maximal pigmentierter Kollege. Herr Jenssen, stellt die SoKo für Sie eine zu große Belastung dar? Sollen wir für Sie vielleicht angemessenere Zeiten für die Meetings wählen?"

Juma stockte im Lauf, wandte den Kopf und verzog dann sein Gesicht zu einem wölfischen Lächeln, das seine blendend weißen Zähne zeigte. Er wirkte dann immer wie der Darsteller aus dem Film „Ziemlich beste Freunde". Josef und ich allerdings kannten diese Mimik. Die setzte er nur dann auf, wenn er stinksauer war und den Gegner in Sicherheit wiegen wollte. „Mitnichten, Herr Bredow, ich komme leider zu spät, weil ich einen Ermittlungsansatz gemäß der gestrigen Vorgabe Ihres Vertreters, Herrn Schmitz, verfolge und einige der relevanten Ansprechpartner gestern Nachmittag und Abend nicht mehr erreichen konnte. Ich habe allerdings nicht vermutet, dass wir hier inzwischen Methoden wie in der Schule zur Kaiserzeit haben. Darf ich Ihnen im

Wiederholungsfall eine Entschuldigung meiner Eltern mitbringen? Dafür müssten Sie allerdings etwas Geduld aufbringen. Wissen Sie, die leben noch auf Bäumen im Urwald und haben es noch nicht so mit den Errungenschaften der Zivilisation wie Email oder SMS." Bredow hatte den Fehler bemerkt, der ihm da passiert war. Elly Martin sprang dafür in die Bresche. „Sören hat das sicher nicht so gemeint, Herr Jenssen. Er steht nur gewaltig unter Druck, insbesondere durch Berlin. Aber ich entnehme Ihrem Gesichtsausdruck, dass Sie mit Ihrer Recherche erfolgreich gewesen sind. Wollen Sie uns nicht direkt berichten?" Sie bot ihm Platz am Kopf der Tischrunde an, was Juma aber ablehnte. Demonstrativ setzte er sich auf den angestammten Stuhl neben Jupp und mir und begann: „Ich habe die Liste der Händler abgearbeitet, die mit den Spezial-Akkus beliefert worden sind. Leider haben wir, wie Sie ja alle wissen, lediglich drei Seriennummern sicher ermitteln können. Bei meiner Suche ging ich zunächst davon aus, dass der Täter die Artikel bei EINEM Anbieter besorgt hat und sie somit fortlaufende Seriennummern gehabt haben mussten. Dies stellte sich als falsch heraus. Keiner der Anbieter, die meisten davon aus dem Internet, haben mehr als einen Akku an den gleichen Kunden verkauft. Wir müssen also feststellen, dass der Täter sehr gründlich geplant hat und die Produkte einzeln bei verschiedenen Anbietern gekauft hat. Ich habe von den Online-Firmen Adressen aller Bestellungen, aber die Verkäufe über die Ladentheke fanden in der Regel ohne Angabe von weitergehenden Kundendaten statt. Allerdings fiel mir auf, dass hier in Düsseldorf ein Käufer bei Plein Elektro in Pempelfort drei Akkus gekauft und bar bezahlt hat ... was bei einem Preis von 720,00 € pro Stück heutzutage zumindest ungewöhnlich ist. Das alles habe ich aber erst vergangene Nacht bei der Faktenrecherche anhand der zugesandten Daten festgestellt und da hatten sie bei

Plein leider schon zu." Der Seitenhieb gegen Bredow war angekommen, denn dieser hob die rechte Hand und zeigte Juma den erhobenen Daumen. „Also stand ich heute Morgen direkt um 9.00 Uhr bei Ladenöffnung vor der Tür und habe sogar den Verkäufer erwischt, der den Verkauf getätigt hatte. Leider konnte er sich nicht mehr an den Kunden erinnern und es war auch kein Stammkunde. Die Aufnahmen der Überwachungskameras sind bereits gelöscht, da das Kaufdatum zwei Monate zurückliegt. Er konnte sich auch nicht an ein Fahrzeug erinnern, dass der Käufer eventuell vor dem Laden geparkt und dann bestiegen haben könnte. All diese sorgsame Vorgehensweise lässt mich vermuten, dass es sich bei dem Käufer um den oder zumindest einen der Täter handelt."

Bredow klatschte anerkennend in die Hände. „Klasse Arbeit, Herr Kollege. Bitte entschuldigen Sie meinen Lapsus von eben. Wie Elly schon sagte, ich stehe gewaltig unter Druck – keine Entschuldigung dafür, nur eine Begründung. Ich denke, der Ansatz von Kollege Jenssen ist vielversprechend und wir sollten ihn weiterverfolgen, zumal er ja auch durch die Beurteilung der Bauweise der Drohnen gestützt wird. Konzentrieren Sie sich bitte also ab sofort näher darauf – ausgehend von den beiden vorrangigen Ermittlungsansätzen organisierte Kriminalität Dresden und islamistischer Terror."

Juma ging mit uns zu unseren PC-Arbeitsplätzen zurück. „Jut jemacht, et het ja doch ens jet jebraht, dat do bei ons jelierd jehast." Jupp klopfte dem Zwei-Meter-Mann auf die Schulter, wobei er sich recken musste. Der schwarze Riese, wie wir ihn kameradschaftlich-spöttisch manchmal nannten, lächelte und erwiderte: „Stimmt, ich habe bei den Besten gelernt … in

Hamburg!" Wir nahmen Platz und Juma begann, seine Ermittlungsergebnisse in unsere Datenbank einzugeben. Derweil hatte sich Sören zu uns gesellt. „So, und jetzt nochmal persönlich: Sorry wegen eben." Er reichte Jenssen die Hand und dieser schlug ein. Juma mochte Manches sein, aber nicht nachtragend. Er hätte sonst auch kein schönes Leben gehabt, als pechschwarzer Mann im weißen Deutschland. Wenn jemand für seine Fehler gerade stand, war Jenssen der Letzte, der einen Ausrutscher nicht ad acta legen konnte.

Aufgrund von Jumas Vortrag neugierig geworden, las ich Einzelheiten aus seinen Recherchen: Rechnungen, Lieferadressen, usw. Da machte es erneut KLICK in meinem Kopf. Da war was gewesen, nur was? Und war es auf DIESER Seite … oder einer davor … oder zwei … oder fünf. Ich begann, alle Datensätze von vorne und dieses Mal gründlicher zu sichten. Oh Gott, DAS würde Zeit kosten. In diesem Moment vibrierte mein Handy. Ich zog es aus meiner Jacke und entsperrte das Gerät. Eine Nachricht über Whatsapp … von Sarah: *können wir reden? wann hast du zeit?* Ich überlegte kurz. Sollte ich schreiben, dass ich sie am liebsten sofort sehen würde? Oder würde mich das schwach erscheinen lassen? Aber ging es überhaupt darum … schwach oder stark? Ich wollte wissen, woran ich war. Also tippte ich: *gerne, sobald ich mir hier einen überblick verschafft habe. Vielleicht heute, wann und wo?* Die Antwort kam postwendend: *schaffst du 21.00 uhr? Bei mir?* Meine Antwort: *kläre ich ab und melde mich. Kuss. Grizzly*

Ich starrte auf das Display und wartete auf eine Antwort. Normalerweise wäre sofort eine liebevolle oder spöttische Bemerkung gekommen. Jetzt aber … nichts. Enttäuscht oder eher resigniert steckte ich das Handy wieder ein. Jupp beugte sich zu mir rüber wie ein Schüler, der bei einer Matheklausur abschreiben wollte. „Lass uns heute Mittag mal zusammen an den Rhein gehen. Ich hab was mitgebracht, was dir schmecken wird." Ich nickte … und da stand Sören hinter uns. „Soso, die Schüler Oberle und Schmitz. Dann mal her mit den Spickzetteln." Ich fuhr herum und wollte ihn verbal angreifen, da sah ich sein Grinsen. „Kommst du voran?" „Es geht, Sören. Mal ne Frage: ich habe heute Abend einen wichtigen, privaten Termin. Spricht was dagegen, wenn ich um 20.30 Uhr abhaue? Oder planst du wieder um 21.00 Uhr eine Lage?" Bredow schüttelte den Kopf. „Immer die Düsseldorfer Kollegen mit ihren Extrawürsten. Ich …" Er sah zu mir herab, da ich auf dem Stuhl saß, während er stand. Ich führte meinen Zeige- und Mittelfinger zum V geformt zuerst auf meine Augen und dann den Zeigefinger auf ihn. „Tot oder lebend – du kommst mit, Robocop". Er schien das Zitat aus dem gleichnamigen Film zu kennen, daher folgte er mir mit dem für ihn so typischen, staksigen Gang. „Was gibt's, Michael?" „Pass auf, Sören, komm endlich runter von deinem Berlin-Trip. Wir verstehen ja alle, dass das dort Scheiße gelaufen ist, aber jetzt bei jeder Gelegenheit nen blöden Spruch gegen uns bringt dich auch nicht weiter. Wenn du reden willst oder Hilfe brauchst, dann sag mir was. Unter vier Augen! O.k.?" Sören nickte ernst. „Ist es echt so schlimm?" „Schlimmer", antwortete ich und grinste dabei. „Gut, dann gib mir irgendeinen kleinen Fahndungserfolg, damit die in Berlin was zu lesen bekommen und uns in Ruhe lassen. Ansonsten … hau nachher um 20.00 Uhr ab. Wir werden bis dahin vermutlich eh nichts Weltbewegendes erreichen."

Kapitel 9

Ich nickte, kehrte an das Notebook zurück und starrte auf den Bildschirm. Dieser zeigte jetzt Fotos des Stadions kurz nach der Explosion. Eine Kollegin aus Wiesbaden saß neben mir und sagte entschuldigend: „Sorry, Herr Oberle, aber mein PC hat gezickt und ich dachte, ich hätte was auf einem der Bilder entdeckt. Da hab ich kurz auf Ihrem Notebook nachgesehen. Schlimm?" „Schlimm nicht, aber … nee, ist schon gut." Ich konnte ihr doch nicht sagen, dass ich in diesem Augenblick beim besten Willen nicht mehr darauf kam, was ich kurz zuvor hatte überprüfen wollen. Wie ein Brett vor dem Kopf! Genervt schnappte ich mein Handy und tippte eine Nachricht an Sarah: *klappt, bin um 21.00 uhr da. kuss. grizzly*

Ich sandte die Nachricht ab und rechnete mit keiner Reaktion. Da brummte das Gerät. *danke* Na klasse, wenn die Kurznachrichten schon so einsilbig waren, was sollte das erst heute Abend bei dem Gespräch geben? Wie stellte sie sich das vor? Sich gegenüber sitzen und anschweigen? Mein Gesicht musste sich wohl vor Verärgerung deutlich verzerrt haben, denn Josef stieß mich an. „Ich glaube, jetzt wäre der richtige Zeitpunkt für unseren kleinen Spaziergang." „Nehmt ihr mich mit?", fragte Juma. „Sorry, mein Freund, ich muss unserem Krückenläufer mal dringend den Kopf waschen und das kann ich am besten alleine." Juma grinste. „Lass ihn leben. Viel Spaß!" Die Stichelei gegen meine Gehhilfe war heute angebracht. Der Tag hatte mit irrsinnigen Schmerzen begonnen und ich hatte sehr viel Morphium nehmen müssen, um überhaupt aufstehen zu können. Fahren war so nicht möglich. Jupp hatte mich abgeholt und erstaunt auf meinen schwarzen

Gehstock mit dem schweren, silbernen Metallgriff geblickt. „Ist es wirklich wieder mal so schlimm? Willst du nicht lieber eine Auszeit nehmen?" Meine Antwort fiel deutlich aus. „Du kennst das jetzt doch schon so viele Jahre. Wenn ich zu Hause liege und nichts zu tun habe, wird es nicht besser. Wenn ich mich ablenke, komme ich schon irgendwie klar. Ansonsten würde ich mich doch so oder so nur wegblasen. Und jetzt gib Gas, wir sind spät dran."

Trotz meiner Ungerechtigkeit hatte Jupp geschwiegen … ebenso wie jetzt, auf dem 600 Meter langen Weg zur Slip Anlage am Lohauser Deich. Dort hockten wir uns hin und Josef öffnete die mitgebrachte Kühltasche. „Wir haben gestern etwas rumexperimentiert, Jutta und ich. Paninis aus dem Kontaktgrill. Was magst du? Pastrami mit Artischocken, getrockneten Tomaten und Kapern oder lieber geräucherte Hähnchenbrust mit Aioli und Ruccola? Ich hab auch was halbwegs Vegetarisches … Caprese, mit Mozzarella, Tomate und Basilikum." Ich grinste und schnappte mir die Hähnchenversion. Mein Freund hatte für uns je eine gut gekühlte, kleine Flasche Cider dabei und wir stießen damit an. Genüsslich begannen wir zu kauen. „Lecker, was? Jutta ist wirklich erfinderisch. Guck mal da, das Motorboot. Sowas müsste man sich mal mieten, in den Ferien, so eine Art Hausboot. Südfrankreich soll doch toll sein. Das könnten wir dann sogar zu viert machen, Sarah, Jutta, du und ich." Er sah, wie sich meine Miene verfinsterte. „Na also, hab ich's mir doch gedacht. Habt ihr endlich miteinander geredet?" Statt einer Antwort reichte ich ihm mein Handy und ließ ihn den Whatsapp-Chat von heute lesen. Er studierte die Nachrichten. „Und?" „Wir hatten einen fürchterlichen Krach … mit knallenden Türen usw. Sie hat alles abgestritten und sich geweigert, mir eine Erklärung zu bieten. Ich habe sie dann mit den Fotos konfrontiert und dann …" „Ja, nee, is klar", kommentierte Jupp. „Das musste ja schief gehen. Aber ich rate dir eins. Bring das wieder in Ordnung. So jemanden wie Sarah findest du so schnell nicht wieder." „Meinst du, das wüsste ich nicht? Aber wie sollen wir weitermachen, wenn wir nicht reden?" „Das tut ihr doch heute Abend. Gib dir Mühe, reiß dich zusammen und vor allem mach keine Vorwürfe. Hör dir an, was sie zu sagen hat und lass sie ausreden." Den Rest der kurzen Pause verbrachten wir schweigend. Als wir uns erhoben, sahen wir auf dem Fluss ein Boot vorüberziehen, das Angeln ausgelegt hatte. „Wäre das nicht auch mal was für uns, Micha? Mit Ruprecht zusammen, ne reine Herrentour! Wie wär's?" „Frag mich das noch mal, wenn wir diesen Fall hinter uns haben. Los, komm, die Akten warten."

Rüdiger Rybowski und Christoph Kliewer näherten sich dem Hofgarten vom Eingang Pempelforter Straße, Ecke Louise-Dumont-Straße. Rybowski hatte sich entschlossen, ohne große Entourage zu der Podiumsdiskussion zu erscheinen, um nicht direkt den Eindruck zu vermitteln, die DüPa sei auf Krawall aus und wolle aus der Diskussion populistischen Nutzen ziehen. Kliewer hatte es sich aber nicht nehmen lassen, im Publikum ein paar seiner Leute zu platzieren ... für den Fall, dass eine kritische Situation einträte.

Der Zugang zum Hofgarten war durch eine Polizeisperre blockiert, an der sich Beide ausweisen und durchsuchen lassen mussten. Rüdiger schmunzelte. „Ein Diskussionsteilnehmer soll mit einer

Waffe hierher kommen? Ist das wirklich realistisch?" Der junge Beamte von der Bereitschaftspolizei gab sich betont resolut. „Tut mir leid, Vorschrift ist Vorschrift. Das gilt für Jeden, da gibt es keine Extrawürste." Nach der Leibesvisitation gingen sie weiter und wunderten sich über das starke Polizeiaufgebot. „Sind die in Panik oder wissen die was, was wir nicht wissen?" Christoph wurde immer nervöser. Er nahm auf den bereitgestellten Bänken für die Zuschauer Platz, während Rybowski die Stufen zum Pavillon hochstieg und die Abgeordneten und Stadtvertreter begrüßte und sich den Kirchenvertretern vorstellte.

Als Letzter erschien Imam Hasan Al-Balawi, der eine weiße, höhere Kappe und einen weißen Kaftan trug, wodurch er in der Gruppe der Diskutanten rein optisch deutlich hervorstach. Der kleine Mann mit dem dichten weißen Bart war eine würdige Erscheinung und begrüßte alle anderen Anwesenden mit einem freundlichen Lächeln und einem Händedruck. Auch bei Rüdiger Rybowski machte er da keine Ausnahme. „Ich freue mich auf unser Gespräch, Herr Rybowski. Vielleicht erkennen wir währenddessen, dass uns etwas verbindet." *Rede du nur, ich durchschaue deine Schliche, alter Mann*, dachte der Unternehmer bei sich. „Wie rede ich Sie eigentlich an, Herr … äh …" „Ach, machen Sie das doch einfach, wie Sie möchten. Imam, Herr Al-Balawi, Hasan … oder Kümmeltürke, Mokkalöffel oder toller Ayatollah oder wie Sie und Ihre Gesinnungsgenossen mich und meine Brüder sonst immer nennen!" *Aha, jetzt lässt du die Maske fallen, du falscher Fuffziger*, schoss es Rybowski durch den Kopf. Er griente sarkastisch. „Haben Sie in meinen Büros eine Wanze installiert? Dann sollten Sie die mal überprüfen, die scheint nicht bei mir, sondern bei irgendwelchen Neonazis platziert worden zu sein."

Bevor der Schlagabtausch weitergehen konnte, betrat die Moderatorin des Abends, Helga Asbeck, die Bühne. Die anerkannte Politologin war auch dem Fernsehpublikum bekannt, da sie gelegentlich Sondersendungen moderierte oder in den Tagesthemen der ARD den politischen Kommentar sprach. Sie begrüßte ebenfalls alle Podiumsgäste und stellte sich dann vor das Standmikrofon. Alle Kameras der anwesenden Sender waren auf sie gerichtet. Vor dem Podium saßen schätzungsweise 300 Gäste und es schienen noch einige Nachzügler zu kommen.

„Meine Damen und Herren, herzlich willkommen zur Podiumsdiskussion zum Thema 'Flüchtlingszuwachs – Chance oder Sackgasse?' Ich eröffne die Veranstaltung direkt mit einer Bitte an Sie alle: Bitte rufen Sie Ihre Fragen nicht einfach hinaus, sondern machen Sie sich mit Handzeichen bemerkbar. Dann wird jemand mit einem Funkmikro zu Ihnen kommen. Und bitte achten Sie auf die Umgangsformen. Beschimpfungen oder Drohungen werden nicht toleriert und führen zum sofortigen Platzverweis. Und nun lassen Sie uns beginnen …" Sie stellte alle Diskussionsteilnehmer mit Namen und Funktion vor. Dann begann sie mit einigen Fragen, die der Auflockerung dienen und erste Ansätze zu Bemerkungen aus dem Publikum bieten sollten. Nach einigen Minuten war die Reihe an Imam Al-Balawi. „Sagen Sie, Herr Rybowski, wie stehen Sie eigentlich zu dem Brandanschlag, der vergangene Nacht auf eine Asylunterkunft verübt wurde?" Rybowski antwortete ruhig: „Wie jeder gute Demokrat kann ich solche willkürlichen Gewaltakte nur verurteilen." Er wollte sich von dem Alten jedoch nicht in eine Rechtfertigungsposition bringen lassen. „Aber warum stellen Sie MIR diese Frage? Wissen Sie vielleicht etwas Näheres über die Attentäter? Wurde der Anschlag vielleicht sogar in Ihrer Moschee geplant?" Al-Balawi lief puterrot an. „Wie können Sie es wagen? SIE und Ihr Mob waren es doch, die unschuldige Moslems während Ihrer Demo zusammengeschlagen haben. Es ist eine Unverschämtheit, mich und meine Glaubensbrüder mit diesem Anschlag in Verbindung zu bringen." Der Alte war erregt aufgesprungen. *Perfekt*, dachte sich Rybowski, *genau das habe ich erreichen wollen.* Er lächelte höflich, als er antwortete: „Da haben Sie aber völlig falsche Informationen. Bereits während der Demo hat sich die DüPa von diesen Schlägern distanziert und ich selbst habe noch am gleichen Abend Kopien unseres gesamten Film- und Fotomaterials zum Polizeipräsidium gebracht. Ich ..." Aus dem Publikum erklangen Zwischenrufe. „Manyak (Idiot) ... Ukala (Klugscheißer) ... Aptal (Dummkopf) ... Ibne (Schwuchtel)" Die Störer waren überwiegend junge Männer, die dem Erscheinungsbild nach südländisch waren (dieser Terminus hatte sich in den letzten Monaten in den Medien etabliert). Die jungen Türken trugen teilweise dichte Vollbärte und waren traditionell gekleidet.

Die Moderatorin schritt ein. „Ich habe bereits zu Anfang um Disziplin gebeten. Dies ist die letzte Warnung! Im Wiederholungsfall werden Sie von der Polizei vom Gelände entfernt."

Da erklang aus dem Hintergrund ein mehrstimmiger Ruf. „Warum warten? Macht die Mullahs platt!" Eine größere Gruppe junger Mitteleuropäer hatte sich hinter den Bänken aufgereiht. Die Bereitschaftspolizisten zogen den Kordon um das Veranstaltungsgelände enger und bereiteten sich auf eine Auseinandersetzung vor. Helga Asbeck versuchte, die Situation zu retten, indem sie den Vertreter des Landtags bat, über das neue Verteilungssystem der Flüchtlinge auf die Kommunen zu sprechen.

Das aber interessierte mittlerweile im Publikum kaum noch jemanden. Diejenigen, die wegen der Diskussion gekommen waren und sich ein paar klarstellende Antworten erwartet hatten, blickten sich nervös um und suchten hastig nach einer Möglichkeit, diesen bedrohlichen Ort schnellstmöglich zu verlassen. Die Störer aus beiden Parteien hatten die Beschimpfungen fortgesetzt und es war bereits zu ein paar Rangeleien gekommen. Jetzt rückte eine Gruppe von ca. 50 Polizisten in Schutzkleidung vor und versuchte, die Kontrahenten zu trennen. Sie schienen auch Erfolg zu haben, denn auch ohne Einsatz von Schlagstöcken oder Tränengas zogen sich die deutsch-nationalen Sympathisanten einige Schritte zurück. Auch die Gruppe der Türken beruhigte sich ein wenig. Alles schien noch einmal glatt gegangen zu sein, da zog eine größere Gruppe, darunter auch Frauen, unter der Kleidung Schals mit dem Aufdruck „95 K-Rath" hervor. Sie steckten sich Mundschützer wie beim Boxen zwischen die Zähne und rannten mit lautem Geheul auf den schmalen Korridor zwischen ihnen und den Türken zu, in dem die Polizisten, hoffnungslos in der Unterzahl, standen. Entweder sie benutzten die Körper der Ordnungshüter als Absprunghilfe oder sie rannten sie über den Haufen – der Schlägertrupp von Joe Löwe hielt sich nicht lange mit den „Bullen" auf. Sie stürzten sich auf die Moslems in ihren weiten, traditionellen Gewändern, die sich tapfer zur Wehr setzten.

Es entstand eine wilde, erbarmungslose Schlägerei, die so niemand hatte voraussehen können. Dementsprechend dauerte es auch viel zu lange, bis genügend Einsatzkräfte vor Ort waren, um die Situation zu bereinigen. Zu diesem Zeitpunkt waren bereits diverse Beteiligte verschwunden, ohne dass man sie hätte aufhalten können. Stattdessen lagen 25 Menschen mehr oder weniger schwer verletzt am Boden, darunter auch nicht wenige

Unbeteiligte, die zwischen die Fronten geraten waren. Die gesamte Innenstadt erschallte von Martinshörnern und war geprägt von flackerndem Blaulicht in dem Dunkel der mittlerweile angebrochenen Nacht. Die Dunkelheit hatte den Störern die Chance zur unentdeckten Flucht gelassen. In ihrer Euphorie über die gelungene Aktion zogen sie singend in Richtung Altstadt, wo sie sich weitere Schlägereien mit Leuten lieferten, die aus ihrer Sicht nicht in dieses Land gehörten.

Die Verletzten wurden in die umliegenden Krankenhäuser gebracht, wo sie medizinisch versorgt und danach erkennungsdienstlich behandelt wurden – sofern sie zu den aktiven Parteien gehörten. Das galt ganz sicher nicht für die 84jährige Helma Strothmann, die mit elf Jahren den schweren Luftangriff auf Düsseldorf Pfingsten 1943 knapp überlebt hatte. Sie war damals vier Tage unter den Trümmern ihres Elternhauses verschüttet gewesen und nur durch Zufall gefunden und gerettet worden. Zeit ihres Lebens hatte sie daher Angst vor engen Räumen gehabt ... sich aber nach dem Krieg vehement gegen Wiederbewaffnung, Aufrüstung und NATO-Doppelbeschluss gewehrt. „Von deutschem Boden darf nie wieder Krieg ausgehen" – dieses Willy Brandt-Zitat war ihr zur Lebensmaxime geworden. Und deshalb hatte sie sich in der Friedensbewegung engagiert und war 1982 bei der Demo in Bonn eine der älteren Teilnehmerinnen gewesen. Heute, an diesem warmen Frühsommertag, sprach sie im St. Vinzenz-Krankenhaus ihre letzten Worte. „Warum haben sie das getan? Gibt es denn nicht schon genug Elend auf der Welt?" Dann war sie tot ... gestorben an einem Messerstich, der einem deutschen Schläger gegolten und dabei versehentlich sie getroffen hatte.

Die Medien würden am nächsten Morgen von bürgerkriegsähnlichen Zuständen in Düsseldorf berichten ...

...

Aus der Vorgeschichte:

Der Gesundheitszustand Marios verbesserte sich auch nicht nach seiner Rückkehr, wie nicht anders zu erwarten gewesen war. Im Gegenteil, langsam stellten sich Probleme mit den Organen ein. Die Nieren arbeiteten nicht mehr richtig, die Lunge musste immer wieder abgesaugt werden und noch Einiges mehr. Katja hatte sich emotional immer mehr von ihrem Mann entfernt und Hendrik wusste sich keinen Rat, was er dagegen hätte unternehmen können, da sie jeden Versuch einer Aussprache abblockte. Dann war sie sogar aus der gemeinsamen Wohnung aus- und bei einer Freundin eingezogen. Daraufhin hatte Tetje sich bei Hendrik einquartiert, da er befürchtete, dass sein Cousin in dieser Ausnahmesituation „etwas Dummes" machen könne. Diese Gefahr wuchs noch einmal an, obwohl das keiner für möglich gehalten hatte. Grund dafür war das Gerichtsverfahren, das vor dem Landgericht in Dresden eröffnet worden war. Man begann das Verfahren drei Monate nach der Tat - das war schon verdammt schnell.-, aber der Fall "Mario", wie er von der Presse genannt worden war, hatte zu großes öffentliches und mediales Interesse geweckt. Einige Personen aus der sächsischen Hooligan-Szene waren anhand der Videos erkannt worden, aber im Verlauf des

Prozesses konnte nicht zweifelsfrei festgestellt werden, wer genau den grauenhaften Tritt gegen den Kopf des Kindes ausgeführt hatte. Zu einheitlich waren die optischen Merkmale: Glatze, Dynamo-Fan-Kleidung, Jeans, schwere Stiefel. Auch die befragten Zeugen konnten eine bestimmte Person nicht eindeutig identifizieren. Dies führte zu dem unbefriedigenden, nach Meinung der Presse „skandalösen" Freispruch mangels Beweisen. Der vorsitzende Richter ließ in seiner Urteilsbegründung zwar keinen Zweifel darüber aufkommen, dass er den Täter in der Gruppe der Angeklagten wisse, aber da in Deutschland noch immer der Rechtsgrundsatz „in dubio pro reo" – im Zweifel für den Angeklagten, gelte, sei ihm keine andere Entscheidung möglich gewesen. Aus den von der Staatsanwaltschaft aufgeführten, zahlreichen Verurteilungen einzelner Angeklagter wegen Körperverletzungsdelikten könnten keine Schuld in dem konkret vorliegenden Fall abgeleitet werden. Sie würden bei der vom Anklagevertreter angeführten quasi „gesamtschuldnerischen Verantwortung" einer Sippenhaft gleichkommen. Dafür fing sich der frustrierte Jurist auch noch eine Rüge und Ermahnung des Vorsitzenden ein.

Als Hendrik mit Tetje zusammen auf der Couch den ausführlichen Bericht des sächsischen Lokalsenders im TV sah, verhärtete sich seine Miene. Weder die Eltern noch der Patenonkel hatten sich im Stande gesehen, persönlich an der Verhandlung teilzunehmen. Als zu stark war die seelische Belastung empfunden worden, dem Täter Auge in Auge gegenüber zu stehen. Wie richtig diese Entscheidung gewesen war, zeigte sich im Prozessverlauf. Als immer klarer wurde, dass man keinen Einzeltäter verurteilen würde, brach Hendrik in unbändige Wut aus. „Was wollen die denn noch, diese Scheiß Anwälte? Das ist doch eindeutig erkennbar, wer das war. Ich hab das Video bestimmt 100 Mal angesehen. Es war der Typ, den sie mit 'Gert H.' in den Untertiteln bezeichnet haben." Die Meyers waren natürlich als Nebenkläger aufgetreten und ihr Anwalt hatte ihnen immer genauestens berichtet. Aber er war auch so ehrlich gewesen, dass er der Familie vorab jeden möglichen Prozessausgang geschildert hatte. Und der schlimmste war nun eingetroffen.

Die Außenaufnahmen vor dem klassizistischen Bau unweit der Elbe gaben der Familie Meyer den Rest. Die Gruppe der Freigesprochenen verließ lachend das Gerichtsgebäude und wurde von einem Trupp Gesinnungsgenossen mit Insignien der „Neu Teutonia Sachsen" jubelnd empfangen. Auch ihre Anwälte stimmten in den Jubel ein und stießen mit ihren Mandanten mit dem mitgebrachten Sekt in Plastikbechern an. Gert H. brachte das Fass zum Überlaufen, indem er, genau wie der damalige Deutsche Bank Chef Ackermann nach seinem Freispruch, mit Zeige- und Mittelfinger das Victory-Zeichen in Richtung der laufenden Kameras machte. Dabei lächelte er strahlend und küsste danach wild eine junge Frau, die er währenddessen im Arm gehalten hatte.

Hendrik hatte das Gefühl, als würde irgendwo tief in seinem Inneren eine Saite oder ein Stahlseil mit einem lauten Knall zerreißen, den nur er hatte hören können. Er schaltete den Fernseher aus und starrte auf den dunklen Bildschirm. Tetje ging es nicht anders und er saß schweigend neben seinem Verwandten. Mitten in die Stille erklang plötzlich der Klingelton des Festnetztelefons. Es war die Melodie des Londoner Big Ben, was jetzt wie eine Totenglocke klang. „MACH DAS AUS!", schrie Hendrik seinen Cousin an. Dieser sprang auf und nahm das Gespräch an. Dann reichte er Hendrik den Hörer: „Für dich ...

*Katja!" Zögerlich griff er nach dem Hörer und meldete sich: „Ja?"
„Hast du das gerade im Fernsehen gesehen?" Zögern. „Ja, hab
ich. Hat dich unser Anwalt schon angerufen?" „Ja, vor einer
Viertelstunde. Er ist entsetzt, aber er hat uns ja auf dieses
mögliche Ergebnis vorbereitet und ..." „Vorbereitet? Wie kann man
auf sowas vorbereitet sein? Hör mal, Katja, wir müssen einfach
weitermachen. Der darf so nicht davon kommen. Der ..." „HÖR
AUF, Hendrik! Ich habe keine Kraft mehr dafür. Alles, was ich noch
habe, brauche ich für meinen Sohn und ..." „DEIN SOHN, DEIN
SOHN ... wenn ich das schon wieder höre! Es ist auch MEIN Kind
und ich leide mindestens so sehr wie du unter der Situation und
der Hilflosigkeit!" Schweigen. Dann ein Flüstern am anderen Ende
der Leitung. „Und warum hast du ihn dann mitgenommen, wenn er
dir so viel bedeutet hat?" Hendrik zögerte. Etwas war in dem Satz,
das ihn verstörte ... DA! „Wieso sprichst du von Mario in der
Vergangenheit? Ist was passiert? Haben sie dir was gesagt in der
Uni?" Jetzt war es an Katja zu zögern. „Sie haben mich heute
Vormittag angerufen. Seine Leber- und Nierenwerte sind deutlich
schlechter geworden. Die Hirnaktivität ist kaum noch messbar. Sie
haben gesagt, dass wir uns auf das Schlimmste gefasst machen
müssen. Wir sollen überlegen, wie lange die Geräte noch
angeschaltet bleiben sollen." Hendrik ließ den Arm mit dem
Telefon sinken und stierte aus dem Balkonfenster. Sein Blick ging
ins Leere und Tetje nahm ihm den Hörer ab. „Tet hier, Hendrik ist
total weggetreten. Hör mal, Katja, können wir beide uns nicht mal
auf einen Kaffee treffen? Ich hol dich an der Uni ab, wenn du Mario
besucht hast. Bitte gleich morgen, okay?" Zögerlich stimmte Katja
zu.*

*Der Schlichtungsversuch - denn nichts anderes hatte Tetje vor -
scheiterte ... zu tief saß Katjas emotionale Ablehnung gegenüber*

ihrem Mann. Notgedrungen trafen sie sich dann noch einmal mit den behandelnden Ärzten und entschieden, erstaunlicherweise übereinstimmend, dass die lebenserhaltenden Maßnahmen fortgeführt werden sollten. Nach der Besprechung verlangte Katja, dass man sich die Besuchstage bei ihrem Kind aufteilen solle, da sie Hendrik nicht mehr zu begegnen wünsche. Auf seine Frage, ob sie auch schon die Scheidung eingereicht habe, blieb sie die Antwort schuldig. So blieb es dabei, dass der Vater jeweils Dienstag, Donnerstag und Samstag zu Mario gehen würde, die restlichen Tage blieben der Mutter vorbehalten ... ausgenommen Notfälle.

*Am Abend dieses Tages bat Hendrik seinen Cousin, ihn in die Kellerwerkstatt zu begleiten. Er habe etwas Wichtiges mit ihm zu besprechen. Dort angekommen nahmen sie auf Hockern Platz und Hendrik öffnete eine Flasche 21 Jahre alten Glenfarclas Whisky. Er schenkte zwei kleine Gläser ein und prostete seinem Vetter zu. Dann begann er: „Tet, ich habe eine Entscheidung getroffen ... die dir möglicherweise nicht gefallen wird. Ich werde das Urteil gegen diese Verbrecher nicht akzeptieren. Mir ist dabei völlig klar, dass dies auf legalem Wege aussichtslos sein dürfte. Da aber weder du noch ich ausgebildete Killer oder begnadete Einzelkämpfer sind, müssen wir uns auf das besinnen, was wir am besten können."
„Und das wäre?" „Dinge erfinden und bauen! Ich will eine Drohne bauen. Diese will ich nach Dresden bringen und über dem Versammlungsort von diesem Kroppzeug abstürzen lassen, sobald dieser Gert dort anwesend ist." „Halt! Stopp mal! Du willst mir jetzt nicht sagen, dass du den Typen echt umbringen willst?" Entsetzt sah er seinen Jugendfreund und Verwandten an. Dieser nickte. „Doch! Genau das! Ich werde das Schwein kaltmachen! Bist du mit dabei?" „Natürlich nicht! Wir sind doch nicht Rambo oder Dirty*

Harry! Dafür kann man in den Knast kommen, und das für verdammt lange Zeit!" „Nur, wenn man erwischt wird! Und ich habe nicht vor, mich erwischen zu lassen." „Und wie stellst du dir das vor? Willst du abwarten, bis du den Kerl auf der Cam siehst und dann die Drohne auf seinen Kopf fallen lassen und hoffen, er fällt wie Mario ins Koma?" Hendrik schüttelte den Kopf. „Natürlich nicht. Das wäre viel zu unsicher, sofern ich ihn überhaupt treffen würde. Auch wenn diese Strafe sicher die gerechteste wäre! Nein, ich bin der Ansicht, dass nicht nur er Schuld auf sich geladen hat. Seine Kumpane sind mindestens ebenso schuldig. Wir wissen inzwischen von den Ärzten und der Polizei, dass Mario mehr als nur den EINEN Tritt abbekommen hat. Ich will sie alle strafen." „Noch mal: UND WIE? Willst du scharf geschliffene Rotoren anbringen und sie damit zerfetzen wie mit einem Pürierstab?" „Ich habe an sowas Ähnliches schon gedacht, aber das dauert zu lange und es bestände für die Kerle die Chance, dass sie den Copter zerstören könnten. Nein, ich denke an etwas Effektiveres. Erinnerst du dich noch an Opa Günni?"

Jupp hatte mir freundlicherweise das Dienstfahrzeug überlassen. Juma hatte angeboten, ihn im Stadtteil Hamm abzusetzen ... nachdem ihm Jupp vorgeschwärmt hatte, dass es noch jede Menge Belag für frische Panini gäbe.

Jetzt stand ich nervös vor dem Haus auf der Händelstraße in Benrath, in dem Sarah wohnte. Ich blickte hoch und sah durch das beleuchtete Fenster, wie sie durchs Wohnzimmer schritt. Ich hatte zwar einen Schlüssel, aber es schien mir nicht angebracht, ihn zu benutzen. Also klingelte ich und wartete, bis sie mir aufdrückte. Vor der Wohnungstür angekommen sah ich, dass sie mich erwartete. Sie hatte sich etwas Bequemes angezogen, in dem sie aber immer noch verdammt sexy aussah …. zumindest für mich. Es schien mir, als hätten wir uns wochenlang nicht gesehen. Unbeholfen reichte ich ihr die Hand. Sie ergriff sie, drückte sie sanft und zog mich herein. „Nimm schon mal Platz, ich hole uns was zu trinken. Was magst du?" Ich nahm einen Kaffee und setzte mich auf die Couch. Ich kam mir vor wie ein Fremdkörper … obwohl wir uns auf dieser Sitzgelegenheit mehr als einmal geliebt hatten.

Sarah kam mit meinem Kaffee und einem Glas Portwein für sich wieder. „Mit viel Milch, nicht wahr?" Was sollte DAS denn jetzt? Wir waren seit mehr als sechs Jahren zusammen, kannten einander in- und auswändig – so dachte ich zumindest bis vor Kurzem noch – und dann diese Frage? Sie hatte mir mindestens schon 100 Mal einen Kaffee gemacht. Nervös nahm sie in dem Sessel mir gegenüber Platz. Der Couchtisch stand wie ein Burggraben zwischen uns. Eine peinliche Stille trat ein, aber ich wollte es ihr nicht so leicht machen, indem ich begann. Das Ticken der alten Wanduhr übertönte die Stille in mir und erhöhte meine Anspannung. Dann räusperte sie sich und sprach: „Michael, zuerst will ich mich für mein Benehmen bei unserem letzten Gespräch entschuldigen. Nein … bitte lass mich weiterreden. Ich schäme mich. Für meine Worte, meine Unehrlichkeit … für meine fehlende Professionalität. Ja, ich hätte doch alles wissen müssen. Es ist mein Job, als Psychologin. Ich weiß, was im menschlichen Verstand in solchen Momenten vor sich geht. Und ich weiß, was ich meinen Patienten in solchen Fällen rate. Aber es ist immer etwas völlig Anderes, wenn du solch eine Situation von außen betrachtest und nicht als unmittelbar Beteiligter. Da setzt dann manchmal einfach das Hirn aus und man handelt nur aus dem Bauch raus. Also, von Anfang an: Vvor drei Monaten erhielt ich einen Anruf von Kirsten Pfeiler. Ich war ihr von einer ehemaligen Patientin weiterempfohlen worden. Kirsten hatte einen Nervenzusammenbruch nach einer Trennung von ihrem Ex. Als sie ihm eröffnet hatte, dass sie die Scheidung wolle, war er ausgerastet und hatte ihr das Leben zur Hölle gemacht. Nicht körperlich, rein psychisch, Seelenterror. Sie war aus der gemeinsamen Wohnung geflohen und bei meiner ehemaligen Patientin untergekommen. Die beiden Frauen hatten versucht, gemeinsam das Erlebte zu verarbeiten. Nachdem Kirsten aber zwei Wochen lang jede Nacht schreiend und zitternd erwacht war, lagen bei Beiden die Nerven blank. Kirsten folgte dem Rat ihrer Freundin und kontaktierte mich. Sie kam zunächst in meine Praxis nach Oberkassel. Dort erfuhr ich den wahren Grund für ihre Trennung. Kirsten hatte über Jahre hinweg gespürt, dass irgend etwas in ihrem Leben nicht richtig lief. Dann, in einem Urlaub, den sie allein in Frankreich verbracht hatte, war ihr alles klar geworden. Sie ließ sich eines Abends von einer Frau zu einem Drink einladen. Es folgten noch weitere und spät in der Nacht landeten sie beide im Bett. Kirsten nannte es eine Art Wiedergeburt. Alles fühlte sich so echt, rein und richtig an. *Das gehört so*, sagt diese Hamburger Deern immer. Bei ihrer Rückkehr aus dem Urlaub war ihr klar, dass sich in ihrem Leben etwas Grundlegendes ändern musste. Die Frau war nur eine Episode gewesen, nichts für eine Partnerschaft. Aber das Erlebnis hatte ihr die Augen geöffnet. Jetzt war mir klar, warum ihr Mann so die Kontrolle verloren hatte. Er war ein totaler Macho und bei einer Affäre mit einem Mann wäre er sicher handgreiflich geworden. Aber einem Verhältnis mit einer Frau hatte er nichts entgegen zu setzen. Also versuchte er, ihre Psyche zu brechen … als Racheakt oder aber, um sie zur Rückkehr zu bewegen.

Sarah nahm einen Schluck Port und sah mich an. Mein Job und die Jahre mit ihr hatten mich gelehrt, wie wertvoll es war, sich Zeit zum Zuhören zu nehmen. Also wartete ich gespannt, was sie weiterhin berichten würde. „Bereits beim ersten Gespräch herrschte zwischen uns eine seltsame Atmosphäre. Kirsten sah mich an wie eine Schlange das Kaninchen. Später hat sie mir einmal gesagt, sie sei bereits im ersten Augenblick von mir fasziniert gewesen. Wir hielten einige Sitzungen ab und drangen zum Kern des Problems vor. Kirsten verhielt sich in dieser Zeit immer kooperativ, wurde aber auch sehr vertraulich, machte mir Komplimente und berührte mich immer wieder, aber nicht intim. Und ich muss zugeben, es schmeichelte mir. Es tat mir gut … nein, nein, nicht, was du jetzt sicher denkst … du hast nichts falsch gemacht, mich nicht genug beachtet oder so … es war einfach … sowas wie eine Erinnerung … an die Zeit, als ich noch ein Mann war. Kirsten wäre damals genau mein Beuteschema gewesen. Ihre Figur, ihr Lächeln, ihr Wesen. Alles stimmte so perfekt. Und eines Abends, nach einer Sitzung, tranken wir noch ein Glas Rotwein zusammen … und dann ließ ich mich verführen. Ich weiß, dazu gehören immer Zzwei, daher sage ich ja, ich ließ mich verführen. Keine Sorge, ich gehe nicht ins Detail. Aber sie brachte in mir eine Saite zum Klingen, von der ich annahm, dass sie spätestens nach der letzten geschlechtsangleichenden Operation nicht mehr existieren würde."

Sarah und ich hatten uns kennengelernt, als ich in einer Reihe von Morden an Transvestiten ermittelte. Wir waren uns nähergekommen und wurden schließlich ein Paar. Ich hatte sie mehrere Jahre in ihrer Entwicklung begleitet, die sie zu der Frau machte, die sie heute war. Das war nicht immer leicht gewesen, aber Liebe versetzt ja bekanntlich Berge. Als sie vor gar nicht allzu langer Zeit die besagte letztenOperation überlebt und erfolgreich überstanden hatte, hatten Schwierigkeiten begonnen, mit denen ich einfach nicht gerechnet hatte. Sie stellte sich in ihrer neuen Rolle als Frau in Frage, zweifelte an ihrer Attraktivität für mich. Es kostete unglaublich viel Kraft und Nerven, sie davon zu überzeugen, dass sie meine Lebenspartnerin war und bleiben würde.

Ich war nach diesem Geständnis wie vor den Kopf geschlagen und zu keiner Antwort fähig. Nach einem Anker suchend, drehte ich den Kaffeepott in meinen Händen hin und her. Jetzt war es an Sarah, mir Zeit zum Verdauen der Infos zu lassen. „Und was weiter?" Sie schien diese Frage von mir gefürchtet zu haben, denn ihre Augen hatten einen traurigen Zug angenommen. Dann fuhr sie fort. „Nach diesem Abend war alles anders. Ich hatte mich wie rasend in diese Frau verliebt. Sie hat vor ein paar Wochen ein kleines Haus in Neuss gefunden ... ach nee, das weißt du ja bereits ... ich habe sie immer wieder dort besucht. Und wir haben natürlich besprochen, wie es weitergehen soll ... mit ihr, mir und dir. Kirsten möchte auch gerne mit DIR reden und ..." „Moment, stopp, das geht mir alles ein wenig zu schnell. Worüber reden wir hier jetzt eigentlich? Ist dies das berühmte letzte Gespräch vor einer Trennung? Die letzte Aussprache? Ist das alles, was du mir an Chance bietest, um uns zu kämpfen. Weißt du, ich kann den Mann dieser Frau ein wenig verstehen. Auch ich stehe jetzt vor einer riesigen emotionalen Mauer und weiß keinen Weg darüber. Bevor ich mit dieser Kirsten rede, muss ich erst einmal mir mit dir zusammen über Einiges klar werden. Was verbindet euch? Ist es der sexuelle Rausch? Oder das Gefühl, begehrt zu werden? Habe ich in dieser Beziehung wirklich versagt? Ich denke, nicht! In mir entsteht der Eindruck, dass du jetzt einfach alles wegwirfst, was wir uns zusammen aufgebaut haben und …" „Von einfach kann gar keine Rede sein, Micha, ich mache es mir bestimmt nicht leicht. Erst recht nicht, seit mir klar wurde - und das ist vor allem Kirstens Verdienst -, was ich dir mit dem Krach angetan habe. Sie hat mir sowas von den Kopf gewaschen und für dich Partei ergriffen. Sie ist keine Männerhasserin, beileibe nicht. Aber sie liebt mich, vermutlich ebenso stark wie du mich. Und ich … ich … ich weiß doch selbst nicht, wie es weitergehen soll."

Wir schwiegen eine Weile, jeder in seinem eigenen Gedankenkäfig gefangen. „Du liebst sie auch, nicht wahr? Sonst würde dir das alles nicht so schwer fallen. Und ich weiß, wie sehr du lieben kannst. Aber wo soll das hinführen? Zu einer Ehe zu dritt? Hast du jemals erlebt, dass das wirklich funktioniert?" „Ja, habe ich, mehr als einmal. In meiner Studienzeit in den USA hatte ich oft mit Mormonen zu tun. Auch wenn die heutige Ausrichtung Polygamie ablehnt und mit Exkommunizierung bestraft, gibt es dennoch eine große Zahl von Mehr-Ehen. Und vergiss nicht die Moslems. Sofern der Mann in der Lage ist, mehrere Ehefrauen und deren Kinder angemessen zu versorgen, toleriert der Islam die Vielehe." „Aber wer redet denn von Ehe? Wir sind Lebenspartner ohne Trauschein. Ist es das, was dir gefehlt hat? Warum hast du denn nichts gesagt?" Sie schüttelte mit einem traurigen Lächeln den Kopf. „Nein, es geht mir nicht um eine Ehe. Das ist ein Konstrukt, das Manchen vielleicht helfen mag, letztlich aber keine Sicherheit oder

Garantie bietet. Ich habe mich falsch ausgedrückt. Ich rede von Polyamorie, der Fähigkeit, zeitgleich mehr als nur EINEN Menschen aufrichtig und von Herzen zu lieben. Dass es in unserem Falle nun die Kombination Frau-Frau-Mann ist, mag ungewöhnlich, aber nicht unmöglich sein. Letztlich reden wir hier ja auch nicht von der so oft gepriesenen und in Pornos verwursteten sexuellen Fantasie von EINEM Mann mit ZWEI Frauen. Die Triole wird vor allem bei Kirsten nie eine Option sein. Aber sie wäre bereit zu akzeptieren, dass auch wir beide weiter ein gemeinsames Leben haben."

Ich schüttelte den Kopf. Alles in mir war kalt. „Das kann ich hier und jetzt nicht entscheiden, das wird dir sicher einleuchten. Du bist eine kluge Frau. Aber ich bin verletzt und brauche Zeit, das alles zu verarbeiten und zu verdauen. Es wäre leichter gewesen, wenn du von dir aus zu mir gekommen wärst und dich offenbart hättest. Aber diese Heimlichkeiten, diese Lügen … das alles passt nicht zu dir. Das ist nicht das Bild, das ich von dir habe. Mein Vertrauen in dich ist erschüttert und ich brauche jetzt einfach die Gelegenheit, mich selbst neu zu sortieren und für mich festzustellen, ob ich dieses Vertrauen wieder aufbauen kann … oder ob ich das überhaupt noch will."

„Das ist mir völlig klar, Micha, und du kannst dir alle Zeit nehmen, die du brauchst. Nur bitte, gib Kirsten eine Chance, dass ihr beide euch kennenlernt. Vielleicht würde dir das auch bei deiner Entscheidung helfen." „Ganz sicher nicht, und jetzt komm mir bitte nicht mit deinen Erfahrungswerten. Ein Treffen mit dieser Frau …" „Sie heißt Kirsten. Fällt dir das so schwer, sie beim Namen zu nennen?" Ich wurde sauer. „Wag es jetzt ja nicht, diesen Analysejargon wie bei einem Patienten zu benutzen! Dann können wir gleich aufhören zu reden. Ich lasse mich nicht von dir manipulieren." Ich sah ihrem Gesicht an, dass sie ebenfalls wütend wurde, sie hielt sich aber im Zaum. „Du hast Recht, das war nicht fair. Du bist aber ebenfalls ungerecht, wenn du von Kirsten wie von einem Neutrum redest. Sie ist mittlerweile Teil meines Lebens und deshalb erwarte ich von dir ein wenig Respekt ihr gegenüber."

Ich sah sie lange und ernst an. „Und wo war dein Respekt gegenüber mir?" Sie blieb eine Antwort schuldig. Was hätte sie auch antworten sollen – ich hatte ja Recht und das wusste sie auch genau. IHR Fehler war es gewesen, der zu dieser Situation geführt hatte. Ich erhob mich. „Ich werde jetzt gehen. Ich verspreche dir, ich werde mich bei dir melden. Wirst du weiter hier wohnen oder zieht ihr zusammen?" „Nein, Kirsten wird das Häuschen in Grimlinghausen weiter bewohnen und ich bleibe hier. Alles andere wäre unpraktisch für mich, schon allein wegen der Praxis in Oberkassel und dem „Café Sündenfall" in Derendorf. Danke, dass du hergekommen bist und mich angehört hast. Ich hatte wirklich befürchtet, dass du abblockst und ich keine Chance für eine Erklärung bekommen würde." „Du kennst mich offensichtlich schlechter, als ich es für möglich gehalten habe. Tja, man lernt immer noch dazu, egal, wie alt man wird. Mach's gut, Sarah!" Ich reichte ihr die Hand. „Keine Umarmung zum Abschied? Kein Kuss?" Sie versuchte ein scheues Lächeln. Statt einer Antwort zog ich mein Handy hervor und zeigte ihr zur Erinnerung unsere letzten Nachrichten über Whatsapp. „Was willst du mir denn JETZT mit einer Umarmung oder einem Kuss sagen?" Ich griff in meine Hosentasche und zog einen Schlüsselbund hervor. Von diesem löste ich den Schlüssel mit der roten Markierung und legte ihn ihr in die Hand. Ich sah, dass sie weinte. „Mach's gut, Sarah, wir sehen uns ... irgendwann."

Nie zuvor war mir der Weg von ihr zu meiner Wohnung so lang vorgekommen und so schwer gefallen ...

Kapitel 10

Ich war auf dem Weg nach Hamm, um Jupp dort abzuholen. Bereits auf der Fahrt dorthin hörte ich die laufenden Berichte von Antenne Düsseldorf. Als mein Freund zugestiegen war, kamen die Nachrichten um 6.30 Uhr.

Im Rahmen der gestrigen Podiumsdiskussion im Hofgarten zur Flüchtlingsproblematik kam es zu massiven Ausschreitungen. Im Publikum befanden sich Gruppen unterschiedlicher Lager, die die Veranstaltung zunächst störten und dann mit Gewaltakten gegen andere Personen begannen. Hierbei wurden 25 Menschen zum Teil schwer verletzt. Eine 84jährige Zuhörerin war zwischen die Fronten geraten. Sie erlag noch in der Nacht ihren schweren Verletzungen.

Vertreter der beiden konträren Parteien in der Diskussion wiesen sich gegenseitig die Schuld für die Eskalation zu. Die Polizei hatte in der Folge noch mehrere Einsätze, da marodierende Gruppen durch die Altstadt zogen und dort weitere Straftaten begingen. Zeugen sprechen von bürgerkriegsähnlichen Zuständen. (Einblendung eines Originaltons – weibliche Zeugin) Mein Gott, es war schrecklich ... wie im Krieg ... wie die Bilder in den Nachrichten aus Syrien. Aber wo war die Polizei?

Oberbürgermeister Lothar Bruns verurteilte die Taten auf das Schärfste und forderte von der Landespolitik mehr Unterstützung. Ein Sprecher des Innenministeriums sprach den Verletzten Mut zu und sicherte zu, das gesamte Rechtsspektrum auszunutzen und die Täter zur Rechenschaft zu ziehen.

„Da sind wir ja mal wieder verdammt schlecht weggekommen, was? Aber ist ja auch kein Wunder, bei DIESER Menge an Verletzten. Aber wieviel Kräfte will man denn vorhalten, bei einer Podiumsdiskussion? Wenn da nur EIN Wasserwerfer gestanden hätte, wäre sofort von Polizeistaat gesprochen worden." Ich nickte nur. Die ganze Fahrt über war ich schweigsam gewesen. In Höhe der Rotterdamer Straße brach Jupp die Stille. „Habt ihr gestern geredet?" Ich nickte erneut. „Geht das auch ein wenig ausführlicher?" „Sie hat jemand kennengelernt ... und sich verliebt." Jupp dachte nach. „Das kann passieren, aber es heißt ja nicht, dass es vorbei ist, oder?" Ich blickte ihn von der Seite an. „Sie hat sich in eine Frau verliebt. Haben wir zusammen all die schwere Zeit zusammen durchgestanden, damit sie jetzt doch wieder eine Frau sucht? Aber was mich am meisten stört: Sie war nicht aufrichtig. Sie hat nicht direkt das Gespräch mit mir gesucht, als sie bemerkt hat, wie ernst es wurde." „Und was hätte sie dir sagen sollen? Du, ich hab mich in eine Frau verliebt, was sollen wir jetzt machen?" „Warum nicht? Es wäre ein Anfang gewesen. Du kennst unsere Neigungen und weißt auch, wieviel Vertrauen dafür nötig ist. Sich mir für SM-Spiele anzuvertrauen war möglich, aber etwas, das die Existenz unserer Partnerschaft bedroht, konnte sie mir nicht erklären?" Jupp hieb entnervt auf die Hupe. „Fahr doch, du Esel, grüner wird's nicht. Überleg mal, Micha, kann es nicht auch sein, dass sie in einem totalen Gefühlschaos steckt und sich mit sich selbst gar nicht mehr auskennt, Psychologin hin oder her." Schon seltsam, wie Josef Schmitz seine Einstellung zu Sarah verändert hatte. Als wir zusammenkamen, war er voller Vorurteile gewesen und hatte Begriffe wie „Fummeltrine, Schwuchtel" und Schlimmeres für sie benutzt. Heute hingegen verteidigte er Sarah wie eine Löwenmutter ihr Junges. „Sie will, dass ich die andere Frau kennenlerne. Sie denkt an eine Partnerschaft zu dritt, ohne gemeinsamen Wohnort." „Und ist das für dich vorstellbar?" Ich schüttelte den Kopf. „Ich weiß es beim besten Willen nicht. Ich weiß im Moment eigentlich gar nichts. Oder halt, eins weiß ich: dass ich Sarah liebe. Aber dieser Mangel an Vertrauen ... das drängt mich einfach von ihr weg." „Nimm dir Zeit. Schau mal, ich kann zwar nur Küchenpsychologie, aber ich kann das Ganze ja objektiver als du betrachten. Denk genau nach, und wenn du um sie kämpfen willst, dann verdammt noch mal, TU ES! Sie ist es wert, zur Not auch durch ein Gespräch mit der Anderen. So, wir sind da."

Aus der Vorgeschichte:

Tetjes Gesichtszüge entglitten ihm bei der Namensnennung. Opa Günni, Günter Meyer war der Vater ihrer beiden Väter gewesen ... und ein strammer alter Nazi! Dieses Erbe lastete schwer auf der gesamten Familie. Ihr Großvater hatte sich im 2. Weltkrieg als linientreuer Soldat bewiesen, der auch vor schmutzigen Aufträgen nicht zurückgeschreckt war. Durch seine Härte und seinen Einsatzwillen war er der Führungsebene aufgefallen und von Otto Skorzeny für die Befreiung des italienischen Diktators Benito Mussolini angeworben worden. Er war einer der 72 Fallschirmjäger, die 1943 auf dem Gran Sasso landeten und Mussolini befreiten. Günter Meyer wurde danach befördert und war bei Kriegsende Oberstleutnant. Die Entnazifizierung überstand er problemlos – trotz seiner Vorgeschichte. Zum Einen konnte er sich auf die Befehlskette berufen, zumal ihm keine Gräueltaten nachgewiesen werden konnten – zum Anderen waren die Besatzungsmächte neugierig geworden. Natürlich war er in Kriegsgefangenschaft gewesen, zum Glück bei den Engländern. Und in dem Lager erhielt er eines Tages Besuch von einem britischen Captain namens Wilberforce und einem amerikanischen Major mit dem Namen Jenkins. Diese verhörten ihn über mehrere Tage und stellten Fragen, die so gar nichts mit den Fragen gemein hatten, die man Meyer für den „Persilschein" gestellt hatte. Er musste genau beschreiben, wie der Einsatz bei der Befreiung des Duce geplant und trainiert worden war, welche Erfahrungen er in der Auswahl und Ausbildung von Rekruten habe, er musste an einem Schießstand seine Fähigkeiten als Schütze unter Beweis stellen. Nach einer Woche verabschiedeten sich die beiden Besatzungsoffiziere und sagten, man werde gegebenenfalls auf ihn zukommen. Dann vergingen weitere zwei Monate, die „Opa Günni" im Lager als POW (Prisoner of War) verbringen musste.

Am Tag seiner Entlassung wurde er in das Büro des Lagerkommandanten gebracht. Dieser bot ihm Platz vor seinem Schreibtisch und eine Tasse Tee an. Der Deutsche hatte das Getränk in den Monaten der Haft schätzen gelernt und nahm dankend an. Er trank einen großen Schluck und als er die Tasse abstellte, bemerkte er, dass zwei kräftig gebaute Sergeants, die bislang die Eingangstür bewacht hatten, hinter ihm Aufstellung genommen hatten. Er wollte fragen, ob sie einen Fluchtversuch befürchten würden, aber da wurde ihm schwindelig und er verlor die Besinnung. Als Meyer wieder erwachte, lag er auf dem Boden einer Holzhütte, die Hände und Füße mit Handschellen fixiert. Mit ihm im Raum waren Captain Wilberforce und Major Jenkins. Der

Erste begrüßte ihn: „Well, old boy, da sind Sie ja wieder! Schön, dann können wir ja direkt loslegen ..." Und dann machten sie Günter Meyer ein Angebot, das sein restliches Leben bestimmen würde, wenn er es annähme.

Bereits vor Kriegsende war absehbar, dass die Allianz zwischen Russland, Großbritannien und den USA von brüchiger Natur war. Roosevelt und Churchill waren während einer ihrer zahlreichen Geheimtreffen übereingekommen, dass man dem wachsenden Druck der Sowjetunion etwas entgegensetzen müsse. Somit beauftragte man hochrangige und vertrauenswürdige Offiziere beider Armeen damit, dafür Sorge zu tragen, dass nach Kriegsende ein System etabliert würde, das den westlichen Alliierten einen Brückenkopf in Europa ermöglichen würde, für den Fall, dass die Russen sich nicht an die Abmachungen halten würden und auch den Rest Deutschlands überrennen wollten. Die Verantwortlichen erhielten somit eine Carte blanche für die Auswahl „nicht so böser" Deutscher, die man aufgrund ihrer Erfahrung und/oder Qualifikation als Ausbilder einer Partisanenarmee einsetzen konnte. Diese Partisanen sollten im Falle eines russischen Einmarsches auf westdeutschem Gebiet Störaktionen wie Attentate, Sabotagen und Überfälle begehen und somit den Vormarsch ins Stocken bringen. Gleichzeitig sollten sie Informationen sammeln, weitere Rekruten suchen und ausbilden sowie Maßnahmen ergreifen, die einen westlichen Gegenschlag unterstützen sollten. Dies war die Geburtsstunde der sogenannten „Stay Behind"-Gruppen, die von Amerikanern und Briten finanziert und gefördert wurden. Ihr italienisches Pendant firmierte unter dem Namen „Gladio". Diese Partisanengruppen unterstanden dem Auslandsgeheimdienst BND, dem Nachfolgedienst der

Organisation Gehlen, benannt nach einem hochrangigen Offizier der Wehrmacht, der auch der erste Präsident des BND war.

Stay Behind verfügte über im ganzen Land verteilte Erddepots mit Waffen, Munition, Sprengstoff, Wehrtechnik und Geld. Eigentlich fehlte dieser Organisation jegliche rechtliche Grundlage, da sie anfangs von den Besatzungsmächten finanziert und außerhalb der Überprüfung durch die dafür vorgesehenen Instanzen stand. Dabei ergab sich beispielsweise sogar, dass Adenauer bei Anfragen im Deutschen Bundestag eindeutig gelogen hatte, als er nach der Existenz solcher Gruppen befragt wurde. Die parlamentarischen Kontrollgremien wurden dabei gezielt getäuscht. Günter Meyer nahm sich der neuen Aufgabe begeistert an, da er letztlich, außer seinen soldatischen Fähigkeiten, über keinerlei Ausbildung verfügte. Er wählte Rekruten aus, trainierte sie, leitete erste Probeeinsätze.

Aus Schlesien stammend, besuchte er gerne die jährlichen Vertriebenen-Treffen, bei denen er auch seine künftige Frau kennenlernte. Aus dieser Ehe gingen 1953 und 1954 zwei Kinder hervor, Tetjes und Hendriks Väter Heinz und Wilfried. Der Vater gab sich in der Erziehung militärisch-autoritär, die Mutter achtete darauf, dass den Jungen auch eine kulturelle Bildung zukam. Günter war überzeugt davon, seine Söhne zu strammen, nationalbewussten Deutschen erziehen zu können. Sport und Selbstverteidigung gehörten zum Pflichtprogramm, und zu ihrem jeweils zehnten Geburtstag bekamen sie ein Kleinkalibergewehr geschenkt und wurden in einem Sportschützenverein angemeldet. Anfangs nahmen die Jungs diese restriktiven Maßnahmen hin. Sie machten einerseits ja auch Spaß, andererseits ermöglichten sie ihnen auch gemeinsame Zeit mit dem Vater, der so oft nicht zu

Hause war ... wegen seiner verdeckten Einsätze. Mit zunehmender Reife und erwachendem politischen Bewusstsein stellten sie jedoch die Erziehungsmaßnahmen und Werte des Vaters in Frage. So kamen erste Konflikte auf, als der Alte seine Söhne mit in die Eifel nahm und ihnen dort, an einer unzugänglichen Stelle mitten im Wald bei Kommern, eines der Erdverstecke zeigte. Zum ersten Mal fragten sie den Vater nach seiner Rolle im Dritten Reich, was beiden eine schallende Ohrfeige einbrachte.

Ein politischer Freigeist trat als Mentor der Brüder auf. Dr. Frederic Mey war der Geschichtslehrer beider Jungen und öffnete ihren Geist für Widerspruch und das Hinterfragen von Althergebrachtem. Mey war mutig und selbstbewusst – vielleicht ein Erbe seines Vaters, der im Rahmen der Säuberungsaktionen nach dem Attentat auf Hitler als Mitverschwörer hingerichtet worden war. Der Doktor, so nannten ihn seine Schüler respektvoll untereinander, unterschied sich so wohltuend von dem restlichen Lehrkörper. Er setzte sich mit Fragen, Kritik und Diskussionswünschen seiner Schüler auseinander und ließ sich gelegentlich sogar davon überzeugen, dass die Jugendlichen Recht hatten. Dies wurde in jener Zeit mit Respekt betrachtet und nicht als Eingeständnis von Schwäche angesehen. Was den jungen Menschen besonders gefiel, war seine lebhafte Auseinandersetzung mit der jüngsten deutschen Geschichte. So klärte er auch schonungslos über die nationalsozialistische Karriere vieler deutscher Staatsdiener auf, die in der jungen Bundesrepublik schnell wieder Fuß gefasst hatten und erneut in Amt und Würden waren. Namen wie Filbinger, Kiesinger oder Gehlen wurden ob ihrer neu gewonnenen „demokratischen Gesinnung" hinterfragt und bloßgestellt. Mey bezweifelte deren vorgebliche Reue und dass sie wirklich mit ihrer Vergangenheit gebrochen hatten. Er stellte sich damit in eine

Reihe mit kritischen Intellektuellen wie z. B. dem Schriftsteller Günter Grass.

Im Juni des Jahres 1967 informierte Mey seine Schüler darüber, dass er am folgenden Freitag nicht anwesend sein würde und sie mit einem Vertretungslehrer Vorlieb nehmen müssten. Am darauf folgenden Montag erschien der Doktor mit einem großen Pflaster auf der Stirn in der Schule. Er war schweigsam, bleich und einsilbig. Erst am folgenden Mittwoch, im Geschichtsunterricht in Wilfrieds Klasse, brach er sein Schweigen und lieferte eine Erklärung. Am 2. Juni 1967 war der Diktator Persiens, des heutigen Iran, Schah Reza Pahlavi, in Berlin zu Besuch. Dieser Mann regierte sein Land mit unerbittlicher Härte und mit Hilfe eines rigiden Militär- und Polizeiapparates. Ihm persönlich unterstand der Geheimdienst SAVAK, der auch den Schutz des Staatsoberhauptes bei Auslandsvisiten übernahm. Im Rahmen dieses Besuches war es zu Gegendemonstrationen gekommen, unter Anderem durch im deutschen Exil lebende persische Studenten. Dr. Mey gehörte zu einer großen Gruppe friedlich demonstrierender Bürger und erlebte, wie er sagte, einen der schlimmsten Tage seines Lebens. Er musste zusehen, wie in Zivil gekleidete Schläger mit Dachlatten und Totschlägern auf pazifistische Studenten einprügelten. Erst viel später wurde bekannt, dass diese bezahlten „Jubel-Perser" in Wahrheit Agenten des SAVAK gewesen waren. Mey glaubte seinen Augen nicht trauen zu können, als er sah, dass sich die deutsche Polizei nicht nur passiv gegen den prügelnden Mob verhielt, sondern sogar gegen die deutschen Studenten mit Wasserwerfern und berittenen Beamten vorging. Staatsdiener, deren Auftrag es war, ihr eigenes Volk vor Schaden zu schützen, sahen tatenlos zu, wie ausländische Geheimdienstler ihre deutschen Mitbürger in Berlin *zusammenknüppelten. In diesem Augenblick war etwas in Mey zerbrochen. Sein Glaube an die Rechtsstaatlichkeit Deutschlands wankte und machte dem Gedanken an einen noch immer bestehenden „rechten Staat" Platz. „Und für sowas hat mein Vater sein Leben gegeben", schloss er seinen Bericht und blickte in die betroffenen Gesichter seiner Schüler. Im Zuge der Berliner Ereignisse wurde der Student Benno Ohnesorg von einem westdeutschen Polizisten in Zivil erschossen, der in Wahrheit informeller Mitarbeiter der Staatssicherheit der DDR gewesen war – eine Erkenntnis, die erst nach der Wende 1990 im Rahmen der Auswertung von Stasi-Akten bekannt werden würde. Historiker sahen in diesem 2. Juni 1967 die Geburtsstunde der RAF, der Roten Armee Fraktion, die in den Folgejahren mit Terrorakten die BRD in Angst und Schrecken versetzen sollte.*

Die Schüler erzählten natürlich zu Hause von den Erlebnissen ihres Lehrers und nicht in allen Haushalten fand dessen Verhalten Zustimmung. Im Hause Meyer bekam das Familienoberhaupt einen Wutanfall, sprach von „vaterlandslosen Gesellen" und strengte gemeinsam mit vier weiteren Elternpaaren eine geharnischte Dienstaufsichtsbeschwerde gegen Dr. Mey an. Dieser kam mit einem Verweis davon, was ihn aber nicht daran hinderte, auch weiterhin das politische Bewusstsein seiner Schüler zu fördern. Es war ein anderer Vorfall, der ihm schließlich das Genick brach. 1968 wurde der damalige Bundeskanzler Kurt Georg Kiesinger, ein strammer Nazi der ersten Stunde, von der Politologin Beate Klarsfeld im Rahmen einer Veranstaltung öffentlich geohrfeigt. Diesen Vorfall verarbeitete Dr. Frederic Mey, indem er am Tag nach Bekanntwerden der Aktion eine einzelne rote Rose neben das Bild von Frau Klarsfeld auf seinem Lehrerpult aufstellte und der Klasse von dieser Frau erzählte. Beate Klarsfeld war mit dem französischen Juristen und Historiker Serge Klarsfeld verheiratet. Als Jude war sein Vater in Auschwitz ermordet worden und Klarsfeld hatte gemeinsam mit seiner Frau nach dem Krieg Jagd auf Nazi-Verbrecher, darunter den berüchtigten Klaus Barbie, den „Schlächter von Lyon", gemacht. Dieser Verbrecher hatte u.a. in seiner Funktion als Polizeichef von Lyon 44 jüdische Kinder nach Auschwitz deportieren und ermorden lassen – der Älteste war 17, der Jüngste gerade mal 4 Jahre alt. Einer von Heinz' Klassenkameraden hatte seinen Eltern von dieser Unterrichtsstunde berichtet und dessen Vater hatte Günter Meyer sofort kontaktiert. Die erneute Beschwerde führte schlussendlich zur Entlassung von Dr. Mey und dessen Suizid wenige Monate später. Heinz und Wilfried machten ihren Vater direkt für den Freitod ihres Vorbildes verantwortlich.

Aus diesem Disput entwickelte sich ein nicht enden wollender Zwist, der darin gipfelte, dass Günter seine Söhne aus dem elterlichen Haus warf, nachdem sie sich 1975 aktiv an Demonstrationen im Rahmen der RAF-Prozesse in Stuttgart-Stammheim beteiligt hatten.

Dieser Bruch führte dazu, dass Günter seine Enkel Hendrik und Tetje erst sehr spät kennenlernte. Seine Frau war zu diesem Zeitpunkt bereits tot. Die Enkel waren beide im Jahr 1975 geboren worden und nur auf Betreiben der Ehefrauen von Heinz und Wilfried kam der erneute Kontakt zu Günter Meyer zustande. Die Söhne waren extrem misstrauisch und glaubten nicht an einen Sinneswandel ihres Vaters. Die Enkel hingegen waren von Opa Günni begeistert. Wie so oft, zeigte sich eine Milde und Herzlichkeit erst gegenüber der Nachfolgegeneration. Günter war charmant zu seinen Schwiegertöchtern, umsorgte die Enkel *vorbildlich und langsam ließ der Argwohn seiner Söhne nach. Nur dadurch konnte es geschehen, dass die Jungs mit ihrem Großvater allein Ausflüge machen konnten. So gingen sie in den Ferien für mehrere Tage gemeinsam Zelten, machten Städtetouren, etc. Was ihre Väter nicht wussten, war, was während dieser Aktivitäten vor sich ging: Beim Zelten machten sie Geländespiele wie bei der Hitlerjugend, sie wurden im Gebrauch des Luftgewehres trainiert, Opa Günni zeigte den Jungs Schläge auf den menschlichen Körper, die, bei richtiger Ausführung, tödlich waren, ihnen wurde der Gebrauch von Waffen und Sprengstoff aus einem Erdversteck erklärt. Bei den so genannten Städtetouren wurden die pubertären Knaben aktiven Mitgliedern von Stay Behind Gruppen vorgestellt und durften diese sogar einmal bei einem realen Einsatz begleiten.*

Im Mai des Jahres 1990 platzte die Bombe. Nach Rückkehr aus einem verlängerten Wochenende mit dem Großvater erzählten Hendrik und Tetje stolz, dass sie beide jeder einen Hasen mit der Flinte erledigt hätten. Die Jungen mussten sich daraufhin mit ihren Eltern zusammensetzen und haarklein berichten, was so bei den Ausflügen mit Opa geschehen war. Hendrik und Tetje waren sich keiner Schuld bewusst und erzählten, da sie ihren Eltern vertrauten, den genauen Tagesablauf. Während des Berichtes waren die Väter immer schweigsamer geworden. Als sie geendet hatten, dankten ihnen die Eltern und baten um ein paar Stunden Ruhe. Verwirrt zogen sich die Jungs in Hendriks Zimmer zurück und übernachteten dort gemeinsam. Am nächsten Morgen baten die Eltern um ein Gespräch am Abend. Im Rahmen dessen schilderten sie den Söhnen ihre Kindheit, die Geschichte ihrer Familie, speziell des Großvaters, und die sozialen Rahmenumstände. Es lag möglicherweise daran, dass ihre Erziehung von frühester Kindheit an von großem Vertrauen geprägt war. Jedenfalls hörten die beiden Jungen ihren Eltern konzentriert zu. Sie untermauerten ihren Bericht mit Original-Filmaufnahmen aus dem Internet und zeigten ihnen Dokumente, die die Taten ihres Großvaters belegten.

Die Jungen fühlten sich von ihrem Großvater betrogen, missbraucht und ausgenutzt. Daher fiel es ihnen leicht, den Eltern zu versprechen, künftig Unternehmungen mit dem Opa Günni zu vermeiden. Hendrik und Tetje gingen sogar noch weiter. Sie schrieben einen gemeinsamen Brief an den Alten, worin sie erklärten, ihn nie wieder sehen zu wollen und warum. Wilfried und Heinz bekamen das Schreiben vorher zu lesen. Diese Nachricht war die letzte, die Günter zu Lebzeiten von dem noch verbliebenen Teil seiner Familie erhalten sollte. Als diese die Todesnachricht erreichte, entfernten sie aus dem elterlichen Haus alle Dokumente und ließen den Haushalt von einer Firma auflösen. Bei der Beisetzung von Günter Meyer waren sie nicht anwesend, was für einiges Befremden bei der honorigen Trauergemeinde sorgte.

Hendrik und Tetje hatten am Tag ihrer Abiturfeier eine Bitte an ihre Väter: Sie wollten den Nachlass ihres Großvaters durcharbeiten. Das so erworbene Wissen kam Hendrik bei der Planung des Anschlages auf die Dresdener Hooligans zugute. In den Unterlagen befanden sich unverschlüsselte Hinweise auf Waffendepots. An dem Abend in dem Werkstattkeller zog er diese Liste zu Rate und *suchte die fünf nächstgelegenen heraus. Sie befanden sich in den Regionen Kommern, Gerolstein und Kaltenborn in der Eifel sowie Sundern und Plettenberg im Sauerland. „Also, Tet, wie sieht es aus? Hilfst du mir, meinen Sohn, dein Patenkind, zu rächen? Oder wirst du mich bei der Polizei verpfeifen?"* Sein Cousin verzog das Gesicht. *„Hältst du mich wirklich für so ein Arschloch? Nein, ich mache mit ... und sei es nur, um zu wissen, was du vorhast und es dir dann doch noch auszureden."* Hendrik grinste diabolisch. *„DAS wird dir nicht gelingen. Zuerst müssen wir schauen, ob die Waffendepots von Opa Günni noch existieren. Wir könnten zwar selbst Sprengstoff fabrizieren, aber der Kauf der einzelnen Komponenten würde die Polizei schnell auf unsere Spur bringen. Die sind ja nicht blöd und haben inzwischen gute Leute und Methoden der Analyse. Ich werde am Wochenende in die Eifel und ins Sauerland fahren und nachsehen. Kommst du mit?"*

Rüdiger Rybowski saß am Frühstückstisch und Christoph Kliewer leistete ihm Gesellschaft. Nach Ausbruch der Gewalt am gestrigen Abend hatte er zusammen mit den fünf, im Zuschauerbereich versteckten, „Patrioten" einen Sicherheitswall um seinen Chef gebildet und ihn hastig zum bereitstehenden Wagen eskortiert. Im Wagen herrschte auf der Heimfahrt nach Kalkum gespenstische Stille. Rybowski bot seinem Vertrauten an, im Gästehaus zu übernachten. Dieser willigte ein und informierte seine Ehefrau in Eller kurz telefonisch.

Heute Morgen jedoch war der Vorsitzende der DüPa verärgert ... nein, er war WÜTEND! Irgendwelche rechten Idioten hatten ihm die wunderbare Gelegenheit vermasselt, diesen türkischen Drecksack

Al-Balawi zu demaskieren und ihm Aussagen zu entlocken, die die DüPa für ihre Argumentationen nutzen konnte. „Wenn ich rausbekomme, wer die Arschlöcher waren, dann setzt es was. Ich lasse mir von denen doch nicht mein Konzept kaputt machen. Hast du jemand erkannt, Christoph?" Der Angesprochene schüttelte den Kopf. „Keine Person, aber ich habe ein Emblem auf einem der Schals fotografieren können. Die nennen sich „95 K-Rath", eine rechte Schlägertruppe aus der Hooligan-Szene. Harte Leute, haben so gut wie keine Toleranz gegenüber Andersdenkenden. Ich hab mal im Netz nachgeschaut, heute Nacht, und die sind alle auf ihren Chef eingeschworen, einen Johannes Löwe. Ich fürchte, denen wirst du nicht mit Argumenten beikommen." „Das habe ich auch gar nicht vor. Aber wir werden uns auch nicht auf einen Kleinkrieg untereinander einlassen. Diese Bande von Schlägern funkt mir dazwischen und wir sind keine Fußballrowdys, die sich Ackerschlachten liefern. Wie also lösen wir das Problem?" Kliewer zuckte mit den Schultern. „Wir lassen Andere die Drecksarbeit für uns machen. Ich überlege nur, wer das sein wird. Die Polizei oder die Moslems selbst?" „Und wie willst du das anstellen, Rüdiger?" „Ich denke, wir werden ein paar Gerüchte streuen, ein paar Beweismittel fingieren und platzieren und dann schauen, wer momentan am schlagkräftigsten von unseren unfreiwilligen Helfern ist. Schick mal ein paar von unseren Leuten nach Rath. Die sollen unauffällig beobachten und ggf. Fotos machen, falls es was Interessantes zu sehen gibt. Aber auf keinen Fall selber aktiv werden oder sich entdecken lassen. Such die Leute also gut aus, Christoph!"

...

Der Raum in dem kleinen Haus in Wersten diente der immer rascher wachsenden Gemeinschaft um Imam Al-Balawi als Besprechungsraum. Hier saß er am Vormittag nach dem Eklat im Hofgarten mit seinen Vertrauten bei einer Tasse Tee und überlegte. „Ich hätte diesen bösen Menschen so gerne auf der Bühne bloßgestellt, mit all seinen Vorurteilen und dem Hass uns gegenüber. Es war DIE Chance, vor allem wegen der Fernsehsender. Wer waren die jungen Männer, die diesen Ahmak (Dussel) beschimpft haben? Ich kenne sie nicht, sie sind nicht aus unserer Gemeinschaft." Die vier anderen Männer am Tisch senkten das Haupt. Der Tadel ihres Glaubensführers war ihnen unangenehm. „Imam Hassan, bitte seien Sie uns nicht böse, aber wir konnten nichts tun. Alles ging so schnell und wir haben ... ja, wir konnten sie nicht aufhalten. Ich selbst habe einen Jungen erkannt. Er arbeitet in einem Lebensmittelgeschäft in Unterrath. Ich werde zu ihm gehen und ihm und seiner Familie ins Gewissen reden." „Tu das, Ali, und sorge dafür, dass es auch seine Freunde erfahren. Sie sollen wissen, dass es nicht Allahs Wille ist, dass wir Blut vergießen, wenn es nicht unserem Schutz dient. Was wir tun, sieht Allah wohl. Und ich werde nicht zulassen, dass ein paar Verwirrte dafür sorgen, dass unsere Frauen und Kinder nicht mehr ohne Schutz einkaufen gehen können. Kümmert euch und berichtet mir." Die Männer brachen auf und verließen den Imam, der sich in den Koran vertiefte und hoffte, dort eine Antwort auf seine bohrenden Fragen nach dem Erhalt des Friedens zu finden.

Monika blickte stolz in die Runde. Das Grinsen fiel ihr sichtlich schwer mit dem Bluterguss rund um ihr rechtes Auge und dem Cut in ihrer Unterlippe. „Habt ihr gesehen, wie ich es dem Mufti gegeben habe, habt ihr es gesehen? Der ist bestimmt nicht so schnell wieder aufgestanden. Und seine Eier wird er in den nächsten Wochen auch nicht mehr gebrauchen können, wenn überhaupt wieder." Stefan, der „Sarge", schlug der jungen Amazone freundschaftlich auf die Schulter und ihre Kameraden ließen das Mädchen hochleben. Leo trat auf sie zu und heftete ihr einen Sticker an die Weste. Darauf war auf rotem Grund ein weißer Diamant mit einer stilisierten 95 abgebildet und an dem unteren Rand stand zu lesen: L.C.K. Diese Abkürzung stand für „Lance Corporal K-Rath", der ersten Stufe des Aufstiegs innerhalb der Hierarchie des Clubs. Sie war damit gegenüber den Rookies, den Neulingen, weisungsbefugt. Monika schien um zwei Zentimeter zu wachsen und umarmte Löwe stürmisch. „So, jetzt ist es aber genug. Leute, ihr habt eure Sache gut gemacht, in Angermund und im Hofgarten. Wir sollten jetzt mit dem Druck nicht nachlassen. Die aus Oberbilk sind schon ganz heiß darauf mitzumachen und werden sich uns anschließen. Und sie haben sehr gute Versorgungsquellen. Über die kommen wir an Tillidin ran. Ich hab euch gestern für die Aktion unsere letzten Vorräte der Tropfen gegeben."

Monika sprang auf. „Das ist ja super, Leo. Das Zeug knallt sowas von rein. Ich hab von den Schlägen ins Gesicht kein bisschen was gespürt. O.k., heute schon", grinste sie schief und sah auf die Uhr. „Oh, Mist, ich muss los, meine Oma vom Arzt abholen. Also tschüss, bis heute Abend." Löwe löste die kleine Versammlung auf und ging aus dem Keller seines Hauses ins Wohnzimmer hinauf. Dort spielten seine Enkel, die sofort zu betteln begannen, als sie ihren Opa entdeckten. „Opa, ein Eis, bitte, bitte, bitte!" Er konnte den beiden Zwillingen einfach nichts abschlagen. Also schnappte er sie und verfrachtete die Kinder auf den Rücksitz seines Oldsmobile Cabrios. Satt blubbernd startete der Motor und los ging die Fahrt nach Bilk zur Eisdiele Unbehaun. Während der Fahrt konnte er überlegen, wie seine Anwälte am besten die beiden Jungs aus der Untersuchungshaft bekommen konnten, die als Einzige gestern erwischt worden waren.

Löwe bemerkte nicht den sportlich gekleideten Mittdreißiger, der von ihm und seinen Enkeln diverse Fotos schoss und dann verschwand.

„Was machst du heute Abend?" Jumas Frage traf mich völlig unerwartet. „Wieso?" „Weil ich zwei Karten für das Heimspiel der Fortuna habe, das heute ersatzweise in Mönchengladbach stattfindet. Lass mich jetzt bloß nicht hängen, Alter."

Tja, Stress mit Sarah, Dienst unter Hochdruck, viel Schmerzen, wenig Schlaf ... da wäre eine kleine Ablenkung angebracht. Auch wenn ich von dem Sport nichts verstand. Der Tag ging unglaublich schnell um, da wir für einen halben Tag aus der SoKo abgezogen worden warenn - sehr zum Ärger Bredows -, um die Ermittler bei den Vernehmungen wegen der Schlägerei im Hofgarten zu unterstützen.

Gegen 17.30 Uhr machten wir uns auf den Weg und kamen frühzeitig in Mönchengladbach an. Die Sicherheitskontrollen waren aufgrund des Anschlags in Düsseldorf auch hier verschärft worden und daher waren alle Fans aufgefordert, mindestens zwei Stunden vor Spielbeginn vor Ort zu sein. Wir ließen diverse Kontrollen über uns ergehen, nachdem wir vom P4 aus den kurzen Fußweg zum Stadion hinter uns gebracht hatten. Juma stellte sich in der langen Schlange vor den Getränkeständen an und ich blickte mich neugierig um. Was für eine fremde Welt! Überall Gesichter in freudiger Erwartung, angeregte Diskussionen auf den Gängen, fröhliches Gelächter ... als hätte es die Explosionen in Düsseldorf nie gegeben! Ich drehte mich um und stellte fest, dass etwa zehn Meter hinter mir ein Tisch aufgebaut war, hinter dem zwei Männer standen und die sich mit einem Rollstuhlfahrer und einem Pärchen mit Blindenstock unterhielten. Diese bekamen von den Männern in T-Shirts mit Fortuna-Logo ein seltsames Gerät ausgehändigt, das einem Walkman glich. Da tippte mir jemand auf die Schulter. „Ach, du hast unsere Spezis entdeckt. Das sind die Jungs von der Behinderten-Fanbetreuung. Einen von denen kenne ich. Komm, ich stell dich vor." Damit drückte mir Juma meinen Becher Cola in die Hand und bugsierte mich an den Tisch. Dort sprach er einen freundlich dreinblickenden Mann an. „Hi, Stefan, hier ist Juma. Schön, dass ihr auch hierher mitgekommen seid. Haben die hier die Technik für die Übertragungen?" Der Angesprochene lächelte. „Haben wir alles mit, Juma. Prima, dass du hier bist. Aber ich sehe, du bist nicht allein. Willst du mich nicht vorstellen?" Ich war verwirrt. Der Mann hatte doch einen Blindenstock, weshalb sprach der von Sehen? Juma antwortete seinem Bekannten. „Ja, dann darf ich die Herren kurz einander vorstellen. Mein Kollege Michael Oberle, seines Zeichens Kriminalhauptkommissar im Morddezernat. Und dies ist Stefan Felix, Fan-Beauftragter der

Fortuna speziell für Sehbehinderte." Ich streckte Felix die Hand entgegen, sodass wir uns berührten und er wusste, wohin er greifen sollte. Sein Händedruck war angenehm fest. „Ich schätze mal, Sie haben sich über meine Worte gewundert. Ich hab noch fünf Prozent Sehkraft, damit kann ich ein bisschen was unterscheiden." „Und was verteilen Sie da für Dinger, Herr Felix?" „Das? Das sind unsere Empfänger für die Sehbehinderten. Oben, in der Kommentatoren Loge, sitzen zwei speziell ausgebildete Leute, die nur für Blinde das Spiel erläutern. Wichtig, sie sind Blindenreporter, keine Kommentatoren." Ich sah, wie er wissend grinste. „Wollen Sie auch mal so ein Ding ausprobieren? Wir haben genug da und heute kommen eh nicht so viele von uns." Juma warf ein: „Michael wird heute entjungfert. Ja, du hörst richtig, er schaut sein erstes Live-Fußballspiel. Und damit ich selbst auch was davon habe und nicht permanent erklären muss, wäre so ein Gerät für ihn echt praktisch." Ich nahm dankend an und hängte mir Empfänger und Kopfhörer um. Dann ging es zu unseren Plätzen.

Wie am Tag zuvor von Sven Mühlenbeck angekündigt, hatten Fangemeinschaften eine Choreographie zu „You never walk alone" einstudiert und hielten dabei Transparente mit Beileidsbekundungen und Aufrufen hoch, die vor Diskriminierung warnten. Dann betraten die Spieler Rensing, Fink und der ehemalige Spieler Gerd Zewe das Spielfeld und hielten einen flammenden Appell für Toleranz im Sport und Gewaltlosigkeit unter den Fans. Dann baten sie alle Anwesenden, sich für eine Schweigeminute zum Gedenken der Toten zu erheben. Diese Ehrung wurde auch leidlich gut eingehalten, nur wenige Pfiffe und Rufe waren zu hören und wurden von Nachbarn der Störer offensichtlich drastisch unterbunden.

Ich stand ebenfalls und hatte meine Hände gefaltet ... vor allem zum Gedenken an Pippo. Ich sah zur Seite und erkannte, dass Juma es mir gleichtat. Auch er hatte den kauzigen Alten damals kennengelernt. Dann wurde das Spiel gegen Braunschweig angepfiffen und ich setzte die Kopfhörer auf. Die Beschreibungen der Reporter waren für mich unglaublich hilfreich, da ich weder vom Spiel etwas verstand noch einen der Spieler kannte. Juma hingegen ließ sich von der Stimmung mitreißen und jubelte und fluchte, je nachdem, was gerade mit der Fortuna geschah. In der Halbzeitpause blieb ich sitzen und versuchte, in den Fanblocks, wo sich Ultras, Hools und weitere Gruppen von Begeisterten ein Stelldichein gaben, irgendwelche Embleme zu erkennen. Mein Handy war wenig hilfreich, der Zoom war zu schwach. Dann folgte die zweite Halbzeit, die wesentlich dynamischer verlief. Trotzdem endete das Spiel mit einem unbefriedigenden 1:1. Beim Hinausgehen hörte ich die Diskussionen der vielen tausend „Bundestrainer", die jetzt das Spiel kommentierten: „Naja, nicht berauschend, aber wenigstens haben wir gegen einen echten Traditionsverein gespielt. Die anderen Sachsen, die Typen aus Leipzig, die sind ja eh nur ein zusammengekaufter Trupp aus Huren und Söldnern." Am Tisch der Fanbeauftragten gab ich meinen Empfänger ab und bedankte mich. Juma fragte Stefan Felix: „Und? Wie fandest du das Spiel?" Felix überlegte kurz. „Naja, es war ganz o.k. Aber die Situation in der Mitte der zweiten Halbzeit, die hätten sie früher anders geklärt. Da wäre das Ding ein Tor geworden. Die haben doch diesen Spielzug unter Norbert Meier wie blöde trainiert."

Ich erstarrte. Felix hatte gerade einen Namen genannt ... Meier. Norbert Meier war vor Kurzem Trainer der Fortuna gewesen, das wusste sogar ich. Er hatte vor seiner Zeit bei der Fortuna traurige

Berühmtheit erlangt, weil er am Spielfeldrand einen Spieler der gegnerischen Mannschaft mit einem Kopfstoß attackiert und sich dann selbst hatte hinfallen lassen. Aber darum ging es mir jetzt gar nicht!

Meier ... dieser Name ... da war was! Nur was? Es war nicht lang her ... in den Akten ... Fraunhofer ... Bewerbung ... MEYER! Da war ein Meyer abgelehnt worden, ein Meyer aus Düsseldorf. Gut, der Name war ja zu häufig, aber ich hatte noch einen Meyer irgendwo entdeckt. Ich sah Juma an, der bemerkt hatte, dass irgendwas nicht stimmte. Dann fiel es mir ein! Meyer war auch ein Name, der auf der Bestellerliste eines Online-Händlers stand ... und dieser Meyer hatte einen der Spezial-Akkus bestellt! Vielleicht hatten wir ja Glück und es war die gleiche Person, die trotz aller Planung nur EIN MAL unvorsichtig gewesen war.

Wir rasten zurück in die Zentrale im Tulip Inn ...

„Mach das Gesicht noch etwas heller ... ja, prima, genau so hab ich mir das vorgestellt. Druck mir das bitte auf einfachem 80-Gramm-Papier aus, auch alle anderen Bilder, die wir besprochen haben. Und dann schick mir die Dateien über unser Intranet." Rybowski tätschelte anerkennend die Wange des pickligen, jungen Mannes. Patrick erfüllte nicht nur optisch das Klischee eines „Nerds": unreine Haut, Kassenbrille, langweiliger Haarschnitt, ausgeleiertes T-Shirt und abgetragene Jeans. Er war aber außerdem ein genialer Grafiker, der jedoch nie eine Fachschule besucht hatte. Mit einer großen Begabung für Computertechnik gesegnet und überdurchschnittlichen, autodidaktischen Fähigkeiten hatte er sich zu einer Koryphäe in den Bereichen Grafikdesign und Multimedia entwickelt. Allerdings fehlten ihm entsprechende Zeugnisse oder Diplome, um richtig durchzustarten. Daher hatte er auch nie einen Job in einer großen Agentur oder einem Unternehmen bekommen ... bis er mehr zufällig auf Rybowski stieß, oder vielmehr dieser auf ihn.

Der schüchterne Junge saß in einem Café in der Altstadt und entwarf anhand eines Personenfotos einen Avatar für ein Computerspiel. Rüdiger Rybowski war ebenfalls dort und holte sich an der Theke einen Kaffee. Auf dem Rückweg zu seinem Tisch fiel sein Blick auf den Bildschirm des Jungen und der Unternehmer blieb stehen. Die Schnelligkeit und das Stilgespür des Zeichners waren beeindruckend. „Darf ich mich zu Ihnen setzen? Ich finde toll, was sie da machen." Der blonde Nerd war hochgeschreckt und stammelte etwas wie „bitte sehr, aber ist nix Besonderes". Sie kamen ins Gespräch und langsam taute Patrick, so sein Name, auf. Er erzählte von seinen Visionen und Rybowski hörte aufmerksam zu. Am Ende gab er Patrick seine Visitenkarte. „Wenn Sie einen Job suchen, rufen Sie mich an. Ich kann jemand wie Sie gebrauchen!" Patrick brauchte zwei Tage, um den Mut dafür aufzubringen. Das Bewerbungsgespräch war kurz und so völlig anders als alles, was der Zeichner zuvor erlebt hatte. Er musste an einem PC einen Entwurf anfertigen, der ihn nur eine Viertelstunde gekostet hatte. „Ich habe die gleiche Aufgabe anderen Bewerbern gestellt. Die haben drei Stunden gebraucht für ein schlechteres

Ergebnis. Sind Sie mit 2.800,00 € Anfangsgehalt einverstanden?" Natürlich war Patrick das!

Mit der Zeit näherten sich der Boss und sein Mediengestalter an und Patrick erfuhr von den politischen Ansichten Rybowskis. Sie leuchteten ihm ein und er machte sie sich bald zu Eigen. So kam er zu einer Vertrauensposition, die eben dazu führte, dass er gerade mehrere Stunden Fotos nachbearbeitet und manipuliert hatte. Die Bilder zeigten Johannes „Leo" Löwe mit seinen Enkeln ... nackt und in teilweise eindeutig sexuelle Handlungen verstrickt. Patrick hatte keine Skrupel gehabt, nachdem sein Boss ihm erklärt hatte, dass dieser Kerl verantwortlich war für den Tod der alten Dame im Hofgarten. Der Junge war von seiner Großmutter aufgezogen worden und hatte daher einen starken Beschützerinstinkt für alte Menschen.

Rybowski sorgte dafür, dass die bearbeiteten Aufnahmen noch am gleichen Abend anonym verteilt wurden: an die Polizei, die Medien und natürlich auch an Löwe.

Die Verstrickung des Club-Chefs in die Ausschreitungen im Hofgarten waren Polizei und Öffentlichkeit bekannt. Man konnte ihn aber nicht direkt belangen, da er bei der Aktion selbst nicht vor Ort gewesen war. Dafür hatte er ja seine Leute „für's Grobe". Das zuständige Dezernat nutzte jedoch sofort die Chance, Löwe über das Thema Pädophilie zu packen und nahm ihn noch am gleichen Abend fest. Der den Haftbefehl ausstellende Richter machte deutlich, dass die Stellung einer Kaution wegen der drohenden Fluchtgefahr nicht in Frage komme. Im Zuge der Hausdurchsuchung bei Löwe in Rath wurden auch mehrere PC's sichergestellt, auf denen man später weiteres kinderpornographisches Material fand. Patrick war es ebenfalls gelungen, Löwes Account zu hacken und mehrere Verzeichnisse mit Fotos und Filmen zu platzieren.

48 Stunden nach der Massenschlägerei nahe der Reiterallee war der Club „95 K-Rath" praktisch nicht mehr existent.

Imam Al-Balawi saß wieder an dem Tisch mit seinen Gefolgsleuten. Sie berichteten, dass sie den wiedererkannten Jungen zur Ordnung gerufen hatten, und dieser hatte auf sanften Druck der Männer und nach einigen Ohrfeigen seines Vaters auch Namen anderer Täter genannt. So erhielten auch diese und deren Familien am gleichen Tage noch Besuch von den Muslimen, die im Auftrag ihres geistigen Führers für Ordnung sorgen sollten. Bis auf EINE Familie zeigte man sich auch dort kooperativ. Die renitente Familie begann, sich lautstark mit den Besuchern zu streiten. Im Zuge dieses Disputs kam heraus, dass deren Sohn noch in der gleichen Nacht das Land mit Ziel Afghanistan verlassen hatte.

Al-Balawi lauschte ruhig und konzentriert dem Bericht und bedankte sich anschließend. Dann bat er seine Mitarbeiter, ihn allein zu lassen. Al-Balawi nahm ein Prepaid-Handy und wählte eine abgespeicherte Nummer. „Salam aleikum, Amir, mein Bruder. Wie geht es dir? Was machen deine Frau und Kinder? Alles gut? ... ja, danke, bei mir auch. Ich wollte dir nur Bescheid geben, dass der

Junge auf dem Weg zu dir ist ... ja, er hat Angst und sucht nach Halt ... er hat genug Geld und kennt die Adresse ... nein, er weiß nicht, dass das Geld von mir kommt und er soll es auch nie erfahren ... ja, bildet ihn gut aus und schickt ihn dann zurück, um Allahs göttlichen Ratschluss zu befolgen ... ja, für dich auch ...Chodofiz (Gott schütze dich auf deinem Weg)."

Aus der Vorgeschichte:

Ihre Rundtour nahm den ganzen Sonntag in Anspruch, da die Ziele nicht direkt mit dem Auto erreichbar und einige Ausgrabungen erforderlich waren. Zumindest hatten sich die Stay Behind Organisationen technisch immer up-to-date gehalten und die Verzeichnisse, die ihr Großvater auf einer Diskette gespeichert hatte, mit exakten GPS-Koordinaten versehen. So fiel wenigstens die lästige Sucharbeit weg, auch wenn sie Mühe gehabt hatten, noch einen Rechner mit einem Diskettenlaufwerk aufzutreiben. Trotzdem waren sie, als sie abends nach Pempelfort zurückkehrten, total erschöpft. Immerhin, die Standorte in Kommern und Sundern waren noch nicht geräumt worden. Sie hatten insgesamt vier Maschinenpistolen vom Typ STEN MK VI und zwölf Automatik-Pistolen von Sig-Sauer sowie Heckler & Koch mit den passenden Schalldämpfern vorgefunden. Dazu kamen ca. 5.000 Schuss passender Munition sowie annähernd 60 Kilogramm eines britischen Plastiksprengstoffs. Die Sprengmittel trugen noch die Beschriftung, die sie als Weltkriegsmaterial auswiesen. Daher war es notwendig, dies und die Waffen zu testen. Das sollte am nächsten Wochenende in einer entlegenen Region der Eifel stattfinden, die aber unbedingt weit entfernt von den Waffendepots liegen musste. Auch wenn sie ihre Fahrten möglichst immer mit unterschiedlichen Fahrzeugen machten (Hendriks Audi, Tetjes Volvo, dem weißen Transporter, einem Leihwagen ohne Firmenkennzeichen), sollte sich kein Anwohner über ein gesteigertes Interesse von Ortsfremden an einer bestimmten Stelle wundern und beginnen, Fragen zu stellen.

Sie wählten dazu eine Stelle am Lessierbach bei Höchstberg, da in der Nähe ein Steinbruch lag und die Nachbarn an Detonationen gewöhnt waren. Sie erinnerten sich noch genau an die Erklärungen von Opa Günni, der sie damals sogar selbst eine Sprengung hatte durchführen lassen. Das einzige Opfer war damals ein Campingkochtopf gewesen. Dieses Mal musste ein großes Stück der Uferböschung dran glauben, was ein Stauwehr entstehen ließ. Sie beseitigten hastig den Damm, sodass der Bach wieder frei fließen konnte. Die Waffentests sollten trotz der benutzten Schalldämpfer an einem anderen Ort erfolgen, damit zufällige Passanten oder Anwohner nicht argwöhnisch werden würden. Auf dem Weg zurück zur Autobahn wurden sie in einem Waldstück kurz vor Kempenich fündig. Sie hatten im Lauf der Woche alle Waffen zerlegt, gereinigt, geölt und wieder zusammengebaut. Die Tests verliefen ebenso erfolgreich wie die Sprengung – zumindest konnten sie so eine STEN und vier Pistolen aussortieren, die unbrauchbar waren. Da die Schusswaffen eh nur sekundär zum Plan gehörten (sie sollten nur dann zum Einsatz kommen, wenn sie an der Durchführung des Anschlags gehindert würden), spielte der Ausfall keine Rolle. Erstaunt waren sie jedoch über die eigenen

Fähigkeiten. Das Training durch den Großvater war offensichtlich so nachhaltig gewesen, dass sie bei den Zielübungen sehr erfolgreich waren. Zufrieden fuhren sie zurück nach Düsseldorf.

Der weitaus schwierigere Teil war die Konstruktion eines Flugobjektes. Gewiss, sie waren echte Modellbauspezialisten, aber die Aufgaben für den Multicopter waren sehr anspruchsvoll, quasi die „eierlegende Wollmilchsau" der Drohnentechnik: Der Copter musste für den Transport zerlegbar und schnell zusammenbaubar sein, die Drohne musste selbstständig nach GPS Koordinaten fliegen können, die Akkuleistung musste eine höchstmögliche Reichweite erlauben, die Tragfähigkeit musste so groß wie möglich sein und im Störfall ... ja, was war im Störfall? Reichte da EIN Fluggerät überhaupt aus? So begannen sie mit den Basis-Entscheidungen: Quadro-, Hexa- oder Oktocopter, Akku-Typen, Baumaterial, vorgefertigte elektronische Bauteile. Die Ergebnisse lagen nach einer Woche vor: Aufgrund der höheren Tragkraft würde es ein Fluggerät mit acht Rotoren werden. Der Korpus würde aus GFK-Material selbst angefertigt werden. Als Akkus wurden Lithium-Ionen Akkus der neuesten Generation gewählt und bei einem Online-Versand bestellt. Die Lieferung sollte unter falscher Identität an eine Paketstation erfolgen. Diese Bestellung erfolgte möglichst frühzeitig, damit eventuelle Aufnahmen durch an den Stationen angebrachte Sicherheitskameras zum Zeitpunkt des Anschlags gelöscht waren. Motoren und Rotorblätter erstanden sie aufgeteilt bei diversen Elektronikfachmärkten in Düsseldorf, Essen, Dortmund und Bonn. Tetje war für die Programmierung der Steuerung verantwortlich, Hendrik kümmerte sich um den Zusammenbau. Während der Bauphase wurde ihnen aber schnell klar, dass EINE Drohne Schwächen in sich trug, die ihren Plan zum Scheitern bringen könnte: was, wenn die Technik versagte, der Akku oder die Steuerung ausfielen oder aber das Hauptproblem: Welche Menge Sprengmittel war für eine erfolgreiche Aktion nötig? So trafen sie eine Entscheidung, die den Zeitpunkt des Anschlags weit nach hinten rückte. Da die maximale Tragkraft der konzipierten Oktocopter zusätzlich zum eigenen Gewicht bei ca. vier Kilogramm lag, entschied sich Hendrik für den Bau von einem Dutzend Fluggeräten. Dies führte zum Streit mit Tetje, der jetzt erkannte, in welchen Dimensionen sein Cousin dachte. Aber Hendrik hatte gute Argumente: Redundanz war das Zauberwort, das Technikern bereits zu Beginn ihrer Ausbildung oder des Studiums eingebläut wurde – die Sicherung der Funktion durch Ersatz bei Ausfall. Es mussten also mindestens zwei, besser drei Fluggeräte sein. Dann rechnete Hendrik vor, dass die Sprengkraft des PE-808 so gering sei, dass selbst sechs fliegende Bomben nicht ausreichen würden. Da er wusste, dass Tet ihm in dieser Beziehung vollkommen vertraute, fälschte er die Berechnungen, um die Sprengwirkung augenscheinlich niedriger zu skalieren. In Wahrheit jedoch war die Wirkung der Explosion viermal so groß, wie er sie dem Vetter vorgestellt hatte.

Hendriks Fokus lag nur noch auf der Aufgabe. Er absolvierte zwar gewissenhaft seine Arbeit und die Besuche am Krankenbett seines Sohnes, aber ansonsten befand er sich in einem geistigen Ausnahmezustand, der ihn in jeder freien Minute in den Keller schickte. Tetje bemerkte dies zwar, war aber immer noch überzeugt davon, Hendrik vom Schlimmsten abhalten zu können. Er hinderte ihn nicht beim Bau, denn das, so wusste er genau, würde nur dazu führen, dass sein Vetter sich zurückziehen und ihn von dem Projekt ausschließen würde. Er MUSSTE einfach dabei bleiben, um das Unglück zu verhüten. Hendrik hatte für die Beschaffung seine finanziellen Reserven angezapft und einen alten, unauffälligen Kleintransporter gekauft. Den Nachbarn erzählte er, dass er ihn sich zu einem Wohnmobil umgestalten wolle. In der ausreichend großen Garage montierten die beiden Verschworenen ein Regalsystem, in welchem die Komponenten der Fluggeräte zerlegt gelagert werden konnten. Einzig eine Polizeikontrolle hätte ihren Plan aufdecken können. Für diese Eventualität hatte Hendrik am Fahrer- und Beifahrersitz innenliegend jeweils Halterungen für eine Pistole mit Schalldämpfer angebracht, die als Flaschenhalter getarnt waren.

Als der Prototyp fertiggestellt war, fuhren die Männer mit dem Transporter, den sie mit gefälschten Kennzeichen ausgestattet hatten, zu einem entlegenen Modellflugplatz im Rurtal in der Nähe von Wassenberg unweit der niederländischen Grenze. Sie hatten sich vorher, natürlich unter falschem Namen, angemeldet und waren sonntags schon um 9.00 Uhr vor Ort. Da es sich um einen Eigenbau handelte, der sicher unter den Modelbau-Cracks für Aufsehen sorgen würde, hofften sie, um diese Uhrzeit nur wenige Personen anzutreffen. Sie hatten Glück, lediglich ein übermüdeter Platzwart nahm sie in Empfang. Sie zahlten ihre Gebühr, trugen die falschen Daten in einen Anmeldeschein ein und machten ihre Probeflüge. Dabei ließen sie trotzdem Vorsicht walten und vermieden es, den mittlerweile neugierig dreinblickenden Platzwart allzu viel von der von ihnen verwandten Technik und ihren Flugmanövern mitbekommen zu lassen. Mit stolzgeschwellter Brust fuhren sie eine gute Stunde später zurück. Sämtliche Flugfiguren hatten reibungslos funktioniert und auch der Distanzflug war ein Erfolg gewesen. Die Ladestandsanzeige auf dem Monitor, mit dem sie den Flug über die in die Drohne eingebaute Kamera überwachten, hatte 60% angezeigt, als sie den Rückflug zum Ausgangspunkt einleiteten. Zu diesem Zeitpunkt war die Drohne bereits vier Kilometer entfernt und außer Sichtweite. Das war also vollkommen ausreichend, zumal für die Octocopter kein Rückflug geplant war –sie hatten nur ein „One-Way-Ticket".

Kapitel 11

Es klingelte Sturm an der Tür der Wohnung in Pempelfort. Hendrik schaute verwundert auf den kleinen Bildschirm der Klingelanlage, auf dem sich das Gesicht seines Cousins zeigte. Er betätigte den Öffner und schloss die Wohnungstür auf. Er hörte den Mann die Treppen hinaufeilen. Dann stand er vor ihm: schwitzend, panisch, völlig aufgelöst. „Du hast doch einen Schlüssel. Warum klingelst du?" „Hab ich vergessen. Waren sie auch schon bei dir?" Hendrik schaute verständnislos drein. „WER soll denn bei mir gewesen sein?" „DIE BULLEN NATÜRLICH! Die haben mich vor einer Stunde im Büro besucht. Die waren vorher bei mir zu Hause gewesen und meine doofe, olle Nachbarin hat denen natürlich prompt die Adresse meines Arbeitgebers gegeben. Kannst du dir vorstellen, wie das für mich war? Polizei besucht mich am Arbeitsplatz. Mein Chef hat mich nach dem Besuch gleich zur Rede gestellt und mich dann für heute nach Hause geschickt."

Hendrik nötigte seinen Vetter, die Jacke auszuziehen und auf der Couch im Wohnzimmer Platz zu nehmen. Dann goss er ihm ein Glas Whisky und ein Glas Wasser ein. „Jetzt beruhige dich erst einmal und erklär mir, was sie von dir wollten." „Die haben nach den Akkus gefragt. Den ersten hatte ich bei Völkner online bestellt, noch unter meinem echten Namen." „Du hast WAS?" „Nur das EINE Mal. Danach hab ich alles unter Fake-Namen an Pack-Stationen senden lassen. Und nie mehr als zwei Artikel." Hendrik war außer sich. „Und dir ist nichts Besseres eingefallen, als direkt zu mir zu fahren? DU HAST SIE DIREKT HIERHER GELOCKT, DU IDIOT!" Tetje wehrte sich tapfer. „Mir ist niemand gefolgt. Ich bin

durch die Tiefgarage nach hinten raus und bin mit Bus und Bahn hergekommen. Ich habe darauf geachtet, kein Beschatter da!"
„Ach ja? Und du bist also neuerdings der große Fachmann im Abschütteln von Verfolgern, da du das ja seit Jahren trainierst?" Tetje erhob sich. „Das Einzige, was ich jetzt abschüttle, ist mein bestes Stück. Und wenn ich vom Pinkeln zurück bin, dann solltest du dir einen anderen Ton zugelegt haben."

Fünf Minuten später hatte Hendrik sich wieder unter Kontrolle. „Hast du irgendwelche Unterlagen in deiner Wohnung? Kontoauszüge von unseren Zahlungen, Garantiezettel, Rechnungen?" „Nein, ganz sicher nicht. Ich habe alles über die Sonderkonten in Luxemburg und Jersey bezahlt und die Unterlagen direkt hierher mitgebracht." Tet zog einen Ordner aus dem Regal, das neben der Wohnzimmertür stand. „Hier, siehst du? Alles fein säuberlich abgelegt." Er trank jetzt das Whiskyglas mit einem Zug aus. „Ich bin zwar kein Jurist, aber ich glaube kaum, dass ein Richter einen Durchsuchungsbeschluss erteilt, nur, weil jemand einen Akku gekauft hat. Wenn die Bullen in den Überresten der Octocopter eine Seriennummer entdeckt hätten, die zu den von uns gekauften Akkus gehört, würde ich längst in U-Haft sitzen."

Hendrik nickte. DAS Argument hatte etwas für sich. Langsam kam auch sein Puls runter. „Wir müssen vorsichtig sein, Tetje. Lass uns jetzt gleich alle Unterlagen vernichten. Such alles aus den Ordnern raus, ich gehe in die Werkstatt und lasse dort alles verschwinden." Die Einschläge kommen näher, dachte sich der Ingenieur. Aber konnte ihm das nicht egal sein? Er hatte seine Aufgabe erfüllt und er wollte ... was? Was konnte er noch wollen? Seine Ehe war zerstört, sein Kind war tot, die Täter hatten ihre gerechte Strafe erhalten. Was konnte er jetzt noch wollen? Ein Gedanke, der ihn seit dem gelungenen Anschlag beschäftigte, drängte sich wieder in den Vordergrund. Dann straffte er seinen Körper und erledigte seinen Teil der Aufräumarbeiten.

„Hast du sein Gesicht gesehen? Und wie der gezittert hat? Der weiß irgendwas, ganz sicher." Jupp trommelte mit den Fingern auf das Lenkrad. Ich stimmte ihm zu. Aber wie sollten wir weiterkommen? Der Besuch bei diesem Meyer war ein Schuss ins Blaue gewesen und scheinbar ein Volltreffer. Jetzt kam es darauf an, den Druck zu erhöhen und Parallelen zu ziehen. Die Faktenlage war zu dünn, als dass uns ein Richter irgendwie unterstützen würde.

In unserer provisorischen Zentrale im *Tulip Inn* warteten Sören Bredow und Dr. Elly Martin bereits sehnsüchtig auf uns. Wir hatten ihnen am Morgen nur ganz kurz von unserem Verdacht erzählt und Bredow, in Ermangelung eines besseren Vorschlages, hatte grünes Licht für die Befragung gegeben. Wir schilderten den Verlauf deren Verlauf und unsere Eindrücke. Bredow war Feuer und Flamme. „Bleibt da dran, subito!" Also ging ich noch einmal die Unterlagen des Forschungsinstitutes durch. Bei den Bewerbungsunterlagen war leider kein Foto mehr vorhanden, aber ich hoffte, dass mir das Einwohnermeldeamt bei meiner Suche nach Hendrik Meyer aus Düsseldorf behilflich sein konnte.

Doch dort stieß ich direkt auf Widerstand. Unter Hinweis auf das Datenschutzgesetz und das vorgeschriebene Verfahren wurde meine Bitte um Zusendung der Meldedaten sowie des im Personalausweis abgebildeten Fotos abgelehnt. Dies war der Zeitpunkt für den großen Auftritt von Dr. Elly Martin. Als Beauftragte des Generalbundesanwaltes war sie Herrin des Verfahrens und mit Sondervollmachten ausgestattet. Es bereitete dem gesamten Ermittlungsteam größte Freude, sie im Einsatz erleben zu dürfen. Unter uns hatte sich rumgesprochen, dass Jupp und ich wohl an einer heißen Spur dran waren und mein überlautes „SO EIN ARSCHLOCH" nach Beendigung des Telefonats mit dem Amtsleiter hatte ein Übriges getan, das Interesse der Kollegen zu wecken. Sören war ebenfalls auf uns zugestelzt und hatte, Dr. Martins Einverständnis mit hochgezogenen Augenbrauen erbittend, das Festnetztelefon auf Raumlautsprecher umgestellt. So bekamen wir das Gespräch vollständig mit. Dr. Martin stellte sich kurz vor und wiederholte mein Anliegen. Die Antwort kam prompt: „Gute Frau, ich habe doch bereits eben Ihrem Kollegen gesagt, dass das so einfach nicht geht und ..." Die Juristin unterbrach ihn mit einer Stimme, die Scotch binnen Sekunden in einen Eisblock verwandeln konnte: „Erstens: Ich bin NICHT Ihre gute Frau. Zweitens: Ich bin vom Generalbundesanwalt beauftragt, die Täter zu fassen, die für den Tod von mittlerweile 75 Menschen verantwortlich sind (neben Pippo waren noch zwei weitere Schwerverletzte verstorben). Drittens: Wir haben einen stichhaltigen Verdacht und es ist Eile geboten, da Gefahr im Verzug ist und Verdunkelungsgefahr besteht. Ich werde mich in meiner Arbeit nicht von einem Akten-Aristokraten behindern lassen und gebe Ihnen hier, jetzt, sofort, die letztmalige Chance, mir die geforderten Daten zur Verfügung zu stellen. Ansonsten wende ich mich an das Büro des Oberbürgermeisters, veranlasse eine Dienstaufsichtsbeschwerde gegen Sie und werde außerdem Strafanzeige wegen Behinderung der Justizorgane sowie Strafvereitelung gegen Sie stellen. HABEN WIR UNS VERSTANDEN?" Aus dem Lautsprecher kam bestimmt fünf Sekunden kein Geräusch und Dr. Martin blickte schelmisch in unsere feixenden Gesichter. Der Widerstand war gebrochen und der Mann bat um eine Mailadresse, um die Datensätze übermitteln zu können. Die Staatsanwältin bedankte sich sarkastisch für die „gute Zusammenarbeit" und legte auf.

Ein leises PING kündigte das Eintreffen einer Mail auf dem Team-Account an. Ich öffnete die Nachricht und lud die Anhänge herunter. Name, derzeitige Adresse, Daten aus dem Stammbuch sowie ein Foto lagen uns nun vor. Das Bild zeigte einen blonden Mann in den Zwanzigern, exakt geschnittene Haare, insgesamt unauffällig. Die Vorgaben für die neuen biometrisch orientierten Fotos ließen dem Bürger ja keinen Raum für Individualität. Jupp hatte am schnellsten gelesen. „Geboren in Düsseldorf. Ich rufe gleich mal unsere Datenbanken ab." Nach wenigen Augenblicken kam seine Antwort. „Fehlanzeige! Der Kerl hat eine blütenweiße Weste. Also, der Typ hat nicht mal einen Strafzettel wegen Falschparkens. Der andere Meyer, den wir besucht haben, ist ein ebenfalls unbeschriebenes Blatt. Ähnlich sieht er unserem Fundstück vom Einwohnermeldeamt auch nicht." Bredow überlegte kurz. „Passt auf, wir fahren jetzt mit großem Besteck noch einmal zu dem Meyer … wie hieß der noch? … so ein komischer nordischer Name …Tetje, ja, das war's … und der Andere? Hendrik? … klingt auch nach weit oben auf der Landkarte. Also, auf in die Wohnung von diesem Tetje. Elly, du schaffst das doch mit einem Durchsuchungsbeschluss, oder?" „Nein, Sören, zu dünn." „Dann eben Gefahr im Verzug!" „VORSICHT, Kollege

Bredow", sie war auf einmal wieder sehr ernst, „wenn wir nichts finden, zerreißt uns der diensthabende Richter in der Luft." „Dann sollten wir wohl besser etwas finden, nicht wahr?" Das Gesicht des BKA-Mannes zeigte grimmige Entschlossenheit.

Wir rasten mit Blaulicht, aber ohne Sirene, die kurze Strecke nach Golzheim. Natürlich erweckten fünf Limousinen mit getönten Scheiben und blinkenden Leuchten sowie ein Team der Spezialkräfte in Einsatzmontur die Neugier der Nachbarn. Wir klingelten, klopften und wurden dann von der direkten Wohnungsnachbarin angesprochen. „Herr Meyer kommt bestimmt gleich. Er ist immer um diese Uhrzeit daheim ... wenn er mal da ist." Dr. Martin setzte ihr gewinnendstes Lächeln auf. „Wie meinen Sie das: wenn er mal da ist?" Die Dame tat so, als würde sie sich schämen, berichtete dann aber sofort mit Verschwörermiene: „Er ist ja öfter außer Haus als hier in seiner Wohnung. Nur manchmal, da kommt er hierher, spät am Abend. Mit einer Frau! Und dann wird's immer ziemlich laut. Sagen Sie mal, muss ich mir das eigentlich bieten lassen oder kann ich dafür auch Sie holen? Ich frage mich schon seit Monaten, warum der Herr Meyer nicht auszieht, so selten wie er da ist. Früher, da war es sehr nett mit ihm. Manchmal kam er zum Tee zu mir rüber und wir haben geplaudert. Er ist so ein feiner Mensch, aber man weiß nicht, was er macht oder wo er hingeht." In diesem Augenblick erklangen Schritte auf der Treppe und Tetje Meyer kam aus der Tiefgarage in den zweiten Stock. Erst unmittelbar vor seiner Wohnung nahm er uns wahr. Das SEK-Team hatte sich auf die Treppe in die dritte Etage zurückgezogen. Er erstarrte, blickte uns entsetzt an, zuckte, als wolle er sich umwenden und wegrennen ... aber dann besann er sich eines Besseren. „Was kann ich für Sie tun?" Die alte Dame zog sich hastig in ihre Wohnung zurück und bevor sie die Tür schloss, flüsterte sie, trotzdem für uns alle hörbar, Meyer zu: „Ich hab nichts gesagt!" Dann fiel ihre Tür ins Schloss.

Meyer schüttelte den Kopf. „Sie ist langsam ein wenig tüddelig im Kopf, die Gute! Also, was verschafft mir die Ehre des Besuchs eines Polizeikommandos?" Sören Bredow trat vor, wies sich aus und stellte die Juristin und Jenssen vor. Schmitz und mich kannte der Verdächtige ja bereits von der ersten Befragung. „Wir benötigen noch ein paar Informationen von Ihnen, Herr Meyer. Können wir dazu in Ihre Wohnung gehen?" Der Mann hatte sich berappelt und erwiderte selbstbewusst: „Ich habe nur zwei Zimmer zur Verfügung. Da würde es für uns alle sehr eng. Ich darf Sie also bitten, die Herren in den martialischen Kostümen wegzuschicken." Tetje Meyer machte nicht den Eindruck, als ob er in der Lage wäre, mit fünf Personen gleichzeitig fertig werden zu können. Das hielt uns aber nicht davon ab, Vorsicht walten zu lassen. Vor allem achteten wir genau auf seine Bewegungen, als wir die Wohnung betraten. Falls er nach einer versteckten Waffe greifen würde, mussten wir vorbereitet sein. Ich signalisierte Juma und Jupp, dass sie ihre Waffen in den Holstern lösen und entsichern sollten. Dr. Martin trug keine Schusswaffe und Sören wäre mit seiner Behinderung nicht in der Lage gewesen, eine Pistole schnell genug ziehen und abfeuern zu können.

Meyer legte Schlüssel, Handy und Portemonnaie auf einem Sidboard ab und bot uns seine Couch an, auf der aber nur zwei Personen Platz fanden. Bredow, Juma und ich blieben seitlich stehen und versperrten die Fluchtmöglichkeiten durch die Wohnungstür oder über den Balkon. Dr. Martin stellte konkrete Fragen. „Wozu haben Sie den Akku eigentlich gebraucht?" „Ich bin Modellbauer. Damit habe ich ein Speedboot im Maßstab 1:25

gebaut und gefahren." „Interessant, können wir das mal sehen?" „Leider nein. Ich bin als Modellbauer wohl eher eine Niete. Mir ist das Ding bei einer Testfahrt im Sauerland an der Bigge-Talsperre abgesoffen. Das ist ein ganz schöner finanzieller Schaden. Und ich kann mir keinen Taucher leisten, der für mich nach dem Boot sucht und es hochholt." Ein gerissener Hund, dachte ich bei mir. Juma hatte während des Gespräches interessiert das Regal betrachtet, vor dem wir standen. Bücher, „Stehrümmchen", zwei aztekische Skulpturen und einige gerahmte Fotos. Letztere betrachtete mein Kollege genauer und stieß mich dann mit dem Arm an. Er tippte auf ein Foto, dass Tetje Meyer und einen weiteren Mann zeigte ... Hendrik Meyer. Ich ergriff den Rahmen, drehte mich um und reichte ihn Bredow. „Hey, Sie, was soll das? Lassen Sie das stehen. Das dürfen Sie nicht ..." „Wer ist das da auf dem Foto mit Ihnen, Herr Meyer?" Er zögerte und blickte sich gehetzt um. „Ein ... ein Freund!" Sören schlich um sein Opfer herum wie eine Katze um die Maus. Jetzt spielte er all seinen Sarkasmus aus, den wir alle am eigenen Leibe schon erfahren hatten. „Das muss aber ein guter Freund sein, Herr Meyer, ein besonders guter. So, wie Sie sich auf dem Foto die Arme um die Schultern legen! Sind Sie schwul, Herr Meyer? Ist das Ihr Freund, Herr Meyer!" Überheblich grinste er sein Opfer an. „Ist das etwa strafbar in unserem Land? Geben Sie verdammt noch mal das Bild her ..." „Bleiben Sie ganz ruhig, Herr Meyer. Ich stelle Ihnen doch nur ein paar Fragen. Kein Grund, sich so aufzuregen. Nein, schwul sind Sie nicht, Herr Meyer, dafür sind Sie mit Ihrer Freundin auch viel zu laut, wie uns Ihre Nachbarin bestätigte. Sind Sie vielleicht bisexuell, Herr Meyer?" Das Gesicht des Angesprochenen war feuerrot. „Die dusselige, alte Kuh weiß doch gar nicht mehr, was sie sagt. Die Lautstärke ihres Fernsehers ist immer am Ende der Skala, wie will die etwas von den anderen Wohnungen hören?" Bredow beschloss, die Falle zuschnappen zu lassen. „Ich werde Ihnen was sagen, Herr Meyer. Der auf dem Foto mit Ihnen, das ist Hendrik Meyer. Sind Sie verwandt?" Meyer ließ sich auf einen Stuhl sinken. „Er ist mein Cousin."

In diesem Augenblick klingelte mein Handy. Am Apparat war eine Kollegin der SoKo, die in der Zentrale die Stellung gehalten hatte. Sie war von sich aus noch einmal zum Elektrofachhandel Plein gefahren und hatte tatsächlich den von Juma befragten Verkäufer angetroffen. Sie zeigte ihm Fotos der beiden Meyers und der Verkäufer schloss sofort Hendrik als Käufer aus. „Aber bei Tetje Meyer war er zögerlich. Das sei alles so lange her, aber der könne es womöglich gewesen sein. Er erinnere sich an das auffällige blonde Haar. Es habe ihn an Heino erinnert, sagte er." Dann war die Kollegin zurück in die Zentrale gefahren und hatte die Gunst der Stunde genutzt. Ein Anruf bei dem noch immer eingeschüchterten Amtsleiter reichte, damit sie nach weniger als fünf Minuten auch die Stammdaten von Tetje Meyer bekam. „Die Beiden sind Vettern, ihre Väter sind Brüder!" Ich dankte der Kollegin herzlich und verschwieg, dass uns der Verdächtige dies eben selbst gestanden habe. DEN Frust musste ich der jungen Frau nach diesem intelligenten und selbstständigen Einsatz nicht verpassen.

„Tetje Meyer, ich nehme Sie fest wegen des Verdachts der Beteiligung an dem Sprengstoffanschlag auf die Düsseldorfer Fußballarena." Sören gab uns ein Zeichen und wir legten Meyer Handschellen an. Juma, Jupp und ich blieben in der Wohnung zurück, um einige Beweismittel wie Handy, Notizbücher und PC sicherzustellen. Das im Treppenhaus wartende SEK-Team übernahm Meyer von Bredow und Dr. Martin. Er wurde unter den

Blicken vieler Schaulustiger in einen der Wagen verfrachtet und zum Polizeipräsidium gebracht.

Mir unterlief ein Fehler, indem ich zu viele Dinge auf einmal in die Hände nehmen wollte. Dabei fiel mir Meyers Mobiltelefon aus der Hand und zu Boden. Dabei schaltete es sich ab und, da es mit einem Passwort geschützt war, gelang es mir nicht, das Ding wieder in Betrieb zu nehmen. Ein Job also für die Techniker, die gleich nach uns anrücken und die Bude auseinander nehmen würden. Ein zweites SEK-Team war bereits auf dem Weg zur Wohnung von Hendrik Meyer in Pempelfort.

Hendrik hatte aus seiner Sicht alles Menschenmögliche getan, um verräterische Spuren ihrer Arbeit in der Werkstatt zu beseitigen. Er hatte außerdem die von Tetje zusammengestellten Unterlagen verbrannt und die Asche in einer Schleiftrommel zu Pulver gemahlen. Dies und den Inhalt des Staubsaugers füllte er in einen Müllsack und packte diesen in seinen PKW. Noch ein kurzer Rundblick und dann brachte er den Sack zu seinem Wagen. Der Kofferraum war bereits gut gefüllt mit den Waffen und der Munition. Dann fuhr er aus der Tiefgarage hinaus und fuhr in Richtung Süden zur Autobahnauffahrt auf die A46 bei Wersten. Von dort nahm er über A59, A1 und A61 Kurs auf die Eifel. Der Audi Kombi kam gut durch und auf der A61 konnte Meyer mit Vollgas fahren. Sein Ziel war ein See bei Daun, das Weinfelder

Maar. Es wurde passenderweise auch Totenmaar genannt, es sollte schließlich die Grabstätte aller Beweismittel werden.

Dieser See war aus einem erloschenen Vulkankrater entstanden und mit über 50 Metern Tiefe perfekt für Hendriks Vorhaben geeignet. Der Aufwand, die versenkten Waffen hier wieder heraufholen zu können, wäre hoffentlich zu groß. Der weitere Vorteil des Maars bestand darin, dass es direkt an einer Landstraße lag, von wo aus er bis ans Ufer fahren konnte. Meyer fuhr langsam rückwärts so nah wie möglich ans Seeufer und stieg aus. Mit einem Feldstecher suchte er die Umgebung ab und stellte zufrieden fest, dass keine Spaziergänger da waren, die ihn hätten beobachten können. Zuerst ergriff er mit behandschuhten Fingern die Pistolen und warf sie mit Schwung, so weit er konnte, in den See. Dann folgten die STEN Guns, die aufgrund ihres Gewichtes leider nicht so weit flogen. Die Munition nahm er händeweise und schleuderte sie, wie ein Fischwirt das Futter, verstreut in das Gewässer. Letzter Akt war die Entsorgung des Müllsackinhaltes. Je nach Gewicht trieben die Partikel im Wind an der Wasseroberfläche oder sanken sofort ab.

Zufrieden betrachtete Hendrik Meyer sein Werk. Er ergriff den Handfeger, der im Kofferraum lag, und fegte die Schutzwanne aus. Dann sprühte er den gesamten Bereich mit einer starken Chlorlösung ein und ließ den Wagen durchlüften. Die Wartezeit nutzte er für einen Anruf bei Tetje. Doch dessen Anrufbeantworter sprang sofort an. Das passierte nur, wenn er das Gerät abgeschaltet hatte. Und dafür gab es im Moment gar keinen Grund, ganz im Gegenteil. Er MUSSTE für Hendrik stets erreichbar sein. Nervös ging Hendrik auf und ab. Langsam war der Geruch in seinem Wagen erträglich geworden und er trat näher, um die

Schutzmatte des Kofferraums anzuheben. Darunter befanden sich die üblichen Dinge: Verbandskasten, Warndreieck, Werkzeug, Pannenset ... und ein DIN A4-großes Kästchen. Darin lag eine Heckler und Koch Automatik-Pistole mit drei vollen Magazinen. Das Werkzeug, das ihm beim letzten Akt dieses Dramas dienen würde. Die Mülltüte und die Gummihandschuhe würde er auf der Autobahn an einem Parkplatz entsorgen.

Erneut versuchte er seinen Cousin zu erreichen. Fehlanzeige! Misstrauisch rief er eine App auf, die er für solche Fälle geladen hatte. Sie war mit einem Bonbon ausgestattet: Hendrik hatte die Software seines GPS Gerätes ausgelesen und einen Quellcode in diese App integriert. Jetzt konnte er den Standort eines Handys mit größerer Genauigkeit feststellen. Er wartete fast zwei Minuten, weil das Netz in der Eifel nicht sonderlich dicht war. Dann lag das Ergebnis vor und er blieb wie versteinert stehen. Die App hatte Tetjes Mobiltelefon gefunden. Er befand sich in einem Gebäude am Jürgensplatz in Düsseldorf ... im Polizeipräsidium.

Bredow, Dr. Martin und ich saßen im Verhörzimmer dem Verdächtigen gegenüber. Tetje Meyer hüllte sich in Schweigen. Wir konfrontierten ihn mit unseren Erkenntnissen, aber er schwieg mit eiserner Miene. „Lassen wir Ihnen doch einfach etwas Zeit, sich zu besinnen, Herr Meyer! Herr Kollege", Sören wandte sich an den ebenfalls anwesenden Uniformierten, „würden Sie bitte Herrn Meyer in eine Ihrer Zellen bringen?"

„Ein Glück, dass er noch nicht nach einem Anwalt gefragt hat. Das gibt uns noch etwas Zeit. Aber worauf wartet er? Dass sein Cousin ihn hier befreit? Besteht die Gefahr, dass Hendrik Meyer versuchen wird, seinen Verwandten mit einer erneuten Anschlagsdrohung freizupressen?" Ich hatte diese Frage kaum ausgesprochen, als Bredow, gemessen an seiner schweren Behinderung, blitzschnell herumfuhr. „NATÜRLICH! Du hast Recht, Micha. Wir müssen den Kerl unbedingt so schnell wie möglich finden. Leider hat das SEK ihn in seiner Wohnung nicht angetroffen. Ein Handy hat er zurückgelassen – sicher nicht sein Einziges - und die Wohnung sieht wie geleckt aus. Die Techniker untersuchen im Moment noch den Keller. Dort hat er sich wohl eine Werkstatt samt Labor eingerichtet. Sie haben sich auch den Transporter vorgenommen, der auf seinen Namen angemeldet ist. Wir bekommen alle Ergebnisse sukzessive, sobald sie gesichert sind."

Josef hatte sofort nach Bekanntwerden der Flucht Meyers - denn nichts anderes war es für uns - eine bundesweite Fahndung veranlasst und auch Interpol und Europol informiert, da wir damit rechnen mussten, dass er womöglich in die nahen Niederlande zu entkommen versuchte. Der Mann hatte sich allerdings als so gewieft erwiesen, dass wir nicht mit einem schnellen Fahndungserfolg rechnen konnten.

„Lass mich noch was versuchen, Sören. Meyer ist kein eiskalter Killer. Wir wissen zwar noch immer nichts über das Motiv, aber vielleicht kann ich ihn emotional packen." Bredow nickte und ich holte mein Notepad aus meiner Umhängetasche. Damit betrat ich den Verhörraum. Alles, was wir sagten und taten, würde von Kameras aufgezeichnet. Ein sogenannter „Venezianischer Spiegel" war hier nicht vorhanden, was bedeutete, dass wir nicht direkt von einem anderen Raum aus beobachtet werden konnten.

Ich goss ihm und mir ein Glas Wasser ein und nahm neben ihm Platz. Dann legte ich das Pad vor ihn hin und startete eine Diashow. Die Fotos zeigten Opfer des Anschlags, darunter auch Pippo und Deniz Ansary. Die anderen Toten waren teilweise grausam verstümmelt. Ich wollte diese Schocktherapie nutzen, um ihn wenigstens dazu zu bewegen, den Grund für die Tat zu nennen. Nichts in seinem Lebenslauf hatte uns Aufschluss über ein Motiv gegeben. „Schauen Sie genau hin, Tetje, ist es DAS, was Sie und Hendrik gewollt haben? Was haben diese vielen Menschen getan, dass sie solch einen Tod sterben mussten? Schauen Sie mal bitte", ich rief nochmals Pippos Bild auf, „dieser alte Mann war über 80 Jahre alt. Er lebte in Düsseldorf, hatte lange auf der Straße gelebt und sich aus eigener Kraft einen Job und eine kleine Wohnung gesucht. Ich kannte ihn. Er hieß Pippo und war gütig und friedfertig. Was hat er Ihnen getan, Tetje, was?"

Keine Antwort, aber ich schien ein Loch in den Abwehrwall gebohrt zu haben. Über das starre Gesicht Tetjes liefen Tränen und tropften auf das Display meines Notepads.

Jupp hatte indessen auch eine Idee gehabt. Er nahm Kontakt mit der Bereitschaftspolizistin auf, mit der er den Startplatz des Drohnenschwarms untersucht hatte. Er erwischte sie auf ihrem Handy. „Hallo, Frau Geiss, hier Josef Schmitz, KK 11 Düsseldorf. Haben Sie einen Augenblick?" Sie bejahte die Frage und hörte aufmerksam zu. „Sie hatten doch so einen guten Draht zu dem Kerl mit dem „Laber-Dor"." Sie kicherte: „Ja klar, Robert Lemke!" „Der hat sich doch so gut mit Ihnen verstanden. Aber er meinte, dass er sich nicht an die Typen mit dem weißen Transporter erinnern würde. Ich habe jetzt zwei Personenfotos. Können Sie die dem Mann zeigen? Vielleicht frischt das doch seine Erinnerungen auf. Ich würde das ja selber machen, aber ich glaube, bei Ihnen ist er kooperativer." „Ich bin noch in Düsseldorf und mache gerade Dienstschluss. Ich kläre das kurz mit meinem Dienstgruppenleiter und rufe dann zurück, o.k.?" Natürlich war Jupp einverstanden, sandte ihr vorab per Intranet-Applikation die Fotos der Meyers und wartete ungeduldig. Ziemlich schnell kam eine Textnachricht: *alles klar, fahre zu lemke* Dann hieß es warten. Eine knappe Stunde später klingelte Jupps Mobiltelefon. „Wir haben Glück. Beim Anblick der Bilder hat er sich erinnert. Bei Hendrik ist er sich nicht sicher, aber Tetje hat er ganz sicher erkannt. Soll er morgen für eine Aussage zu Ihnen ins Präsidium kommen?" Jupp stimmte zu und bedankte sich bei der Kollegin. Bevor er auflegte, hörte er noch: „Lemke hat übrigens WIRKLICH einen 'Laber-Dor'! Hören Sie mal hin, das geht seit einer Viertelstunde so!" Und im Hintergrund erklang das unablässige Bellen eines großen Hundes, der sich möglicherweise mehr Beachtung verschaffen wollte.

Aus der Vorgeschichte:

Nun war es höchste Zeit für die Terminauswahl. Während Tetje noch über ein Datum für die Reise nach Dresden grübelte, war Hendrik schon viel weiter. Aufgrund der Verzögerung durch den Bau der zwölf Fluggeräte war es Frühjahr geworden und die Rückrunde der 2. Bundesliga hatte längst begonnen. Es stand also das Rückspiel an … das in Düsseldorf stattfinden würde. Ihm war eine geradezu wahnwitzige Idee gekommen: Er würde in das Stadion eindringen und vor Ort die exakten GPS Koordinaten des Blocks ermitteln, in dem die gegnerischen Fans untergebracht waren. Wenn überhaupt, dann würden die Hooligans der „Neu Teutonia Sachsen" dort anzutreffen sein. Er war sich während der Bauphase der Fluggeräte der Loyalität seines Cousins sicher gewesen, aber er hatte dessen Zweifel nicht vergessen. Diese Aktion würde er also allein durchziehen. Tet hatte in seinem aktuellen Job eine Kollegin näher kennengelernt, mit der er sich gelegentlich traf. „Nichts Ernstes", hatte er immer betont, „einfach mal abwarten, was sich entwickelt." Glücklicherweise war die Zahl der Veranstaltungen in der Düsseldorfer Multifunktionsarena überschaubar – glücklich zumindest für die beiden Attentäter, sodass Hendrik eines Nachts unter der Woche zum Stadion fahren konnte. Dort schlich er vorsichtig um die Anlage herum, checkte ab, ob Security unterwegs war, und drang dann auf das Gelände vor. Die Koordinaten des Blocks 21 waren mit seinem leistungsfähigen GPS Gerät schnell ermittelt, aber das reichte ihm nicht. Er wollte sich auch einen Überblick über die technischen Möglichkeiten der Überwachungszentrale unterhalb des Daches verschaffen. Es war ein steiler Aufstieg zu den glasumrahmten Kabinen oberhalb des Blocks 136. Hier scheiterte er! Der Zugang zu dem Bereich war, zusätzlich zu den üblichen Codekarten, mit

Fingerabdruck- und Iris-Scannern abgesichert. Verärgert zog Hendrik sich zurück. Er hatte eine Runde verloren, aber nicht das Spiel. Die Zugangsproblematik würde er binnen kürzester Zeit eliminieren.

Um sich damals bei der Bewerbung beim Fraunhofer Institut eine bessere Ausgangsposition zu verschaffen, hatte er sich über aktuelle Forschungen in deren Haus informiert. Dann hatte er auf seine privaten Forschungsergebnisse zurückgegriffen und einen Handvenenscanner konzipiert, mit dem Zugangsberechtigungen nahezu fälschungssicher waren. Leider hatte dieses Bewerbungs-Bonbon nicht zur Einstellung geführt, aber Hendrik war Fachmann in der Materie. Er besorgte sich für das nächste Heimspiel eine Karte und trieb sich unauffällig im Bereich des Blocks 136 herum. Dem Spiel schenkte er keine Beachtung. Er betrachtete nur die Personen, welche die Kabinen betraten oder verließen. Dies tat er in der ersten Halbzeit und suchte dabei sein „Opfer" aus. Er folgte in der Halbzeitpause dem Mann in den Cateringbereich und wartete, bis dieser frontal in seine Richtung blickte. Dann machte Hendrik ein formatfüllendes Gesichtsfoto von der Person. Jetzt näherte er sich ihm unauffällig und als das „Opfer" seinen leergetrunkenen Becher Kaffee auf dem Tresen abstellte und ging, näherte er sich rasch und steckte den Becher ein. Mit beiden Errungenschaften kehrte er zufrieden nach Hause zurück. Der Rest war einfach: Er machte ein Foto der Fingerabdrücke auf der Tasse, druckte diese auf einer Overheadfolie aus und strich Holzleim auf diese Ausdrucke der Fingerkuppen-Abbildungen. Nachdem dieser ausgehärtet war, zog er die flexiblen Kopien der Fingerabdrücke von der Folie ab und verstaute sie sicher. Der Fingerabdruckscanner war geknackt. Noch weniger Aufwand verursachte der Iris-Scanner. Hierfür reichte ein Papierausdruck *der Augenpartie, der aber im Format der realen Kopfgröße entsprechen musste.*

Mit diesen Utensilien bewaffnet, nutzte er ein weiteres Date, das Tet mit der Kollegin hatte, und fuhr wieder zur Arena. Die Sicherungssysteme akzeptierten problemlos den Daumenabdruck aus Holzleim und die Fotokopie der Augenpartie. Einen Augenblick überlegte Hendrik, ob er sich nicht beim Arena-Betreiber mit dem von ihm entwickelten Handvenen-Scanner hätte vorstellen sollen. Im Inneren machte Hendrik diverse Fotos und Nahaufnahmen der Technik. Erleichtert stellte er fest, dass keine der Kameras den Winkel abdeckte, der für ihn von Bedeutung war ... der Bereich unter dem Dach über Block 21.

Auf der Heimfahrt nach Düsseldorf reifte der abschließende Plan für den Schluss des Dramas. Hendriks erstes Ziel war der Stoffeler Friedhof. Er besuchte Marios Grab, das inzwischen eingedeckt und mit Pflanzen verschönt worden war. Ein schlichtes Kreuz aus dickem Buchenholz mit seinem Namen und dem Geburts- und Todestag erinnerte an sein einziges Kind. Meyer näherte sich vorsichtig dem Bereich, in dem Marios Grabstätte lag. Er wollte niemandem begegnen, vor allem nicht seiner Frau Katja. Nachdem er sicher war, allein zu sein, kam er näher und kniete vor der Einfriedung nieder.

„Hallo, mein kleiner Mario, ich komme heute zum letzten Mal zu dir. Ich vermisse dich so sehr, mein kleiner Kamerad. Jeden Tag denke ich an dich und alles, was wir zusammen erlebt haben. Weißt du noch, damals in Holland an der See? Wie wir die Drachen haben steigen lassen? Und dann die Fritten und der Kibbeling an der Bude in Bergen, du warst an dem Tag so fröhlich. Ich fühle mich so schuldig, dass du nicht mehr da bist. Warum habe ich dich nur mitgenommen nach Dresden? Ich bin verantwortlich, nicht nur die Männer, die dir das angetan haben. Ich habe sie bestraft, aber das weißt du sicher. Dort, wo du jetzt bist, bekommt ihr sicher alles mit, was wichtig ist. Du sollst wissen, dass ich dich immer lieb haben und dich nie vergessen werde. Und das Gleiche gilt für Mama. Auch wenn sie und ich uns nicht mehr so gut verstehen, werden wir immer deine liebenden Eltern sein. Mama hat so gelitten und braucht jetzt Zeit für sich. Mach's gut, mein Mario … ich bin bald bei dir!"

Hendrik Meyer trat an das Kopfende des Grabes und streifte sich seinen Ehering vom Finger. Er legte ihn auf dem Holzkreuz ab und verließ Stoffeln. Das nächste Ziel war die Wohnung, die Katja seit ihrer endgültigen Trennung bewohnte. Dort deponierte er in ihrem Briefkasten einen Umschlag mit einem Brief, den er bereits vor dem Anschlag für seine Frau geschrieben hatte. Darin erklärte er seine Tat und deren Beweggründe. Er entschuldigte sich für sein Versagen und stand zu seiner Verantwortung. Der abschließende Satz lautete: „Ich weiß nicht, ob du mir glauben kannst. Aber ich habe dir nie wehtun wollen und ich bereue die Geschehnisse zutiefst. Ich habe nie aufgehört, dich zu lieben und verstehe, dass Marios Tod eine unüberwindliche Hürde zwischen uns gebildet hat. Ich wünsche dir ein Leben, das es möglich macht, den Schmerz zu ertragen und eine Zukunft für dich zu schaffen. In Liebe! Hendrik!"

Er legte den Kopf in den Nacken. Der Himmel schien heute so viel blauer als sonst, so unendlich. Ihn quälte das Gefühl, nichts mehr für Tetje tun zu können. Aber er sah keinen anderen Ausweg aus der Situation.

Dann begab sich Hendrik zur letzten Station seiner letzten Reise. Er stellte den Wagen unweit des Eingangs zum Lantz'schen Park ab und schritt langsam über die Lohauser Dorfstraße und durch das Tor. Sein Weg führte ihn vorbei an prächtigen alten Bäumen und an der mittlerweile dem Verfall überlassenen, alten Villa. Er sinnierte, wie toll es gewesen wäre, hier zu wohnen. Sein vorletztes Ziel war eine Skulptur auf einer großen freien Rasenfläche. Diese stellte eine Szene aus der griechischen Mythologie dar. Der Halbgott Perseus hatte demnach mit List die mächtige Gorgone Medusa besiegt und enthauptet. Die Szene des Objekts war fast hyperrealistisch. Der Rumpf der am Boden liegenden Medusa und das Haupt in den Händen des Perseus zeigten zerfetztes, herabhängendes Fleisch. Mario hatte sich, als er mit seinen Eltern das erste Mal hier gewesen war, zunächst furchtbar erschreckt und gefürchtet. Dann aber hatte Hendrik ihm die Sage erzählt und die Hintergründe erklärt. Scheu näherte sich sein Sohn dem Kunstwerk und betrachtete es konzentriert. Dann wandte er sich mit einem frechen Grinsen um. „Da sieht man ja das Pimmelchen und den Busen!"

Hendrik musste bei dem Gedanken schmunzeln. Er ließ sich am Steinsockel der Skulptur zu Boden sinken und hing seinen Erinnerungen nach. Er bemerkte nicht die Passanten, die an ihm vorübergingen und freundlich grüßten. Hendrik war in Gedanken im Sommer vor vier Jahren. Da hatte er hier mit Mario und Katja Frisbee gespielt, stundenlang. Sie hatten sich alle einen

Sonnenbrand geholt und trotzdem noch das mitgebrachte Picknick verzehrt. Diese Zeit schien ihm aus heutiger Sicht die glücklichste seines Lebens. Er lachte und weinte zugleich. Mühsam schob er sich hoch und ging über die weite Rasenfläche in Richtung eines kleinen Wäldchens.

Hier, auf einer kleinen Anhöhe inmitten von Bäumen, war ein schattiger Platz. Diesen hatten sie damals für ihr Picknick genutzt, denn mitten auf der Fläche stand eine nach unten konische Steinform, deren Oberfläche unregelmäßig rund und flach wie ein Tisch war. Hier hatte damals die rotweiß karierte Decke gelegen, geschmückt mit Sandwiches, Obst und selbst gemachtem Apfelsaft. Nachdem sie gegessen und getrunken hatten, war abgeräumt worden und Mario war auf den Steintisch geklettert. Dort hatte er in Superman-Haltung posiert, als ob er gleich abfliegen würde. Zur Vervollkommnung hatte er das karierte Tischtuch wie ein Cape um seinen Hals gebunden. Sein Vater hatte davon diverse Handyfotos gemacht.

Hendrik stand jetzt vor dem Tisch und nahm darauf Platz. Zunächst vergewisserte er sich, dass er in der Innentasche seiner Jacke den Briefumschlag hatte, in dem er ein Schreiben für die Polizei deponiert hatte. In diesem Schreiben hatte er sich darum bemüht, Tetjes Beteiligung an der gesamten Aktion herunterzuspielen und die Verantwortung für das Attentat vollends auf sich zu nehmen. Mehr konnte er jetzt nicht mehr für seinen Cousin tun. Hendrik zog sein Handy aus der Jacke und schaltete das Display an. Er erblickte dort das Foto seines Sohnes, auf dem Tisch stehend, auf dem er jetzt saß. Er küsste das Gesicht seines Sohnes und hob die mitgebrachte Heckler und Koch an die Schläfe. „Ich komme, Mario … gleich bin ich bei dir!" Dann drückte er ab.

Wir hatten beschlossen, Tetje Meyer eine Nacht zum Nachdenken zu geben. Am nächsten Morgen kamen wir ins Polizeipräsidium, da Bredow und Dr. Martin keine Notwendigkeit mehr für das gesonderte Lagezentrum im Tulip Inn sahen. Das mochte für das Hotelpersonal einerseits schade aufgrund des entgehenden Umsatzes sein, aber andererseits konnte endlich so etwas wie Normalität nach über einer Woche Ausnahmezustand eintreten. Die Arbeiten am Stadion waren bereits in vollem Gange und über Tribünen und Laufflächen wirbelten fleißige Handwerker und versuchten die Spielstätte baldmöglichst wieder nutzbar zu machen.

Während also der Sitzungssaal im Tulip Inn von unseren Hinterlassenschaften geräumt wurde, trafen wir uns in unserem Büro im Präsidium. Jupp und ich hatten für ausreichend Stühle gesorgt und bedienten Sören und Dr. Martin mit Kaffee und Croissants von unserem Lieblingsbäcker. Ich wollte gerade Bredow fragen, wie er den Verlauf des weiteren Verhörs plane, da rief Jupp: „Stopp, alles auf Halt! Ich wollte gerade checken, ob das Fahndungsersuchen nach Hendrik Meyer schon irgendwelche Ergebnisse gebracht hat, da kommt eine Nachricht vom KDD rein. Ihr werdet es nicht glauben, aber der Wagen ist in Lohausen gefunden worden. Und mitten im Lantz'schen Park wurde eine Leiche gefunden, offensichtlicher Suizid. Es handelt sich um Hendrik Meyer." Wir waren alle aufgesprungen. „Im Lantz'schen

Park? Da, wo wir unsere … Aussprache hatten, Micha?" Sören sah mich verblüfft an. „Genau da. Kaum zu glauben, welche Koinzidenzen manchmal entstehen. Hoffentlich packt Tetje Meyer jetzt aus." Auf dem Weg zum Verhörraum sprach Jupp das aus, was uns allen wohl insgeheim durch den Kopf ging: „Auch wenn ein Mensch sein Leben verloren hat, muss ich in Meyers Selbstmord doch etwas Gutes erkennen. Wir laufen nicht Gefahr, dass er seinen Vetter mit einem erneuten Gewaltakt aus der Haft rauszuholen versucht." Eine bittere Wahrheit!

Wir warteten vor dem Vernehmungszimmer auf Tetje Meyer und sprachen unsere Rollen beim Verhör ab. Ich war Bredow dankbar, dass er mich teilnehmen ließ. Es sprach für ihn, dass er nicht den gesamten Fahndungserfolg auf seine Fahnen heftete. Während wir auf Meyer warteten, wurde über einen Quergang ein weiterer Häftling herein geführt, der sich aus Leibeskräften wehrte und schrie: „Macht mich los, ihr Drecksbullen. Das ist alles ein Komplott! Ich würde mich nie an Kindern vergreifen, erst recht nicht an meinen Enkeln! MACH MIR DIE FESSELN AB, VERDAMMTES BULLENSCHWEIN!" Der Tobende war tatsächlich an Händen und Füßen mit Ketten gefesselt, wie Hannibal Lecter in „Das Schweigen der Lämmer". Ich fragte einen der Beamten, der dem Tross folgte, wer das sei. „Johannes Löwe, Chef der Hooligans „95 K-Rath". Wir haben ihn dranbekommen wegen Kinderpornographie, aber er hat wohl auch was mit der Sache im Hofgarten zu tun." „Und warum habt ihr den so verpackt? Ist das nicht ein wenig übertrieben?" Der Mann schüttelte den Kopf. „Das denkst auch nur du, Oberle. Der Typ ist seit Jahren ein Meister im Mixed-Martial-Arts, ein Cage-Fighter. Dem würde ich alleine nicht mal mit gezogener Waffe begegnen wollen."

Da brachte man uns Meyer. Wir gingen zu viert in das Verhörzimmer. Alle nahmen Platz und ich schaltete die Aufzeichnungstechnik ein, während Dr. Martin alle Anwesenden mit Wasser versorgte. Bredow begann: „Guten Morgen, Herr Meyer. Wie war Ihre Nacht?" Das war dieses Mal durchaus nicht zynisch gemeint. Meyer sah uns ausdruckslos an und schwieg. Dr. Martin fuhr fort. „Herr Meyer, wollen Sie heute eine Aussage zur Sache machen?" Unsere Rollen waren klar verteilt: Sören war der böse Bulle, ich der gute und Dr. Martin bot den Ausweg an. Meyer schwieg beharrlich. Also war es an mir. „Tetje, ich habe gestern doch gesehen, dass Ihnen das alles nicht egal war. Sie haben einfach das Augenmaß verloren. Vielleicht hat Sie Ihr Cousin auch im Unklaren gelassen über den möglichen Schaden, den solch eine Menge Sprengstoff haben kann. Und ..." Tetje flüsterte: „Lassen Sie Hendrik da raus. Er ist doch das ärmste Schwein von allen." Da war sie, eine neue Bresche! Sören setzte nach: „Hendrik ein armes Schwein? Der Mistkerl hat kaltblütig Unschuldige über die Klinge springen lassen. Er ..." „UNSCHULDIG? WER WAR DA UNSCHULDIG? Wissen Sie überhaupt, was diese Schweine angerichtet haben? Wissen Sie das?" Ich sprang ein. „Nein, das wissen wir nicht, aber Sie sagen uns ja nichts. Reden Sie mit uns, Tetje! Weswegen waren die Leute schuldig?" Man konnte den Kampf erkennen, der sich im Inneren Meyers abspielte. Jetzt nicht nachlassen, dachte ich und zwinkerte unbemerkt Sören zu. „Nun kommen Sie, Meyer, Sie sind doch gar nicht in der Lage, so ein Ding zu planen, Dazu bedarf es eines solch kaltschnäuzigen Dreckskerls, wie Ihr Vetter einer ist." „WAGEN SIE ES NICHT, HENDRIK SO ZU BEZEICHNEN. SIE HABEN ALLES ZERSTÖRT ... ALLES!" „Ich möchte Ihnen ja gerne glauben und helfen, Tetje, aber Sie müssen mir dann auch etwas Substantielles erzählen, nicht nur solche Schlagworte." Die sanfte Stimme von Dr. Martin trug zur Beruhigung der Situation bei.

„Ich werde Ihnen sagen, was passiert ist. Ihrem Herrn Vetter ist irgendjemand in der Dresdener Kurve quer gekommen und allein kam er nicht an ihn ran. Da war so ein feiges Attentat doch genau das Richtige, immer in die Vollen, mit Allem drauf, irgendwie erwischt es schon den Richtigen!" Jetzt schrie Tetje nicht, er flüsterte. „Ja, genau, es hat den Richtigen erwischt … ALLE!" Ich zog wieder mein Pad hervor. „War ER auch einer der Richtigen?" Ich zeigte ihm wieder das Foto von Pippo, wie er tot in seinem Krankenhausbett lag. Sören hielt den Zeitpunkt für gekommen, die Katze aus dem Sack zu lassen und zog seinen Kleincomputer hervor. Er hatte die ersten Tatortfotos des KDD auf das Gerät geladen und rief die Dateien auf.

„Herr Meyer, Sie schützen hier jemanden, der Ihres Schutzes nicht mehr bedarf. Hendrik Meyer hat gestern Abend in Lohausen selbst seinem Leben ein Ende gesetzt. Sehen Sie selbst." Der BKA-Mann startete die Diashow und ersparte dem Häftling nichts. So sah Tetje den auf dem Steintisch zusammengesunkenen Körper seines Cousins und besten Freundes. Der gesamte Tisch war mit Blut bedeckt und es tropfte herab, in das Gras darunter. Hendriks Schädel war durch den Austritt des Geschosses deformiert. Als die Bildfolge geendet hatte, hob Tetje den Kopf. Sein Gesicht war kalkweiß. „Möchten Sie ein Glas Wasser? Oder einen Kaffee?" Dr. Martin sah den Mann besorgt an. Doch er fing sich, trank das vor ihm stehende Glas mit Wasser in kleinen Schlucken aus und stellte es ab. „Bitte rufen Sie Dr. Hegmanns an. Er ist Strafverteidiger und der Sohn eines Freundes unserer Väter. Wenn er da ist, möchte ich mich kurz mit ihm beraten und werde Ihnen dann die gesamte Geschichte erzählen. Vielleicht verstehen Sie dann!"

Dr. Hegmanns traf nach zwei Stunden ein und zog sich allein mit Meyer ins Verhörzimmer zurück. Die Aufzeichnung wurde natürlich während dieser Zeit ausgeschaltet. Nach einer halben Stunde öffnete sich die Tür und wir traten wieder ein. Meyer begann mit seinem Bericht und wir hörten eine geradezu unglaubliche Geschichte:

Die Zeit unmittelbar vor dem Attentat:

Hendrik war an einem schwierigen Punkt angekommen. Er musste Tet davon überzeugen, dass das Stadion als Anschlagsziel geeignet war. Dass er bereits die exakten Koordinaten hatte, würde in diesem Disput sicher weniger auffallen und von seinem Cousin nicht hinterfragt werden. Am Abend des Folgetages fragte er ihn, ob er Lust auf einen kurzen Ausflug habe. Tet war angenehm überrascht. Solch ein Ansinnen hatte etwas von Normalität - ein Zustand, den er in den letzten Monaten bei Hendrik schmerzlich vermisst hatte. Daher sagte er sofort zu. Ohne nach dem Ziel zu fragen. Sein Vetter hatte zuvor bereits ein paar potentielle Standorte für den Start der Drohnengruppe ausgesucht und fuhr sie jetzt gemeinsam mit Tetje ab. Zuerst ging es nach Ratingen Schwarzbach und im Anschluss nach Kaiserswerth. Beide Standorte erwiesen sich nach Betrachtung vor Ort als ungeeignet. Zu leicht konnten sie hier von Passanten beobachtet und identifiziert werden. Hendrik nutzte die Gelegenheit und lud den Cousin auf eine Berliner Currywurst an den mittlerweile berühmten

Imbissstand ein. Sie verzehrten sie direkt am Rheinufer, wo die Fähre nach Langst in der Strömung des Flusses lag. Mit ihr überquerten sie den Strom und begaben sich zum dritten ausgewählten Startplatz, dem Rheinufer unweit des Apelter Wegs in Meerbusch Büderich. Sie stellten den Wagen an der Straße ab und gingen über einen Feldweg in Richtung des Flusses. Dafür mussten sie ein kleines Wäldchen durchqueren, welches das Flussufer vor allzu neugierigen Blicken schützte. Wohl aus diesem Grund lagen hier auch ein paar nackte Sonnenhungrige, die erschreckt hochfuhren, als sie die beiden Männer kommen hörten. Sie sahen aber offensichtlich nicht wie die hier üblichen Spanner aus und so begnügten sich die Damen und Herren damit, die Störenfriede ostentativ zu ignorieren. Diese machten unbemerkt ein paar Fotos der Umgebung mit dem Handy und hockten sich dann am Rheinufer nieder. „Sehr viel besser als an den Stellen vorhin ist es hier aber auch nicht", stellte Tetje nüchtern fest. „Wieso? Wir machen doch nur einen kleinen Ausflug." Hendrik setzte eine möglichst unschuldige Miene auf. „Tu nicht so, als sei ich völlig verblödet und gerade erst aus dem Urwald gekrochen. Du suchst nach einem Startplatz für die Drohnen, das ist doch völlig klar." „JA, ich geb's ja zu. O.k., die anderen Orte waren wirklich zu überlaufen bzw. zu weit entfernt. Ratingen wäre klasse wegen der schnellen Anbindung an die Fluchtwege über die A3 und A44, aber immerhin fast elf Kilometer Luftlinie vom Stadion entfernt. Kaiserswerth liegt näher, aber mit zu vielen Passanten. Hier haben wir das Ziel in Sichtweite, können also bei Eintritt unvorhergesehener Zwischenfälle sofort reagieren. Hier sind meist nur Nacktbader oder Hundebesitzer unterwegs. Das Risiko ist meines Erachtens überschaubar." Tet stierte seinen Vetter aus weit aufgerissenen Augen an. „DAS ZIEL? Was, verdammt noch mal, WAS meinst du damit? Doch nicht etwa das Rheinstadion???

Du bist ja völlig meschugge, du Idiot, du größenwahnsinniger ..." Hendrik unterbrach ihn. *„Geht's vielleicht noch lauter? Dann sag doch direkt jedem hier, was wir vorhaben und lass deine Visitenkarte da."*

Tetje schwieg und schaute mit wütendem Blick auf die Wellen des Rheins. „Du willst das also wirklich durchziehen?" Hendrik ließ sich mit der Antwort Zeit. „Ich habe die ganze Arbeit nicht umsonst gemacht. Während der ganzen Bauzeit ist meine Entschlossenheit immer größer geworden. Ich kann und will das Projekt nicht aufgeben. Sieh es mal so: Wenn wir den Kerlen nicht Einhalt gebieten, machen die weiter und verletzen oder töten noch weitere Menschen. Erinnere dich an unsere Kindheit. Wir haben immer wieder ausprobiert, wie nah wir mit dem Finger ans Feuer gehen können, wenn wir mit Opa Günni ein Lagerfeuer angezündet hatten. Und wir haben erst damit aufgehört, wenn sich einer die Finger verbrannt hatte. Das ist das Prinzip, das dahinter steht. Wird man nicht gestoppt, macht man weiter, und immer ein bisschen mehr, weiter, höher, härter ... oder brutaler. Dieser Freispruch ist für die Typen doch geradezu eine Herausforderung, es weiter so zu treiben. Nein, ich sehe meine Tat als Regulativ ... in einem Fall, wo Staat und Rechtssystem versagt haben und sich von Winkeladvokaten haben manipulieren lassen. Oder darf ich noch sagen ... UNSERE Tat?" Sie gingen zurück zum Wagen, dabei weiter angeregt diskutierend. Hier nahmen sie zur Sicherheit nochmals Messungen mit ihren GPS Geräten vor.

Tetje bat sich eine Nacht Bedenkzeit aus, woraufhin sie noch die mitgebrachte Flasche Bier gemeinsam leerten. Dann fuhren sie nach Hause und legten sich schlafen. In dieser Nacht hörte Mario Meyers Herz auf zu schlagen ...

Hendrik, Katja und Tetje standen an dem Bett des kleinen Mario. Er sah so friedlich aus, so klein, zart, zerbrechlich ... so ganz anders als in den Momenten, in denen sich sein Gesicht schmerzhaft verzogen hatte und das EEG und EKG wie verrückt gepiept hatten. Nur seine Haut im Gesicht war so wächsern und bleich. Jeder der drei verarbeitete den Schock und die Trauer anders: Katja hielt schluchzend die Hand ihres Kindes und hatte den Kopf neben ihn auf die Bettdecke gelegt, Hendrik stand am Kopfende des Bettes und seine Schultern zuckten, während er von Weinkrämpfen geschüttelt wurde. Tetje knetete sprachlos seine Hände und fixierte sein totes Patenkind. Das Personal auf der Intensivstation der Uni-Klinik Düsseldorf bewies gutes Gespür und ließ den Angehörigen ausreichend Zeit zu trauern. Als sie den Raum verließen, zog man einen dunkelgrünen Vorhang vor das Bett und begann mit den notwendigen Vorbereitungen für die Überstellung an einen Bestattungsunternehmer.

Vor der Tür des Gebäudes blieben sie noch einmal gemeinsam stehen und atmeten durch. Sie waren traurig, betrugen sich tapfer, standen zögerlich einander gegenüber. Hendrik hob die Arme, als wolle er seine Ehefrau umarmen, ließ sie dann aber sofort wieder resigniert sinken. Katja hatte die Bewegung bemerkt, sich reflexartig versteift und die Arme vor der Brust verschränkt. Tetje versuchte die quälende Stille zu durchbrechen. „Wollen wir noch einmal zusammen an das Rheinufer nach Zons fahren? Da war

Mario doch immer so gerne. Wisst ihr noch, wie er uns da immer um ein Eis im Schloss Café erpresst hat?" Unwillkürlich mussten die Eltern bei dem Gedanken daran lächeln, obwohl ihnen der Sinn gar nicht danach stand. Aber sie schafften es nicht, über ihren Schatten zu springen. Katja schützte einen Arzttermin vor und gab ihrem Ehemann zum Abschied die Hand, als würde ein völlig Fremder vor ihr stehen. Sie hatten alles Notwendige für die Beisetzung besprochen und Tetje war sich sicher, dass sich die Beiden an Marios Begräbnistag das letzte Mal sehen würden.

Gemeinsam ging er mit seinem Vetter zurück zum Auto. Unterwegs blieb er unvermittelt stehen, drehte sich zu Hendrik und sah ihm direkt ins Gesicht. „Ich bin dabei. Egal, wie das Ganze ausgeht, wir ziehen die Sache durch. Jeder, den wir da erwischen, hat es verdient." Hendrik hatte Tränen in den Augen. „Also keine Bedenken mehr wegen der Kollateralschäden?" Tetje schüttelte den Kopf. Am gleichen Abend montierten sie den ersten Sprengsatz unter einen der Octocopter.

Die Anspannung bei den beiden Tüftlern stieg von Tag zu Tag. Endlich waren alle Copter fertig gebaut und es stand ein alles entscheidender, letzter Test an. Dazu fuhren sie erneut in die Region rund um Höchstberg in der Eifel, da neben dem koordinierten Flug des Schwarms auch die Funktionalität des abgestimmten Zündens der zwölf Bombenpakete getestet werden *musste. Der gleichzeitige Aufstieg der Drohnen und der gemeinsame Flug eines vorprogrammierten Rundkurses klappten problemlos. Sie testeten auch die Umschaltung vom Alpha-Copter auf den Beta-Copter, falls das Führungsgerät ausfallen sollte. Dann kam der kritischste Teil. Sie legten ein Dutzend kleine Sprengladungen von je 30 Gramm mit jeweils einem Meter Abstand voneinander aus, bestückten sie mit Zündempfängern und richteten eine kleine Action Cam in passender Entfernung ein, die Zeitlupenaufnahmen machen konnte. Dann suchten sie Schutz hinter einer Baumgruppe und sandten den Zündbefehl per Funk. Die Detonationen waren für das menschliche Ohr nicht trennbar und erschienen wie eine Einzige. Hastig sammelten sie alle auffindbaren Fragmente sowie die Kamera ein und verließen den Ort inmitten einer Waldschneise auf einer anderen Strecke als der vom Hinweg. In der Wohnung in Pempelfort luden sie die Aufnahmen der Sprengung in einen PC, halbierten die Geschwindigkeit der Darstellung noch einmal um die Hälfte und begutachteten das Ergebnis ihrer Arbeit. Selbst auf diesem Film war kaum ein Zeitversatz bei den Sprengungen zu erkennen. Damit war sichergestellt, dass, trotz der aufgeteilten Sprengmittel, eine größtmögliche Wirkung erzielt werden konnte. Dann kam der Tag von Marios Beerdigung auf dem Stoffeler Friedhof.*

Die Trauergemeinde in der weißen Kapelle mit dem hohen roten Ziegeldach war klein. Neben Hendrik, Katja und Tetje waren nur noch ein paar enge Freunde der Familie und drei enge Freunde Marios mit ihren Eltern anwesend. Insgesamt 20 Personen saßen auf den Bänken und lauschten der Gedenkfeier, die von dem Priester abgehalten wurde, der Mario auch während seiner Erstkommunion betreut hatte. Er kannte den Jungen gut und fand gefühlvolle Worte, um dessen kurzes Leben zu beschreiben. Der

Schluss der Andacht war besonders bewegend und alle Anwesenden kämpften erneut mit den Tränen.

„Wer unseren Mario kannte, wusste auch, dass er die Bücher von Erich Kästner, insbesondere 'Emil und die Detektive', liebte. Was liegt also näher, als diesen großen deutschen Autoren zu Marios Andenken zu zitieren? Ich habe zwei Zitate ausgewählt. Eines als Mahnung an die Menschen, die diese schreckliche Tat begangen haben: An allem Unfug, der passiert, sind nicht etwa nur die schuld, die ihn tun, sondern auch die, die ihn nicht verhindern. Und desweiteren ein Text, der sicher unseren kleinen Freund zum Grinsen gebracht hätte: Erst bei den Enkeln ist man dann so weit, dass man die Kinder ungefähr verstehen kann. Behalten wir Mario mit genauso einem Lächeln in unseren Herzen, dann wird er niemals ganz gestorben sein. Lasset uns gemeinsam beten, so wie der Herr es uns gelehrt hat ..."

Langsam folgten die Trauernden dem Sarg, der auf einem Elektrokarren in Richtung seiner Grabstätte gefahren wurde. Auf dem Weg ging es Tetje durch den Kopf, dass er die Anwesenheit irgendeines Repräsentanten der Fortuna schön gefunden hätte, einfach als Geste. Aber mal ehrlich: Wie hätten sie von Marios Tod erfahren sollen? Die Eltern hatten auf Todesanzeigen verzichtet und sich Beileidsbekundungen von Fremden verbeten. Daher hatte er es auch nicht gewagt, mit der Fortuna in Kontakt zu treten.

Als man den Sarg mit Blumen bedeckt herabließ, gaben Katjas Beine nach. Hendrik fing sie auf und führte sie zu einer in der Nähe stehenden Bank. Sie dankte ihm tonlos, vermied es aber, ihn direkt anzusehen. „Bitte lass mich jetzt alleine. Ich will ungestört von Mario Abschied nehmen." Hendrik erhob sich und entfernte sich wortlos. Spätestens jetzt war ihm klar geworden, dass ihr gemeinsames Leben ein Ende gefunden hatte ... allerdings schon vor Monaten, an einem Abend in einem Krankenhaus in Dresden.

Die Zeit des Wartens bis zum Tag X wurde für die Cousins zur Qual. Sie wurden reizbar und gingen bei der kleinsten Kleinigkeit in die Luft. Das endete erst an einem Donnerstag, dem Tag vor dem Rückspiel der Fortuna gegen Dynamo in der großen Arena am Rhein. Sie hatten von den Vorbereitungen muslimischer Selbstmordattentäter vor ihrer Tat gelesen: das Entfernen der Haare, die rituelle Waschung als letzte Reinigung, usw. Sie hatten zwar nicht die gleiche Intention, hielten aber eine sorgsame Vorbereitung für angemessen. Diese bestand in einem einfachen, aber gediegenen Abendessen, für das sie Anzüge trugen. Sie vergegenwärtigten sich noch einmal den Grund für ihr Handeln durch das Ansehen alter Familienfotos und –filme, der Aufzeichnungen im Zusammenhang mit dem Spiel in Dresden und der Fotos, die sie von Mario während seiner Zeit in den Kliniken und bei seiner Beisetzung gemacht hatten. Danach gingen sie den Anschlag nochmals haarklein durch. Minutiös wurde der Plan zwei Mal durchgegangen, wobei jeweils der Andere die Aufgabe eines „Advocatus diaboli" spielen musste, der nach Fehlern suchte. Allerdings fanden sie keine mehr!

Sie gingen früh zu Bett. Hendrik kämpfte um den Schlaf und nahm um 23.00 Uhr eine Schlaftablette ein. Beide hatten für den Folgetag Urlaub eingereicht. Am nächsten Morgen standen sie um 8.00 Uhr auf, frühstückten gemeinsam und schafften dann in zeitlichem Abstand, sodass es nicht auffiel, die zerlegten und verpackten Octocopter in den Kleintransporter. Um 16.00 Uhr fuhren sie los, damit sie nicht im aufkommenden Berufsverkehr steckenblieben. Sie hatten sich eine Thermoskanne mit Kaffee mitgenommen und warteten bis gegen 17.30 Uhr auf einem Parkplatz in Meerbusch Büderich an der Dorfstraße. Wenig später waren sie an der ausgewählten Stelle am Apelter Weg, fuhren mit dem Wagen über den Feldweg in das kleine Wäldchen, wo sie ihn abstellten. Vor dem Entladen vergewisserten sie sich, dass niemand am Ufer lag oder dort seinen Hund ausführte. Sicherheitshalber stellten sie die Fluggeräte direkt am Rand des Wäldchens ab, nur schlecht im Gestrüpp zu erkennen. Es wurde ein kurzer Funktionstest der Motoren und Programme durchgeführt und um 19.40 Uhr initialisierte Hendrik die Startsequenz. Die Entfernung von knapp drei Kilometern legte der Schwarm in weniger als fünf Minuten zurück, aber sie verloren die Drohnen bereits in der Flussmitte aus dem Blickfeld. Daher verfolgten sie die weiteren Geschehnisse über den Bildschirm, der Teil der Steuerkonsole war. Hier sahen sie nicht nur das Bild, das die Kamera in dem Alpha-Octocopter machte und übertrug. Sie bekamen auch wichtige Daten wie Flughöhe und GPS Position übermittelt. Als sie sahen, dass die Drohnen über dem Block 21 schwebten und das Display die programmierten Zielkoordinaten anzeigte, hoben sie den Blick und wandten ihn in Richtung der Arena. Sie warteten auf das Unvermeidliche ... und um 19.52 Uhr erkannten sie die Stichflamme einer Explosion, die über dem Stadiondach aufstieg. Der Knall der Explosionen erreichte sie zeitverzögert und wirkte auf die

Entfernung und bei den Umgebungsgeräuschen geradezu lächerlich leise. Hendrik und Tetje wussten jedoch, was ihre fliegenden Todesboten in der Arena angerichtet haben mussten. Gewissheit würden ihnen die Übertragungen der Katastrophe in den Nachrichtensendern bringen. Sie blickten sich sichernd um und fuhren den weißen Transporter aus dem Wäldchen hinaus, als sie sich unbeobachtet fühlten.

Kapitel 12

Die abschließende Pressekonferenz endete in einem Tumult. Die vertretene internationale Presse konnte der Schilderung der Umstände und Hintergründe keinen Glauben schenken – zu unwahrscheinlich war dieser ganze Fall gewesen. Ein Anschlag diesen Ausmaßes und mit dieser technischen Perfektion, dazu die geradezu abenteuerliche Abfolge, mit der wir den Tätern auf die Spur gekommen waren ... und das alles ausgeführt von nur zwei Personen, ohne technischen Support, ohne politischen Hintergrund – DAS war den Journalisten einfach zu viel. Statt geordnet einzeln ihre Fragen zu stellen, wurde wild in allen möglichen Sprachen durcheinander gerufen, sodass Sören Bredow die Konferenz abbrach und auf die Informationen in den ausliegenden Pressemappen verwies.

Auf mich kam auch die Polizeireporterin der Rheinischen Post zu. „Sagen Sie mal, Oberle, Sie wollen uns alle wohl für dumm verkaufen, was? Die Sache ist doch viel zu fantastisch, als dass sie wahr sein könnte. Da ist doch was dran gedreht worden!" Ich sah sie ruhig an. „Und was erwarten Sie jetzt von mir? Denken Sie, ich bin eine Art Whistleblower wie Edward Snowden? Aber da gibt es nichts, keine X-Fakten, keine multinationale Verschwörung. Es ist manchmal so einfach und doch so schrecklich. Und jetzt entschuldigen Sie mich bitte."

Ich hatte für den Abend einen Tisch im „Füchschen" bestellt, wo wir uns mit einem kleinen Umtrunk von den BKA-Kollegen verabschieden wollten. Bis dahin war aber noch jede Menge Arbeit zu erledigen. Die Kollegen vom Staatsschutz zum Beispiel würden sich auf die Jagd nach dem Verfasser des gefälschten Bekennerschreibens machen.

In der Kantine hatte ich heute Morgen von Kollegen erfahren, dass der Chef der Hooligan Gruppe wohl tatsächlich von irgendjemand aufs Kreuz gelegt worden war. Die Fotos von ihm und seinen Enkeln waren wohl manipuliert gewesen. Ebenso die Fotos anderer nackter Kinder auf seinem PC. Löwe blieb allerdings trotzdem in Haft. Ein findiger Kollege war mit einer Steuerberaterin verheiratet und hatte diese einmal auf Finanzdaten sehen lassen, die sich auch auf dem PC befunden hatten. Löwe konnte mit den Computerdaten sowohl Steuerhinterziehung in Millionenhöhe als auch Schutzgelderpressung nachgewiesen werden. Der Bandenchef soll dem Vernehmen nach noch mehr als bei unserer Begegnung auf dem Flur getobt haben. Er habe sich erst beruhigt, als er Besuch von einem seiner Mitarbeiter und einer sehr aggressiven, jungen Frau mit weißblonden Igelhaaren erhalten habe.

Die Staatsanwaltschaft würde gegen Tetje Meyer Anklage erheben als Mittäter bei 75fachem Mord. Der Vorsatz stand außer Frage und die Planung unterstrich auch die Heimtücke, die eine Mordanklage voraussetzte. Dementsprechend war ein hohes Strafmaß zu erwarten.

Ich machte gegen 13.00 Uhr Pause und ging allein in Richtung Rheinufer. Unmittelbar unter dem Fernsehturm setzte ich mich auf die Kaimauer und trank von dem mitgebrachten Kaffee und mümmelte lustlos an einem Mürbchen rum. Ich ließ den Blick schweifen über den Medien-Hafen mit seinen futuristischen

Bauten, das linksrheinische Oberkassel mit seinen klassizistischen Häuserfronten und die Altstadt, die sich nach der Verbannung des Durchgangsverkehrs unter die Erde zu einem noch größeren Publikumsmagneten gemausert hatte.

Wie schön das alles war, welche Wohltat für das Auge! Und doch, meine Stadt hatte sich eingereiht in die Liste der Städte, die ihre Unschuld durch ein schreckliches Bombenattentat verloren hatten. Da spielte es auch keine Rolle, dass der Grund in Düsseldorf nicht der weltweite Terror gewesen war. Keine Großveranstaltung würde mehr ohne ein ungutes Gefühl stattfinden können, auch wenn die Angst mit der Zeit nachlassen würde. So würde der Name einer der schönsten Städte am Rhein in einem Atemzug mit New York, London, Madrid und Boston in Erinnerung bleiben.

Ich würde auch bald mit Jupp sprechen müssen, denn wir waren Polizeipräsident Auer noch eine Antwort schuldig, ob und wenn ja, wer von uns die Leitung des Kommissariats übernehmen sollte.

Nun startete ich mein Handy und wollte einfach ein Panoramafoto mit Landtag, Fernsehturm und Medienhafen machen. Dabei fiel mein Blick auf meine letzten Whatsapp-Nachrichten. Die letzten Zeilen von Sarah! Das lag jetzt auch schon Tage zurück. Es war an der Zeit, ich war ihr eine Antwort schuldig. Also tippte ich: *hallo, sarah. sind mit dem stadionfall fertig. Komme jetzt sicher zum nachdenken. melde mich spätestens übermorgen. gruß. micha.* Ob ich dieses Versprechen einhalten würde, blieb aber fraglich. So, wie die Dinge jetzt standen, gab ich unserer Liebe keine große Chance mehr. Trotzig entschied ich mich, diese Kirsten Pfeiler zu durchleuchten. Mal sehen, welche Leiche DIE im Keller hatte. Falls da etwas wäre, würde ich Sarah mit den Ergebnissen meiner

Recherche konfrontieren. Dabei war mir egal, ob sie mich wieder der Schnüffelei bezichtigen würde. DER Karren steckte eh im Dreck. Wildentschlossen wählte ich eine Nummer des Polizeipräsidiums und bat eine mir vertraute Kollegin, Sarahs neue Liebe zu überprüfen.

Der eine Viertelstunde später kommende Rückruf ernüchterte mich. Die Weste von Kirsten Pfeiler war zwar nicht ganz blütenrein, aber eine Verurteilung wegen uneidlicher Falschaussage im Jahr 1999 bot mir keine Möglichkeit, Sarahs Einstellung zu ihr ins Wanken zu bringen.

Ich fasste den Entschluss, mir ein paar Tage Urlaub zu nehmen. Zum Einen, um nach der aufreibenden Jagd nach den Attentätern etwas zur Ruhe zu kommen – zum Anderen würde ich die Zeit nutzen, um mir selbst ein Bild von der Frau zu machen, die der Auslöser für die Trennung von meiner Gefährtin war. Und ich würde etwas finden, das ich gegen sie verwenden konnte. Nicht die feine englische Art, sicher … aber wie hatte Napoleon Bonaparte so schön gesagt? Im Krieg und in der Liebe ist alles erlaubt.

Entschlossen machte ich mich auf den Rückweg ins Präsidium.

Rüdiger Rybowski war mit seinen Ergebnissen zufrieden. Die Umsatzzahlen waren im Vergleich zum Vormonat um 2,3%

gestiegen, zum Vorjahr sogar um 5,2%. Dies war ein Grund zum Feiern. Aber nicht nur das! Er hatte mit den manipulierten Bilddateien auch eine Gruppe ausgeschaltet, die seine politischen Ambitionen stören würde. DüPa erfreute sich aufgrund ihres gemäßigten, sachlichen Umgangs immer größerer Akzeptanz durch alle Bevölkerungsschichten und die Flut von Mitgliedsanträgen war kaum noch zu bewältigen.

Zufrieden lehnte er sich zurück. Mal sehen, vielleicht sollte er ein Schiff der Weißen Flotte mieten und seine Leute zu einer Rundfahrt einladen … nein, noch größer … er würde mehrere Schiffe mieten und zu der Fahrt alle Hinterbliebenen und wieder genesenen Opfer des Arena-Anschlags einladen. Das wäre wunderbare, emotionale Werbung für ihn und die DüPa.

Aber heute Abend wollte er einen Grillabend für seinen inneren Kreis veranstalten. Er telefonierte kurz mit Christoph, fragte ihn, ohne auf dessen Meinung wirklich Wert zu legen, was er davon hielte, und bat ihn dann, eine Nachricht über die Whatsapp-Gruppe der „DüPa" abzusenden.

Rybowski hatte eine Leidenschaft, die er mit den Jahren kultiviert hatte. Er kochte leidenschaftlich gerne. In der Hoffnung, sich zu vervollkommnen, hatte er in den letzten Jahren mehrere Seminare berühmter Spitzenköche besucht, darunter Lafer, Schuhbeck und Rosin. Heute bereute er die horrenden Gagen, die er den Kochlöffelschwingern gezahlt hatte. Sie kochten alle nur mit Wasser aus seiner Sicht und verloren sich in viel Chi-Chi und mehr Schein als Sein. Als einer der Dozenten ihnen tatsächlich weismachen wollte, dass man bei einem Salat schmecken könne, ob er mit einem Salatbesteck oder mit den bloßen Händen gewendet worden sei, war Rybowski aus der Haut gefahren. Er war aufgesprungen, hatte sich die Schürze mit dem Konterfei des Dozenten heruntergerissen und ihn angebrüllt: „Sag mal, wen willst du Großkotz eigentlich hier verarschen? Den Unterschied schmeckst du garantiert nur, wenn du dir zuvor den Arsch ohne Papier abgewischt hast. Bei einer Doppelblindverkostung würdest du doch sowas von auf's Maul fallen mit deiner verbalen Dünnsäureverklappung!" Der so heftig Getadelte war kreideweiß in einen Stuhl gesunken und war ängstlich zusammengezuckt, als Rybowski wutentbrannt an ihm vorbeirauschte und türenschlagend das Etablissement verließ.

Dieser Abgang mit einem Paukenschlag hatte ihm gut getan und ihn in seiner Ansicht bestätigt. „Mach dein eigenes Ding, dann weißt du, was drin ist!" Dieser Devise folgend, fuhr er ins Bergische Land zum Metzger seines Vertrauens. Der Öko-Schweinebauer züchtete im Freiland Wollschweine. Rüdiger Rybowski bekam immer eine E-Mail, sobald Schlachttag war. Zum Glück war der gestern gewesen und der Bauer hatte noch genügend Ware. So erstand der Unternehmer insgesamt 40 Kilogramm Nacken, Filet und Schinken. Diese Masse Fleisch würde er gleich in unterschiedliche Marinaden einlegen und reifen lassen. Jetzt musste er nur noch zum METRO-Großmarkt in Grafental. Er kaufte Salatzutaten und Baguettes. Dann verstaute er seinen Großeinkauf in dem Mercedes-Kleintransporter, der zum Fuhrpark seines Unternehmens gehörte.

Auf dem Anwesen in Kalkum angekommen, fuhr er durch den Hof zu der kleinen, unscheinbaren Scheune, in der seine Hobbyküche untergebracht war. Hier hätten Profis arbeiten können und im

Beisein eines amtlich bestellten Fleischbeschauers wären sogar Schlachtungen möglich gewesen.

Er lud gemächlich alle Wannen mit seinen Einkäufen aus. Hilfe holen kam nicht in Frage, diese Sachen waren für ihn eine Art kleines Training. Nachdem er alles verstaut hatte, ging er aus der Scheune heraus, streckte den schmerzenden Rücken durch und schaute voll Vergnügen auf die hinter seinem umgebauten Bauernhof liegenden Felder und Baumbestände. Die Natur vollbringt schon echte Wunder, dachte er bei sich und war sich in diesem Moment seines privilegierten Lebens durchaus bewusst.

Als er sich umdrehte, stockte er. Er war nicht mehr allein. Vom Hof aus nicht einsehbar stand dort eine junge Frau, vielleicht 20 oder 25 Jahre alt. Sie blickte ihn ruhig an, sprach aber kein Wort. „Was kann ich für Sie tun, meine Dame? Suchen Sie jemand Bestimmten? Wie kann ich Ihnen helfen?" Sie schwieg weiter. „Ihnen ist schon klar, dass Sie sich hier auf Privatgelände aufhalten? Wenn Sie mir also nicht sagen wollen, was Sie möchten, darf ich Sie bitten, das Grundstück sofort zu verlassen."

Der Oberkörper der Frau straffte sich. Rybowski erkannte an ihrem Auge eine leichte Verfärbung, eine Art blaues Auge. Er trat näher und sah, dass auch ihre Unterlippe einen Riss hatte. In diesem Augenblick öffnete sie den Mund. „Sind Sie Rüdiger Rybowski, der Vorsitzende der DüPa?" Der Unternehmer entspannte sich. Offensichtlich eine Sympathisantin mit einem merkwürdigen Sinn für Humor. Er näherte sich ihr mit ausgestreckter Hand. „Das bin ich, junge Dame. Willkommen bei der DüPa. Eigentlich empfangen wir neue Mitglieder in den Räumen der Geschäftsstelle an der Nordstraße." Er war jetzt nur noch knapp drei Meter von ihr entfernt. Da zog die Frau aus dem Innenfutter ihrer Jacke eine Automatik-Pistole mit Schalldämpfer. Die Waffe schien viel zu groß für ihre kleinen Hände zu sein, aber sie war offensichtlich in deren Gebrauch geübt. In kurzer Folge gab sie zwei Schüsse auf die Brust und zwei auf den Kopf des Unternehmers ab. Das Schussgeräusch wurde von einem in Richtung Lohausen gleitenden Großflugzeug spielend übertönt. Rüdiger Rybowski sank stumm und mit ungläubigem Staunen im Gesicht in sich zusammen.

Die Attentäterin wandte sich zum Gehen und schaute dabei in die Innenfläche ihrer linken Hand. Dort hielt sie einen handgeschriebenen Zettel, auf dem stand: *Kümmert euch um Rybowski, nur er kann mir diese Sache angehängt haben.* Sie steckte den Zettel in den Mund, zerkaute ihn und schluckte ihn herunter. Dann stapfte sie weiter, unbemerkt von den Personen, die sich im Inneren der Gebäude aufhielten. Eine Windböe wehte ihr eine dunkelblaue Haarsträhne von der weißblonden Igelfrisur ins Gesicht.

Es war der Morgen nach der letzten Pressekonferenz der Sonderkommission ARENA. Katja Meyer hatte ihr schwarzes Kleid angezogen, das sie auch bei der Beisetzung ihres Sohnes getragen hatte. Eine Woche hatte sie jetzt im Bett verbracht, geplagt von starken Kopfschmerzen, Erbrechen und Durchfall. Sie hatte sich völlig abgeschottet und nur von Tee und Hühnersuppe gelebt. Heute ging es ihr etwas besser und daher wollte sie unbedingt das Grab ihres Kindes besuchen. Der Briefkasten quoll zwar über, aber den würde sie erst nach ihrer Rückkehr vom Friedhof leeren. Sie erwartete nichts Wichtiges.

Sie fand einen Parkplatz vor dem Friedhof und stellte den Wagen ab. Katja trug neben ihrer Handtasche einen Beutel, in dem sich ein kleiner Teddy befand. Es war Marios Lieblingströster gewesen. Eigentlich wollte sie Bonzo, so der Name, mit in den Sarg gelegt haben, aber in der ganzen seelischen Anspannung hatte sie es völlig vergessen. Als sie vor ihrer Erkrankung sich dann endlich aufgerafft hatte, die Sachen Marios, die sie aus der gemeinsamen Wohnung in Pempelfort mitgenommen hatte, in Kisten zu verpacken, war ihr das Stofftier in die Finger geraten. Sie hatte ihn fast eine Stunde an sich gepresst und danach war der Teddy nass von ihren Tränen. Wenn er schon nicht bei Mario im Sarg lag, dann sollte er doch wenigstens das Grab bewachen.

Sie näherte sich dem Grab und ihre Schritte wurden langsamer. Ihre Freundin war für sie eingesprungen und war während Katjas Viruserkrankung zweimal am Grab gewesen und hatte Blumen abgelegt. Es sah so wunderschön aus. Sie hockte sich am Fußende der Fläche nieder und setzte Bonzo so hin, dass er sich an der Buchenlaterne mit dem Ewigen Licht anlehnen konnte. Dann erhob sie sich.

„Hallo, mein Mario, da bin ich wieder. Entschuldige bitte, dass es so lange gedauert hat, aber ich war sehr krank. Ich hoffe, dir geht es gut und du hast da oben Freunde gefunden. Spielt ihr auch zusammen? Schau mal, ich hab Bonzo mitgebracht, der sitzt jetzt hier unten und passt auf dich auf. Jaja, ich weiß, du bist schon groß ... aber weißt du, man ist nie zu groß für einen Freund, und wenn er auch nur ein Plüschteddy ist." Sie kämpfte wieder mit den Tränen, erhob sich mühevoll und schlängelte sich wie immer entlang der Zypressenumrandung des Nachbargrabes, um noch einmal über das Buchenkreuz zu streicheln.

Mit weit aufgerissenen Augen blickte sie auf den Kopf des vertikalen Kreuzbalkens. Da lag etwas! Sie ergriff den Gegenstand, einen schmalen, goldenen Ring. Sie erkannte ihn zwar sofort, las aber zur Sicherheit doch die Gravur: „Katja und Hendrik – für immer Dein"

ENDE

Nachwort

Ihnen als Leser wird vermutlich meine Ambivalenz zur gesamten Buchthematik aufgefallen sein. Ja, natürlich wünschte ich mir, über die Patentlösung zu verfügen, wie der Konflikt rund um das Thema Flüchtlinge, IS, deutsche Auslandseinsätze, etc. zu lösen ist. Schade jedoch ist: Ich habe davon offensichtlich ebenso wenig eine Ahnung, wie scheinbar die meisten unserer Politiker.

Das hindert mich aber nicht daran, mir eine Meinung zu bilden, ohne den Anspruch darauf, dass sie richtig oder allgemeingültig ist. Ich bin dringend dafür, Menschen Asyl zu gewähren, die sich mit ihren Familien aufgrund von Kriegen oder Terror auf eine lebensgefährliche Flucht begeben haben. Ich habe allerdings Zweifel an der Glaubwürdigkeit von jungen Männern, die ihre Frauen und Kinder zurücklassen, um in Europa eine soziale und wirtschaftliche Sicherheit zu suchen. Ich halte aber es aber für ebenso dumm und fanatisch, alle Personen, die in den letzten Monaten in unser Land gekommen sind, in Bausch und Bogen als Verbrecher und Schmarotzer abzutun.

Ein Verbrecher, ein Unmensch, ein Schwein zu sein ... das ist aus meiner Sicht keine Frage der Nationalität oder Ethnie, sondern eine Frage des Charakters. Und diese Leute finden wir ebenso unter Syrern, Libanesen, etc. wie unter uns sogenannten Deutschen.

Lassen Sie uns also gemeinsam einfach genauer hinschauen, bevor wir uns eine Meinung bilden oder gar urteilen. Das sind wir unseren Mitmenschen und noch mehr uns selbst schuldig.

Personen In alphabetischer Reihenfolge

Al-Balawi, Hassan	Imam einer türkischen Gemeinschaft
Auer, Hanno	Polizeipräsident Düsseldorf
Bredow, Sören	Chefermittler des BKA
Geiss, Carmen	Polizeibeamtin
Jenssen, Juma	Stellvertretender Leiter des KK 15
Kliewer, Christoph	Gefolgsmann von Rybowski
Löwe, Johannes „Joe"	Präsident des Fanclubs „95 K-Rath"
Martin, Dr. Elly	Beauftragte des Generalbundesanwalts
Meyer, Hendrik	Fußballfan und Ingenieur
Meyer, Katja	Hendriks Ehefrau, Marios Mutter
Meyer, Mario	Hendriks Sohn
Meyer, Tetje	Hendriks Cousin, Elektroniker
Oberle, Michael „Obelix"	Kriminalhauptkommissar, KK 11
Pfeiler, Kirsten	Patientin von Sarah Rose
Powenz, Pitter „Pippo"	Obdachloser, Informant von Oberle
Rose, Sarah	Transsexuelle Psychologin, Oberles Lebensgefährtin
Rybowski, Rüdiger	Unternehmer, Vorsitzender der Düsseldorfer Patrioten DüPa
Schäfer, Jutta	Kriminalkommissarin, KK12
Schmitz, Josef „Jupp"	Kriminalhauptkommissar, KK 11
Sherman, Monika	Mitglied bei „95 K-Rath"
Vollmer, Ruprecht	Rechtsmediziner

Weitere Bücher aus der Reihe „Düssel-Krimis":

- *Rheinblut* – erschienen als Print, eBook und Hörbuch

- *Rheinschnee* – erschienen als Print und eBook

- *Rheinfeuer* – erschienen als Print, eBook und Hörbuch

- *Rheinliebe* – erschienen als Print, eBook und Hörbuch (nur im Direktvertrieb beim Autor)

- *Rheinpänz* – erschienen als Print und eBook

- *Rheinherz* – erschienen als Print und eBook

- *Rheinkastanie* – erschienen als Print und eBook

Außerdem sind Kurzgeschichten von Jörg Marenski in folgenden Anthologien erschienen:

Online ins Jenseits – Verbrechen rund ums Internet – erschienen als Print und eBook im Grafit-Verlag

Die vergessenen 17 Gräber – Thriller rund um das Thema Menschenversuche im Dritten Reich, erschienen als Printversion im RaBu-Verlag